La Scala

PAOLA MASTROCOLA

La memoria del cielo

Rizzoli

Pubblicato per

Rizzoli

da Mondadori Libri S.p.A.

ISBN 978-88-17-17418-3

Prima edizione: febbraio 2023

Questo libro è il frutto dell'immaginazione dell'Autrice
Nomi, personaggi, luoghi e avvenimenti sono fittizi o usati in modo fittizio.

La citazione di Manuel Vilas a p. 111 è tratta da *In tutto c'è stata bellezza*, Guanda 2019.
La citazione di Jorge Luis Borges a p. 142 è tratta da *La perpetua corsa di Achille e la tartaruga*, in J. L. Borges, *Tutte le opere*, I Meridiani, vol. I, Mondadori 1984.
La citazione di Thomas Stearns Eliot a p. 168 è tratta da *Quattro quartetti*, Garzanti 1959.
La citazione di Elias Canetti a p. 206 è tratta da *La provincia dell'uomo*, Adelphi 2018.
La citazione di Milan Kundera a p. 235 è tratta da *Il sipario*, Adelphi 2005.
La citazione in epigrafe è tratta dall'«Avvertenza» (1943), in *Lirica italiana*, a cura di Massimo Bontempelli, Bompiani 1944.

Realizzazione editoriale: Studio editoriale Littera, Rescaldina (MI)

La memoria del cielo

La storia non conosce ansie metafisiche, ma è tutta mossa a scopi economici e operata traverso le tendenze che l'uomo ha dai propri caratteri animali: lotta fisica, rapina, astuzia, soverchiamento, strage. Dalla storia la sincera memoria del cielo è bandita. Storia è mondanità, poesia è raggiunta solitudine. Storia è interessata convivenza, poesia è comunione.

MASSIMO BONTEMPELLI, 1943

Dal mondo della luna

Due undicenni

Nel 1930, in Abruzzo, c'è un bambino che sta finendo la quinta elementare. Si chiama Vincenzo Mancasciulla, ha gli occhi marroni a spillo e i capelli ondulati neri, come la notte sul mare. Vive a Pizzocolle, quattro case sparse, fienili, stalle e campi di grano e pannocchie. La scuola non c'è, i pochi bambini si trovano da maestra Giuseppina, che non è maestra, ma le hanno messo a disposizione lo stanzone dove si stipano le sementi perché lì dentro lei insegni a leggere, scrivere e contare. Dai cinque anni in su, viene chi può venire. Chi ha undici anni, o anche dodici, maestra Giuseppina dice che fa la quinta. Solo lei sa cosa significa.

È primavera, quando maestra Giuseppina si decide e va a trovare il padre di Vincenzo. Si mette le scarpe buone e anche il cappellino, se lo gira per storto, che si vedano un po' di ciocche. Non sa in che modo prendere la questione. Ma lo deve fare, è suo dovere. Non è maestra ma è come se lo fosse, è capace di riconoscere un bambino che può togliersi da lì e fare un'altra vita.

Il padre di Vincenzo è Saverio Mancasciulla, un uomo piccolo e magro vestito sempre allo stesso modo, estate e inverno: camicia di lana a quadri, gilet e coppola in testa. Ha due figli maschi e una figlia femmina. Passa per il saggio del paese, tutti vanno da lui a chiedere cosa ne pensa di questo, di quello. È quasi sera, Saverio sta lisciando la lama della falce con la pietra, ogni tanto la bagna nell'acqua. Le gocce cadono e raggrumano il terreno, componendo dei cerchi scuri. Quando vede avvicinarsi maestra Giuseppina la saluta, e non alza lo sguardo. Lei si siede sul tronco mozzo e gli parla. Decide di andarci dritto, senza tante cerimonie.

«Saverio, il figlio tuo lo devi far studiare.»

«A chi?»

«A Vincenzo.»

Saverio non risponde. Si sente lo stridìo della pietra sulla lama, qualche muggito sordo dalla stalla e un trattore lontano che non si vede.

«Save', il figlio tuo la merita la scuola, tiene le doti.»

C'è anche la moglie di Saverio, seduta su una sedia in mezzo all'aia. Maddalena Prinzio, che tutti chiamano mammalena. Sta spennando una gallina. Ogni tanto le va una piuma nel naso e la soffia via. Quando vede che la maestra ha finito e si allontana, molla la gallina a terra e va verso il marito, precisa come cade un fulmine. Ogni passo è un tuono, le ciocie troppo larghe, legate male alla caviglia, sollevano la polvere e s'imbiancano. Gli si piazza davanti a gambe divaricate, pulisce le mani nel grembiule e le poggia chiuse a pugno ai lati della vita, le braccia a anfora. Gli dice una sola frase, a voce alta che sembra un urlo.

«Lo devi fare studiare, 'stu fije me!»

Dice questa frase a suo marito, in dialetto. Saverio lo sa. Lo sa che tra tutti i figli sua moglie preferisce Vincenzo. Mammalena è così, non riesce a nascondere niente, nemmeno le cose che non bisognerebbe dire, nemmeno i denti, che le si vedono quando parla, radi e giallastri; ne ha persi già un bel po' e parla con quei buchi, i denti che le mancano e i pochi che le ballano mal messi sulla gengiva. Saverio non risponde, continua a passare la pietra sulla falce. Con la coda dell'occhio la vede che se ne torna alla sedia col suo passo a gambe larghe, riprende la gallina mezza spennata e la porta in casa strattonandola per il collo, quel collo sottile e smollo che hanno le galline morte spennate e che assomiglia a una cordicella insanguinata.

I Mancasciulla hanno terre scomode, che ci vogliono giornate di fatica per tirarne fuori poco o niente, e tutti quei figli da sfamare; Vincenzo è il secondogenito; poi viene Pacetta che è l'ultima, ha solo cinque anni, una bambinetta grassottella che canta tutto il giorno e porta a spasso le oche. Domenico è il primo, sempre ingrugnito; non parla, non ride, non gioca, se ne sta col suo muso a lavorare duro sotto il sole, ha già i muscoli che gli gonfiano le braccia, e la barba che gli comincia a spuntare lui se la rade la mattina all'alba, con la lama, si taglia di continuo ma non dice niente, è uno così, lascia che il rivolo di sangue gli scorra giù per il collo e si mescoli al sudore.

Dopo le elementari, a Pizzocolle, nessuno studia più. Bisogna andare troppo lontano, per frequentare l'avviamento. Vincenzo, se proprio vuole, deve farsi nove chilometri a piedi ogni mattina e nove il pomeriggio per tornare, e appena torna lavorare nei campi e portare le pecore al pascolo, e guai se ne perde una. Non è che con quella storia di studiare può mettersi a tenere la testa per aria, suo padre glielo dice molto chiaro.

Mammalena invece non gli dice niente, e gongola all'idea che quel figlio andrà a studiare. Lavora anche lei nei campi. In più tiene la casa e bada agli animali. E va a prendere l'acqua al pozzo, con la conca di rame in testa; arrotola un panno, se lo mette circolare sulla coccia e là sopra ci sistema quell'anfora, che quando è piena pesa. Deve ondeggiare la testa, bilanciarla col passo, per far stare l'anfora in equilibrio. Tutte le donne fanno così. L'acqua la prendono le donne, al pozzo. Ondeggiano la testa, le mani ai fianchi. E non lasciano cadere una goccia. Sistemano la conca in casa, e tutti della famiglia si servono da lì, con lu cuppino di rame si prendono una mestolata d'acqua.

Nel 1932, in un paese del Piemonte, una bambina comincia a lavorare. È Teresa Bertino, e anche lei ha undici anni. È luglio. Ha finito la quinta elementare, ha passato bene l'esame e vorrebbe continuare la scuola perché le piace starsene in un angolo a leggere e studiare.

Ma sua madre le dice adesso basta, deve portare i soldi in casa. La guarda torva con la bocca stretta, quando glielo dice, un braccio alzato a minacciarla caso mai le venisse anche solo una parola. Teresa non fiata, guarda in basso, ma sua madre lo sa cos'ha in testa quella figlia, le urla che deve togliersi la nata. E la nata in piemontese è il tappo di sughero che si mette alle bottiglie, è quando hai un'idea che ti si è piantata dentro e non se ne esce.

Quando sono tutti insieme, la sera, intorno alla tavola, Teresa ci prova. «Posso lavorare, intanto che studio...» dice. Cerca di spiegare, ma la smette subito: suo padre non si capisce nemmeno se la ascolta o no, e sua madre la riempie di botte appena si lamenta di qualcosa o chiede; a volte le dà pugni e schiaffi anche solo perché parla, le mette fastidio quando parla. Le ripete: «Chi ti credi di essere», e giù botte. Preferisce i due figli maschi. Quell'unica figlia femmina, che chissà perché le è nata, è stufa di trovarsela tra i piedi. La spedisce dalla Maria Bellario, che fa la sarta in casa e ha bisogno di una lavorante da pagare poco o niente.

I Bertino abitano a Valtinesio, una ridente cittadina nel cuneese. Oggi così direbbero i dépliant turistici. Hanno la casa proprio sulla piazza, quella con la statua di Garibaldi a cavallo e la spada sguainata. Teresa, per andare al lavoro, passa tutti i giorni sotto la spada e vorrebbe averne una uguale per sé, per tagliare la testa a tutti. Zac, zac, via tutte le teste, che rotolano e lei le prende a calci. Non vuole imparare a cucire. Vorrebbe andare a scuola come suo fratello grande Bartu, o stare a giocare per strada come il fratellino Armando. Invece lei è quella di mezzo ed è femmina, non può fare quello che vuole. Anche la sua bambola, la sua bambola da vestire e svestire, non può fare come vuole: deve rimanere nascosta, sulle scale buie che portano in soffitta. Si chiama Gina. Teresa la lascia lì tutto il giorno, mezzo sotterrata sotto i sacchi di segatura, che nessuno gliela trovi, sua madre meno che mai se no la picchia, non vuole che giochi, che perda tempo. Può andare dalla sua bambola solo quando riesce a scappare, pochi minuti di nascosto, la sera quando comincia il buio; scappa su per le scale, si rannicchia in alto sull'ultimo gradino e gioca quel che può, anche se con quel buio ha una paura matta, e canta sempre quando è lassù con la sua bambola. Canta, così si tiene compagnia e la paura le passa un po', ma non tutta.

Di giorno invece deve andare a lavorare, camminare per la strada, passare sulla piazza con i muratori che le fischiano dietro perché a undici anni è già alta e formata. Ha il seno grosso. Se lo schiaccia con una cintura sotto la maglietta, ma lui spunta, non c'è verso. Cammina china, le spalle arcuate che la difendano dagli sguardi. Ma non la difendono da niente.

Teresa va a cucire dalla Bellario, sta lì dentro tutto il giorno e impara, e tutto il giorno mentre cuce pensa alla bambola Gina che l'aspetta sulle scale e da lì nascosta sotto i sacchi non vede niente, non capisce, si chiede dove sia sparita lei e perché la lasci sempre sola. La bambola Gina pensa che lei sia la sua mamma. E anche Teresa pensa di essere la mamma di Gina. Pensa che un giorno diventerà mamma davvero, avrà un bambino tutto suo e allora niente le farà più paura.

È il 2018, un pomeriggio di marzo. Lo Zeus Poseidon, che da trenta e più anni sta poggiato sulla mia scrivania, mi guarda con i suoi occhi vuoti. Due buchi scavati nel bronzo verdastro, niente di più; nessuna pupilla, cornea biancastra, ciglia, niente. Bronzo, bucato. «*Exegi monumentum aere perennius*» disse un grande poeta parlando di sé, della sua opera. Le poesie che scriviamo sono più eterne del bronzo? Non lo so. Può darsi. Ma il bronzo dura già molto, sarebbe abbastanza. La verità è che non sappiamo niente, quanto duriamo, cosa rimane; non sappiamo nemmeno se questo dio è Zeus o Poseidon. Il dio del cielo o del mare? Farebbe una bella differenza... Se lo guardo attraverso i fori dei suoi occhi, non vedo nulla. Però all'interno mi si apre lo spazio concavo del viso. Ovvio, un buio pesto, ma è comunque spazio. E ci piace ogni tanto guardare nel profondo di uno spazio che è un vuoto di certezze, ci mette tranquilli, perché così almeno è chiaro che non dobbiamo trovare niente. Non siamo tenuti a trovare. Lanciamo solo lo sguardo nel fondo.

Sono nata prima di nascere, come tutti. Solo questo volevo

dire, la forma che prenderemo si decide molto prima. Il difficile è stabilire quando, capire quale è stato lo snodo decisivo, dov'è che ci siamo persi o trovati, la direzione per cui la nostra vita è andata come è andata.

Secondo me è stato quando i miei avevano undici anni. Se maestra Giuseppina non avesse parlato a Saverio, se la madre di Teresa l'avesse mandata a scuola...

Se la vita dei miei fosse andata più dritta, io sarei stata diversa. O non sarei nata.

Una vita secca

Teresa e Vincenzo si conoscono a Torino nel 1947, in un locale da ballo verso Moncalieri. Accanto scorre il Po, e da quel punto si contano tanti ponti, fino a dove la città si perde di nuovo nella campagna. Se si esce sul parquet della terrazza, al buio, si sente l'acqua del fiume correre via; non è un rumore vero e proprio, è l'idea di qualcosa che se ne va.

A Vincenzo piace ballare, nessuno balla il valzer così bene. Le ragazze escono volentieri con lui. Ne ha quante ne vuole, ma niente di serio; non ci pensa a sposarsi, non ha fretta. Quando però vede Teresa seduta a un tavolino con un'amica, quando vede quella bellezza perfetta ma poco esposta e piena di modestia, sa che non se la può perdere.

Teresa invece ha avuto due fidanzati, che andavano già in casa ma non le piacevano, li ha lasciati uno dopo l'altro. Ora spera di incontrare quello giusto. Il ragazzo dai capelli neri ondulati che la invita a ballare non può sapere se è giusto, ma non le sembra sbagliato. La sa portare, soprattutto se suonano un valzer, le mette un braccio alla vita e fa i passi esatti, a ritmo, e poi di colpo qualche giro largo, lui che la tiene stretta e la gonna che sembra volarle via. È spiritoso e galante. Ha un vestito grigio chiaro e persino il fermacravatte, si vede che gli importa vestirsi bene, non trasandato. Peccato la brillantina nei capelli, che non le piace.

Per tre anni si vedono la domenica, vanno a passeggio sotto i portici e Vincenzo la fa ridere, e non passa volta che non le regali qualcosa, per esempio un mazzolino di garofani, rosa o rosso fuoco; la viene a prendere al lavoro e lei lo capisce dal braccio che tiene dietro la schiena, infatti poi se ne esce col mazzetto.

Dall'accento non si sente che è un meridionale. È vero che fa il poliziotto, ma a Teresa parla dei sogni che si tiene dentro: troppo grandi, esagerati; lei sorride e non dice niente. Le piace stare ad ascoltarlo. Ha una voce fonda, calda; quando le parla all'orecchio, butta un fiato che le mette i brividi.

Però non le piace vederselo comparire vestito da poliziotto, lì che la aspetta appoggiato al muro; quando scende e se lo trova davanti in divisa, lo trascina per un braccio a girare veloci l'angolo, in una via secondaria poco illuminata, perché nessuno li veda, e gli dice: «Non potevi cambiarti?». Una volta lui la incrocia per strada che torna a casa carica della spesa, la raggiunge, vuole prenderle una borsa ma lei lo strattona, gli dice che ha ancora delle commissioni da fare, che la lasci in pace, e lui lo capisce che è per non fare la strada insieme, che si vergogna di lui. La domenica invece, quando passa a prenderla con la camicia bianca, il completo principe di Galles coi pantaloni ben stirati, e l'acqua di colonia, le sembra un altro e gli vuole anche più bene. O quando per strada di colpo, come se gli prendesse una pazzia, la abbraccia per la vita e davanti a tutti quelli che passano improvvisa un giro di valzer, a Teresa, sì, viene un'altra punta di vergogna, ma anche un'allegria che non ha mai avuto con nessuno.

Un giorno, dal mazzo di garofani salta fuori uno scatolino blu. C'è dentro un anellino in oro bianco, con un piccolo brillante. Si sposano a Torino nel 1950, una domenica di settembre, nella chiesa dei Santi Angeli Custodi. È un mattino pieno di sole, di quel sole già lontano che ha solo settembre. Mio padre è dentro, aspetta davanti all'altare insieme a Mario, un collega di quando lavorava a Roma che gli fa da testimone; sono vestiti uguali, in doppiopetto grigio, con i *revers* appuntiti che sparano troppo in alto. Mia madre ha preso il tram e arriva puntuale, a piedi, da sola. Ha un tailleur blu di raso damascato, i guanti bianchi, corti, lasciano intravedere i polsi e l'orologino col cinghietto nero. Un mazzetto di roselline bianche che tiene in un pugno, insieme alla borsetta.

Una cerimonia breve e severa. Pochi invitati, i testimoni e quattro amici. I genitori di Vincenzo non ci sono, di venirsene dall'Abruzzo fino in Piemonte non se ne parla, mai saliti su un treno, mai fatta una valigia; se ne rimangono a coltivare la terra e pascolare le pecore. I genitori di Teresa invece non sono voluti venire. A sua madre non importa di quel che fa o non fa sua figlia, nemmeno che si sposi. Una figlia che si sposa un napuli. Poliziotto, poi, come tutti i napuli. L'ha detto subito, con le urla e i pugni alzati, che loro non ci mettono piede al suo matrimonio, di scordarsi che esistono, e di sposarsi pure il diavolo che vuole.

Quando Teresa e Vincenzo tornano dalla funzione, non hanno le posate. Nessuno ha pensato di regalargliele. Fanno un pranzo con pane e prosciutto, un brindisi con del vino piemontese che Vincenzo è andato a comprare il giorno prima; gli piacciono, i vini piemontesi, il Nebbiolo soprattutto. Hanno preso un appartamento in via Nizza al secondo piano, piccolo, due camere e cucina, ma in un bel palazzo antico con due leoni in bronzo ai lati del portone, stilizzati, che sembrano due serpenti, il marmo della scala venato di rosso, la ringhiera in ferro battuto, il mancorrente di mogano. È troppo per loro, l'affitto si porta via metà stipendio.

Comunque hanno quella casa, un lavoro tutti e due; sarebbe una vita buona se avessero un figlio. Vincenzo non ci pensa, tira avanti, si fa bastare quella moglie alta e bionda, così bella come non se ne trovano al suo paese. Teresa invece ci perde la testa. Cosa s'è sposata a fare se non le vengono bambini? Le piacevano fin da ragazza, si fermava per strada appena ne incrociava uno, si girava a guardarlo e se le riusciva di avvicinarsi gli sporgeva una carezza, un complimento. Ha sempre pensato che un giorno ne avrebbe avuto uno tutto suo, che diventare donna volesse dire avere bambini, cos'altro se no? Anzi, non l'ha mai pensato, è un pensiero che nemmeno ha avuto tanto era scontato. E invece quella vita secca... Dice che le è toccata una vita secca come il fiume d'estate. «Sai quando il fiume si ritrova senz'acqua che non sembra più nemmeno un fiume, quando per mesi non ci piove e vien fuori la crosta della terra tutta spaccata, che fa pena solo a guardarlo? Hai capito, Vincenzo? Hai sposato un fiume asciutto...» Così dice all'uomo che ha voluto a tutti i costi, che le ha portato i sogni, e lei niente, neanche un figlio è capace di dargli.

Succede anche che pianga, la sera prima di addormentarsi. Tutto buio, rannicchiata nel suo angolo di letto, le spalle a suo marito che russa. Allora si concede il ristoro delle lacrime, di lasciarsele scendere e bagnare il cuscino. Dorme su quell'umido, un sonno opaco che non ha dentro neanche un sogno. Al mattino si alza presto, con tutto il lavoro che ha. Non si lamenta, della fatica non le importa; ha cominciato a lavorare a undici anni, è abituata. Ma adesso cosa lavora a fare? Uno può anche sobbarcarsi una montagna di lavoro, se è per qualcuno. Ma così che senso c'è? È il senso, che non le viene più. Dare un perché alle cose, alle ore che passano.

La domenica, poi... Inutile andare a passeggio la domenica, mettersi il vestito bello, la spilla d'oro a forma di farfalla. Che senso c'è senza un figlio?

Ogni tanto verso sera, quando finisce di lavorare, entra in una chiesa vuota. Va dritta dalla Madonna, le si piazza davanti con l'intenzione di rivolgerle una preghiera, ma poi non ce la fa. Troppa rabbia. Se ne sta di sbieco a squadrare quella donna madre di Gesù col mantello azzurro e le stelline d'oro, gli occhi bassi e quel sorriso timido, melenso, solo un accenno, le labbra che s'incurvano verso l'alto appena appena. Quanto lo odia, quel sorriso. Certo che sorride, ha un figlio, lei, la Madonna! E perché io no? Tutte le volte Teresa glielo chiede. Aspetta che non ci sia gente, che la smettano di andare e venire a lasciare offerte, e quando finalmente la Madonna è sola le parla. A tu per tu, senza fingere, senza sbrodolare. Schiette. Due donne che si parlano a viso aperto. Che male ti ho fatto? Sono una donna come te o no? E allora perché tu ce l'hai un bambino e io niente?

Poi, anche se la rabbuia ancor di più, si mette a rimirare il bambinello, le manine, le pieghe grassottelle delle gambe. Quando sente di non farcela più se ne va, di colpo, come se una catena la strappasse via, gira i tacchi e esce nella luce della strada. Torna indietro quasi subito, furiosa come prima, ma torna. Prende una candela e la accende alla Madonna, con rabbia, rubando la fiamma dalla candela accanto e pinzandola al ferretto, senza cura, senza stare a vedere se è storta, se gocciola cera, se rimane accesa o si spegne o cade a terra. Si spegne subito. Tempo di mettere dieci passi verso l'uscita e la candela s'è bell'e spenta. Ovvio, per come l'ha accesa male.

Ci va spesso, nelle chiese. Anche in quelle lontane e sconosciute, fuori mano. Dove capita. Appena vede una chiesa entra, e ci trova una madonna nuova. Una ha il vestito beige chiaro, un'altra rosa; i capelli biondi o più scuri; una sta in piedi, un'altra inginocchiata; e il bambino è grasso o è magro, ricciolo o pelato, vestito o quasi ignudo. Ma è sempre la stessa storia, non cambia niente. Ogni volta è una spinta e una ripulsa, un'invidia e un desiderio.

È pronta a tutto, non ha paura di sottoporsi a qualsiasi intervento, basta che si faccia in fretta perché ha già trentaquattro anni, e una donna non può aspettare in eterno. Le dicono: ci sarebbe un luminare; vai dal luminare... Perché non provi, cosa ci vuole a prendere un appuntamento. Lei ascolta, dice che ci pensa ma lascia correre il tempo, non solo perché chissà quanto costa la visita, ma anche perché è l'ultima occasione, lo sente: se le va male non le rimane niente davanti, neanche un sogno.

Sera di vento sul cavalcavia

Un pomeriggio del 1955, poteva essere novembre, Teresa Bertino va dal luminare. È sposata da cinque anni, lei e Vincenzo ci hanno messo tutto l'amore possibile ma ormai è chiaro, i figli non vengono.

È andata un bel po' di volte dal dottore della mutua, ma niente. E alla fine si decide, una sera che si attarda a cucire e suo marito le dice: «Quando ti sbrighi che andiamo a letto?». E lei risponde: «Lasciami lavorare, che sono buona solo a questo». Scoppia a piangere. Vincenzo cerca di consolarla ma non gli vengono le parole, perché un figlio sotto sotto lo vuole anche lui. Il mattino dopo Teresa decide che una vita così non va bene, solo a lavorare e piangere. Ci deve provare, a capire cosa non va, se qualcosa si può fare o no. Così almeno la coscienza ce l'avrà in pace.

Ci va quel pomeriggio di novembre. Lo studio medico si trova all'altro capo della città, bisogna prendere un tram e poi farsi a piedi un bel pezzo di corso Rosselli e tutto il cavalcavia. Non sa come vestirsi. Già quelle visite le mettono vergogna, da un luminare poi... Come ci si veste per andare da un luminare? Non ha il cappotto, e quel novembre è freddo che sembra gennaio.

Ha il soprabito, da mettersi senza sfigurare. Un soprabito però è un soprabito, va bene in primavera. È pure verde, e il verde la sbatte. Se l'è cucito appena sposata con la stoffa che un'amica le ha regalato per il matrimonio, una lanetta leggera a trama troppo grossa. Ha copiato il modello da una cliente ed è riuscita a farlo identico: svasato al fondo, maniche a raglan, e un bottone solo, enorme. È venuta matta a cercare quel bottone che, visto che era uno solo, doveva essere diverso dai bottoni comuni. L'ha trovato in una merceria del centro, dove non va mai perché è tutto caro come il fuoco. Un bottone verde gigante, ondulato, nel senso che fa una specie di onda laterale e al centro si affossa per far posto ai due fori. Non quattro. Più elegante, un bottone con due fori anziché quattro.

C'è un vento gelido. Lei cammina sul ponte del cavalcavia e un vento così non l'ha mai visto. Gli va contro spingendo di petto, le spalle curve, la testa bassa. Va di corsa contro quel vento, mette i passi più veloci che può. Sembra un toro. Deve farcela. Glielo dirà al dottore, che se è la sua ultima battaglia lei non può perderla, una maniera bisognerà trovarla.

Le auto sfilano lente, sembrano anch'esse andare controvento. Il traffico è modesto a quell'ora. Solo un rallentamento per lavori stradali, più avanti; vede due uomini con la tuta da lavoro, uno sta a metà dentro una specie di pozzo, l'altro traffica con dei tubi. Quando passa accanto, non si ferma a guardare che lavoro fanno. Ha freddo, il freddo le s'infila attraverso il soprabito, la lana troppo leggera.

Il dottore la fa accomodare su una seggiola di ferro smaltata di bianco, davanti alla sua scrivania, bianca. È tutto bianco, lì dentro. Solo il divano e la poltrona, sul fondo, sono di un azzurro cupo. Lascia che lei dica quel che ha da dire, poi la visita. Lei si vergogna a togliersi proprio tutto, dietro il paravento. Rimane in sottoveste.

«Da quanti anni ha detto che è sposata?»

«Cinque.»

Dopo la visita le dice: «Si rivesta pure». E la fa accomodare sul divano, non più sulla seggiola. Lei si siede sul bordo. Tiene i piedi uniti, si guarda le scarpe; ha messo quelle con un po' di punta, ora i calli le fanno male. Le mani che non sa mai dove mettere le poggia sulle ginocchia, dove la gonna finisce e iniziano le calze di nylon fini. A un palmo c'è un tavolino basso di vetro che riflette tutto peggio di uno specchio, deve stare attenta a non urtarlo con un movimento delle gambe, potrebbe andare in mille pezzi. Sulla parete di fronte il quadro di una marina.

Visto che il dottore sta chino sulle carte e non le dice niente, lei alza lo sguardo al quadro, si prende il tempo di osservarlo bene. È una barca a vela sospinta dal vento tra onde così grosse che si mangiano la chiglia, il cielo nero, ma di lato uno sbuffo arancione pieno di luce, un sole che non riesce a uscire ma si vede che ne ha voglia. A Teresa piacciono i quadri come quello, i quadri veri, a olio, dove si vedono le pennellate. Non quelli finti di cartone, come i girasoli che ha appeso a casa sua in entrata, e sono il coperchio dei cioccolatini Perugina.

Il dottore smette di scartabellare, si alza e si siede sul bordo della scrivania, le mani in grembo, una gamba sul pavimento e l'altra per aria a dondolare. Si vede che è un luminare, pensa Teresa: parla poco, e ha quelle scarpe così lucide. Pensa d'aver fatto bene a venire da lui, anche se le costerà un patrimonio, metà dell'affitto quasi. Ma ora ha paura di quando comincerà una frase, darebbe non so cosa perché rimanesse muto. Le sta davanti, con quella scarpa troppo lustra dondolante. Ora solleva gli occhiali e se li ferma a metà della fronte, un miracolo che stiano su, apre le braccia e le lascia ricadere: «Signora, cosa se ne fa di un figlio?».

Così le dice. A Teresa pare di non capire, di non esser lì, di non esser lei.

Il resto del discorso lo percepisce appena, come il sottofondo di una radio lasciata accesa.

«Danno solo fastidi, i figli... Crescono, se ne vanno e lei rimane sola...»

Ora il dottore parla a cascata, una frase poi un'altra, una pausa, uno strascico di sillabe, una parola spersa. Teresa non segue nessun filo, lascia che le parole emergano qua e là, fluttuanti.

«Mi dia retta, lasci perdere. Si goda la vita, lei e suo marito, viaggiate, vedete amici...»

Sorride, il dottore. Parla dentro quel suo sorriso moscio, liquido, che non se ne va e non è un sorriso, è una maschera. La bocca troppo umida, troppo aperta.

«Cosa se ne fa di un figlio?»

Sposta gli occhiali dalla fronte, se li riposiziona sugli occhi e con questo chiude il cerchio. Ora si rimette alla scrivania e le spiega qualcosa di tecnico, di scientifico, ma lei non è attenta. Ha cercato poi mille volte di ricordarsi quelle parole, che di sicuro contenevano una diagnosi, una causa; ma niente, si erano perdute.

Sul cavalcavia, facendo la strada a ritroso, ora ha il vento da dietro, che la spinge. Le sferza la schiena, le butta i capelli sul davanti e la polvere sul collo. Alza il bavero, per il freddo, si stringe i lembi del soprabito sul petto perché entri meno aria. Ma con quel solo bottone chiudersi bene è impossibile.

Secondo me è quel giorno, che ho deciso. È quel momento, quando Teresa Bertino fa la strada di ritorno sul cavalcavia di corso Rosselli, con il soprabito troppo leggero. Io sono lì, e vedo l'inutilità di stringersi la stoffa addosso a proteggersi dal vento, o dalla malasorte che le va contro. La leggerezza inappropriata della stoffa. L'attrito, l'incongruenza. E solo perché si vergogna di mettersi il cappotto.

Un cappotto veramente ce l'ha, Teresa Bertino, non è vero che non ce l'ha. Se l'era fatto quando c'era la guerra, con le coperte militari. Andavano di notte lei e sua madre a rubarle ai soldati, poi le tingevano di un blu scuro che non parevano più coperte, e si cucivano i cappotti. Si faceva così, durante la guerra, tutti a rubare le coperte ai soldati di notte e poi farsene cappotti. Ma dal luminare non vuole andarci con il cappotto spesso e infeltrito della guerra, tinto e ritinto cinque o sei volte. È frusto. Brutto. Ed è anche camolato: c'è un rammendo sulla manica sinistra, dove lo hanno mangiato le camole, un'estate, dentro l'armadio. Avevo notato anche questo, lei che mette poca naftalina, le camole che addentano la lana, e poi lei che con pazienza un punto dopo l'altro ricostruisce la trama, che non si veda il filo, la ragnatela del rammendo. Ma si vede, è proprio sul fondo della manica, come si fa a non vederlo?

Per essere precisi, è il bottone. Quando vedo come si aggrappa a quell'unico bottone – verde, troppo grande, troppo solo contro il gelo – non posso non sceglierla. Abbiamo o no il potere di decidere dove nascere? Io credo di sì. Non ne ho la certezza, ma ci credo. Osserviamo il mondo dall'alto, prima di buttarci, e scegliamo, magari per un dettaglio. Siamo così bravi da lassù, a cogliere i dettagli. Anche i più piccoli e insignificanti. Non abbiamo alcuna cognizione di cosa sia insignificante e cosa no. Voglio dire, guardiamo con questa pazzesca esattezza dello sguardo, puntiamo il posto che ci sembra congeniale, il più consono, e lì decidiamo di cadere. Consono a che cosa? E chi lo sa? Andiamo a cadere dritti dove ci pare che meglio si compirà il nostro destino. Destino, poi... Un disegno, piuttosto, un disegno che deve completarsi.

Per me, lo ripeto, è stato quel bottone verde. Da quello capisco che devo andare a nascere lì, dalla donna a cui è stato appena detto che non sarà mai madre. Mi sembra bellissimo poter dire un giorno: «Mia madre non poteva avere figli». Mi innamoro della frase, diciamo, della sfida che contiene. Sovvertire l'ordine, sorprendere. Fare capolino in un mondo che non mi ha prevista.

Sono anche gli occhi, però. Questo sì, devo dirlo. Li guardo a lungo. Mi colpiscono per la forma. Mia madre ha gli occhi disegnati a triangolo rettangolo, con quell'angolo minore acuto che le cade ai lati degli zigomi, le spiove, a inseguire una tristezza che non se ne va. Come posso non correre da lei a cambiarle il disegno, voltarglielo all'insù, quell'angolo spiovente?

Osservo tutto, dal mondo della luna. Non so come chiamare in altro modo il posto dov'ero prima di nascere. Quando lo chiedevo a mia madre, da dove ero venuta, lei mi diceva: dal mondo della luna. Senza la minima esitazione. Osservo da lassù anche quel che viene prima, per esempio quand'è ancora in casa e si prepara a uscire, quando in bagno si picchietta le guance col batuffolo di cipria, si passa il rossetto facendo la bocca a cuore davanti allo specchio; quando non sa cosa mettersi, quali scarpe, quale borsa; mentre fa la strada al gelo, i pensieri che le passano. I pensieri, sì, dall'alto si possono vedere anche i pensieri. Glieli vedo uno per uno, pensieri pieni di rassegnazione e di speranza, che non capisco come possa tenere insieme, mentre cerca di contrastare il vento. Vedo quando entra nello studio medico, gli occhi bassi, il mezzo sorriso di chi non sa cosa dire ma viene per chiedere aiuto, i capelli cotonati troppo alti, la lacca che si rapprende, quel sedersi sul bordo del divano, solo sul bordo, per non toccare, non segnare nulla della sua presenza, neanche una stoffa, come a dire che lei non è veramente lì. Fino al colpo finale: lei non può avere figli. Detto però in quel modo sghembo: «Signora, cosa se ne fa di un figlio?». La mia futura madre: inerme. La vedo, davanti a quel macigno fatto di parole inutilmente gentili, o ipocrite. Non si muove. Tiene le mani sulle ginocchia, come voglia allungarsi l'orlo della gonna perché il dottore non le veda le gambe, il dottore che l'ha appena visitata... O si aggrappa a quell'orlo come fosse il perimetro di un burrone, l'ultimo appiglio prima di caderci. È un gesto da niente ma io lo vedo. Dall'alto, è paradossale, si vede tutto meglio, si percepiscono anche le ragioni, di un gesto. Vedo il triangolo degli occhi che le precipita ancora più in basso, chiudendole l'ovale del viso in una lacrima ferma, asciutta, che non scorre. È l'unico movimento, solo un disegno. Lì capisco che devo scendere. Intuisco, non so appigliandomi a cosa, che il suo desiderio di aver figli è troppo disperato, che ci dev'essere qualcosa sotto, non so, una ferita che viene da lontano e rende la mia nascita necessaria.

Va bene. Voglio andarle a dire, nascendo, che non tutto è così malvagio. Non siamo una linea retta. Qualcosa può deviare, curvare, diramarsi. Penso che mi piacerebbe deviare la sua retta. Ecco, sì, penso questo, il giorno in cui la scelgo.

Non m'importa niente di mio padre. Non sto neanche a guardare chi è, non mi fermo a considerare che, visto che mia madre l'ha sposato, sarà lui mio padre. Non lo guardo, dall'alto. Non vedo nemmeno che è sordo, che gli è venuto un guasto all'orecchio e non si rende ancora conto della gravità. Io scelgo lei, non lui.

La fossetta

Mia madre rimane incinta un po' dopo la famosa visita dal luminare. Fosse dipeso da me, sarei scesa subito dentro di lei, la sera stessa di quel novembre ventoso; ma lascio che passino uno o due mesi perché non voglio esagerare, il medico che le dice «signora, non può aver figli» e lei che torna a casa e rimane incinta all'istante: mi pareva esagerato. Meglio aspettare. Più rispettoso, meno arrogante.

La notizia la dà a mio padre una sera di febbraio. Piove. Una pioggia spessa batte ai vetri della cucina. Teresa lascia che Vincenzo si tolga la divisa, si rinfreschi in bagno, si sieda come al solito al tavolo e si versi un bicchiere dicendo: «Ah, finalmente a casa!». Non glielo dice subito. Continua il suo lavoro, muta, seduta all'altro capo del tavolo, come sempre. Io mi godo la scena, sono lì che fremo, e non capisco: quanto ci mette? Forse è una gioia troppo grande, per sprecarla in parole; vuole moltiplicarsi nella testa l'attimo in cui glielo dirà. Mio padre le racconta qualcosa della giornata e lei annuisce, si mostra lontana.

«Teresa, cos'hai?»

«Niente...»

Ma è un niente che fa rumore. Due volte, tre volte, poi mio padre finalmente perde la pazienza.

«Allora? Me lo vuoi dire o no cosa ti è successo?»

Alza la testa dal cucito. Le guardo il viso, la luce elettrica spiana ogni ombra. E lascia andare quell'unica parola, che poi è un verbo:

«Aspetto...».

È un verbo così scarno, così assoluto. È un attimo, in cui tutto diventa fermo, anche le gocce ai vetri. Io sono già lì con loro. Sono dentro quel silenzio come in una nuvola bianca, di cotone. Poi tutto esplode. Si abbracciano, piangono, lui le chiede se è proprio vero, lei lo rassicura, ne è certa, è stata anche dal dottore della mutua, ha confermato. E conclude, con voce ferma, che se è una bambina sa bene lei come chiamarla. Glielo ripete due volte, il nome. E suona come un ordine. Io mi chiamerò Donata.

Sono quasi le sette. Mio padre guarda l'orologio: ce la può fare. Si riveste di fretta dicendole che torna subito, e corre giù alla merceria a comprarle un paio di calze. Vuol farle un regalo subito a tutti i costi, le calze sono l'unica cosa che gli viene in mente. Ogni volta sarà così, Natale, compleanno, qualunque ricorrenza sia. Non ha fantasia, mio padre, le regala sempre un paio di calze fini di nylon, color carne. Entra tronfio nel negozio e ripete la taglia almeno due volte, a voce forte, che si senta bene: taglia numero 10. Ci va fiero perché la taglia 10 vuol dire avere una moglie bella, con le gambe lunghe. Quella sera non si tiene e, mentre la padrona del negozio gli mostra le diverse nuance di colore, dice: «Lo sa che mia moglie aspetta?».

Mi sembra che cominci bene. Dunque mia madre non può avere figli e io nasco, il 1° ottobre del 1956. Il giorno del suo onomastico, santa Teresa del Bambin Gesù. Alle 6 e 22, quando arriva il sole. Nascere insieme al sole, all'inizio del giorno, di lunedì che è l'inizio della settimana, il 1° che è l'inizio del mese, all'imbocco della luna nuova: vuol dire che io sono l'inizio, è chiaro. L'inizio di che cosa non lo so, ma non m'importa: arrivo. Peso quattro chili e ho la banana in testa, una specie di boccolo centrale oblungo che mi fa l'ostetrica prima di mostrarmi ai miei, perché ho troppi capelli e non sa in che altro modo tenerli in ordine.

Ho anche una fossetta sulla guancia, a sinistra. Me lo spiega mia madre appena cresco, cosa vuol dire. È Gesù che ti ha dato un bacino prima di mandarti sulla Terra, e mentre te lo dava ti ha detto vai, che sarai fortunata!

Bene. Mi servirà quella fortuna, per salvare la mia mamma.

Undici anni

I

Inizio disastroso

Prime imperfezioni

Invece no, l'inizio è stato disastroso. Avevo pochi mesi di vita e a mia madre venne la mastite. Fui io a procurargliela, me lo raccontò appena fui abbastanza grande da capire. Ogni volta mi mostrava il taglio che le avevano fatto sotto il seno sinistro. Alzava la maglietta, mi faceva vedere com'era lunga la cicatrice e mi diceva: «La vedi questa coltellata? Sei stata tu. Non prendevi il latte, non succhiavi. Io me lo toglievo ma non bastava, me ne restava sempre dentro un po' che s'induriva, faceva un male... Alla fine hanno dovuto tagliarmi».

Poi arrivò la crosta lattea. Mi misero i guantini di cotone perché non mi grattassi. Ero una bambina incrostata e inguantata, non mi era riuscito di nascere gagliarda e forte.

A nove mesi mi presi l'asiatica e stavo per morire. Non ero stata capace di schivare il virus. Colpì mezzo mondo, tra il 1957 e il 1960, fece più di due milioni di morti. Rimasi non so quanti giorni in ospedale. Mia madre veniva tutte le sere e si sarebbe fermata anche la notte, ma le suore erano irremovibili sull'orario delle visite: poteva restare massimo un'ora. Una suora in particolare la mandava via allo scoccare, senza pietà.

«Signora, se ne vada, per piacere! Ci pensiamo noi, a sua figlia.»

«Non è vero, la lasciate piangere. Non vede com'è ridotta?»

Ogni sera, quando entrava, mi trovava seduta sul letto paonazza, violacea, con le braccia protese, che mi usciva solo un rantolo, una specie di miagolio smorzato e roco, tanto avevo pianto. «Quelle suore ti lasciavano piangere tutto il giorno! E io non c'ero, non potevo entrare, e tu non avevi neanche più la voce!»

Le tornava la stessa disperazione di allora, a farmi questi racconti. Io cercavo di immaginarmi, ma non riuscivo a rimpicciolirmi fino ad avere nove mesi, ridotta a un esserino scarno che emetteva solo flebili suoni. Nessuno di noi riesce a sentire i propri vagiti. Mi vedevo più o meno com'ero nel presente, una bambina di quattro o cinque anni, seduta su un letto di ospedale con le braccia avanti e muta. Non capivo quanto tempo fosse durato, cosa fosse essere così indifesa.

Credo di aver collegato allora, senza saperlo, la malattia all'abbandono. Io malata, quindi senza mamma. Come se fosse la malattia a staccare da me la persona che più amavo al mondo, a gettarmi in un burrone dove nessuno sentiva più il mio pianto, dove nessuno, anche se mi voleva bene, sarebbe mai venuto a salvarmi. Ne dedussi, in quel modo inconscio, che la malattia ci lascia soli a urlare nel burrone. Ci fa sparire la mamma. Di colpo arriva la malattia, noi chiamiamo la nostra mamma e lei non sente, non viene, non si precipita a salvarci, e a noi va via la voce perché tanto è inutile, moriremo. Ma sì. Può darsi che poi io debba farci i conti per sempre, con questa storia: me lo spiega affettuosamente la mia amica Ingrid, che fa la psicanalista e ha deciso di migliorarmi un po' la vita, al telefono, perché abitiamo lontane e ci vediamo solo d'estate, quando va bene. Mi dedica molto tempo, mi ascolta, mi parla; quando mi assale il tormento delle malattie cerca di calmarmi, mi dice affidati all'istinto, ce la farai come ce l'hai fatta allora. Vuole togliermi la paura, almeno un briciolo.

Riuscii a non morire. Era ovvio. Avrei voluto dirlo, a mia madre, che non sarei di sicuro morta, visto che ero nata per risarcirla: non potevo certo infliggerle il dolore di una figlia che a nove mesi muore. E le avrei anche volentieri evitato tutta quella sofferenza di vedermi all'ospedale così malridotta, se solo avessi trovato il modo.

Appena mi fecero uscire dall'ospedale, mia madre mi portò dal fotografo. Fu il suo modo di festeggiare la mia scampata morte. Mi portò dal più bravo di Torino. «Fotografa solo i bambini belli» mi disse. La foto è un primo piano color seppia su fondo cremino spento: c'è una bambina di nove mesi con i riccioli scuri, gli occhi enormi e una spalla nuda che si perde nella crema del fondo. La foto di un naufrago che per un pelo s'è salvato. Lo sguardo triste, acquoso, di chi ha traversato un pianto cosmico e non è detto che ne sia uscito.

Mi veniva spesso mal di gola e febbre, e certi raffreddori giganteschi, fiumi inarrestabili che mi uscivano dal naso per giorni e mi lasciavano gli occhi gonfi e la pelle rossa e screpolata intorno alle narici. Non è vero che il raffreddore è niente, è uno sconquasso dell'universo. Per questo mia madre per uscire mi metteva sempre il fularino. D'inverno la cuffia di lana, ma per tutto il resto dell'anno, anche d'estate, il fularino. Diminutivo di foulard. Mi ci avvolgeva la testa e me lo annodava stretto dietro, sul collo. Sembrava uscissi con l'elmetto, non sentivo più i rumori e nemmeno l'aria tra i capelli. Proprio per questo me lo metteva, perché non prendessi aria. Mi diceva: «Vieni che ti metto il fularino che oggi c'è aria». Oppure: «Non prendere aria». Non dovevo mai, prendere aria.

Avevo anche problemi intestinali di natura piuttosto misteriosa: mangiavo, ma restavo sempre magra. Dicevano che avevo il verme solitario, per questo non riuscivo a ingrassare. Mia madre ogni tanto doveva farmi il trattamento: mi stendeva sul tavolo della cucina e lì, ben illuminata sotto il lampadario, m'infilava uno spicchio d'aglio nel sedere. Pare che fosse l'unico rimedio per eliminare i vermi dall'intestino. E dovevo mangiare sempre in bianco. Riso bollito, minestrine dove navigavano stelline sperse, patate schiacciate, mela grattugiata. Mai un fritto, un sugo, una torta alla crema, mai il cioccolato.

Una sera mi portarono da un famoso dottore: ebbi anch'io il mio luminare. Era quasi l'ora di cena. Ci avevano dato quell'ora tarda per la visita, così poté venire anche mio padre, appena tornato dal lavoro. In cucina c'era la luce accesa già da un pezzo; mentre mia madre mi vestiva guardavo la lampadina penzola e fuori dalle finestre il buio. Mi faceva strano uscire tutti e tre a quell'ora, che la giornata era finita. Il dottore mi fece una visita accurata. Mia madre mi rivestì e ci mettemmo tutti e tre seduti davanti alla sua scrivania. Pendevamo dalle sue labbra. Lui mi guardò e mi fece l'occhiolino. Da quant'è che la fate mangiare in bianco? Mia madre rispose da quant'era, e lui guardando in faccia i miei genitori disse che potevano darmi una bella pastasciutta al pomodoro, a cominciare da quella sera stessa. Non ricordo cosa aggiunse poi, quale fosse la diagnosi. Mi pare che non seppi mai di che malattia soffrissi. Ma ho un vivo ricordo della pasta rossa che mi diedero quella sera, come gocciolava di sugo.

A due anni ci fu un altro problema: volevo essere un maschio. Non so se credere a questo mio ricordo, forse dovrei dire a tre anni, ma a me sembra proprio che ne avessi due. Pretendevo che tutti mi chiamassero Donato e dicessero "lui" quando parlavano di me. Mia madre sopportava un po' e poi sbottava: «Basta con 'sta storia, si vede che sei una femmina!». Si metteva a urlare: «Si vede, Donata, smettila! Si vede!». Usciva fuori di sé, certe volte mi dava anche uno scapaccione per farmi smettere. Io la smettevo. Pensavo solo che si potesse scegliere che cosa essere, che bastasse mettere una "o" al fondo del nome anziché una "a". Ma davanti a quella storia che *si vedeva* che ero femmina, stavo zitta. Era insormontabile. Se una cosa si vede, come si farà mai a negarla? Questo mi era chiaro. Quel che non capivo era *dove* si vedeva, che ero femmina. Stava scritto da qualche parte? Sul viso? O sulla schiena, dove non riuscivo a ispezionarmi?

A me faceva orrore anche solo la parola femmina. Non so da dove mi venisse quella ostinazione contraria, né che cosa significasse. Forse niente, solo una preferenza esteriore. Mi facevano orrore i boccoli, i vestitini graziosi che mi cuciva lei, arricciati in vita con nodini; appena scorgeva un varco, c'infilava quei nodini. Forse si vedeva dai vestitini, che ero femmina. Infatti io volevo i pantaloni. Due paia me li aveva fatti, ma solo per l'inverno, per pararmi le gambe dal gelo; uno di lana scozzese per tutti i giorni e uno di jersey grigio per la domenica. Per infilarmeli mi metteva in piedi sulla sedia, proprio sotto la mensola che reggeva la radio. Mi ricordo che incombeva sopra di me, la toccavo quasi. C'è una foto dove ho quei pantaloni e la radio quasi sulla testa, come fossi Atlante, il gigante che regge il mondo.

Mi piaceva l'inverno, perché con i pantaloni lunghi mi riusciva meglio di sentirmi un maschio. L'arrivo della buona stagione invece mi lasciava inerme, alla mercé di nodini e svolazzi.

Così non andavo bene. Ero appena venuta al mondo e già dovevo correggermi, rifarmi, raddrizzare, se volevo farla contenta o almeno non scontentarla, quella madre che avevo scelto.

Il cardillo e la felicità fuori posto

Per mio padre il mio inizio non fu per niente disastroso: l'anno in cui nacqui entrò alla Fiat. Era il suo sogno, e secondo lui fui io a esaudirglielo. Lo raccontava sempre, infarcendomi di lodi. In realtà ero completamente estranea alla faccenda, Fiat, polizia e tutto il resto. L'aveva deciso da solo di studiare per farsi assumere alla Fiat, mi sa che era venuto a Torino apposta. Io non c'entravo. Appena sposato s'era iscritto alle serali. Dopo il lavoro filava dritto all'Istituto Offidani e tornava da scuola che era notte, mangiava qualcosa e si metteva sui libri; fin dopo l'una, se serviva. Mia madre sparecchiava, lavava quei due piatti, gli si sedeva accanto e lo faceva ripetere, e perché non gli venisse sonno gli diceva: «Leggi forte, così imparo anch'io». Ma erano cose astruse, che non le piacevano. Quando le cadeva la testa sul tavolo, era lui a scuoterla finché non si convinceva ad andare a letto.

Mio padre diventò ragioniere. Quella parola se la ripeteva: ragioniere, ragioniere... Cantava e ballava, mentre la diceva, abbracciando alla vita mia madre, che non ne aveva voglia e si divincolava subito. Entrò alla Fiat Sezione Auto, impiegato in un ufficio che si occupava delle relazioni con i fornitori. Impiegato era una parola importante, allora, e non era necessario specificare esattamente: voleva dire non essere operaio. Quando andai a scuola e mi chiedevano cosa fa tuo padre, io rispondevo: l'impiegato, mettendoci fierezza.

Mio padre lo faceva spesso, di canticchiare e salterellare per casa. Lo faceva anche da solo, visto che mia madre si ritraeva e lo guardava storto come se fosse una cosa brutta, che non andava bene. Non so perché mia madre non ballava con lui, non partecipava a quella piccola festa casalinga; forse aveva una serietà, una sobrietà dei gesti, che le veniva dal suo essere piemontese; era come se avesse un pudore, una ritrosia. Mio padre era diverso, gli nasceva un'allegria improvvisa, una voglia di musica e saltelli. Smetteva di pulire l'insalata e così com'era, tra il tavolo, la finestra e la macchina da cucire, in canottiera, i pantaloni tirati su quasi fin sotto le ascelle, le calze che gli scendevano ammosciate sulle pantofole, ballava. Da solo. Facendosi da sé una tiritera sempre uguale: *E tinghi tinghi ti, tiriti tinghi tinghi ti.* O si metteva a canticchiare le canzoni in voga, come *Marina Marina Marina, ti voglio al più presto sposar. O mia bella mora, no non mi lasciare, non mi devi rovinare, oh no no no no no*. O le tarantelle abruzzesi.

E vola vola vola vola,
e vola lu cardillo,
nu vasce a pizzichillo
ne me le può nega'.

La domenica metteva il disco, all'ora di pranzo, e lo ascoltavamo per intero due o tre volte. Volava quel benedetto cardillo, ma anche volava il pavone, e il gallinaccio, tutti con un *lu* davanti. E mio padre lì che cantava insieme al disco. Io non sopportavo il *lu* davanti a ogni parola, e nel suo dialetto era pieno. Non mi piaceva lu cardillo, lu gallinaccio, lu pavone. Non mi piaceva quel padre che mi ritrovavo, anche per il *lu*.

Dopo pranzo metteva i ballabili, valzer, polke, mazurke. Prendeva mia madre e la faceva ballare davanti ai rimasugli di cibo ancora nei piatti, lei gli chiedeva cos'erano quelle smancerie, si divincolava infastidita, e lui le rispondeva che volava lu cardillo e nu bacio a pizzichillo non glielo poteva nega'. La rincorreva per baciarla, e intanto rideva, rideva. Con i denti gialli di fumo. Forse aveva preso da sua madre a ridere così, mammalena e i quattro denti che le restavano a ballonzolare al centro della bocca. Poi prendeva me, mi teneva le mani alzate per ballare e anch'io non volevo, strillavo e mi districavo dalla presa.

Lui era contento della vita e mia madre no. Così sembrava a me. E mi disturbava, tutta quella sua allegrezza fuori posto.

Suonava anche l'armonica a bocca, certi motivetti che s'inventava lì per lì. Me ne regalò una, a un certo punto, tutta per me, in un astuccio di cartone rosso bordeaux, con sopra la figura di alpini che scalano tutti in fila una montagna, non ricordo se con la neve o senza. Cercò d'insegnarmi a suonarla, ma io per fargli dispetto non imparai. Mi piaceva però possedere quell'oggetto: era bello, luccicante, ed era uno strumento musicale vero, da grandi. Da alpini. Ogni tanto la estraevo dall'astuccio bordeaux e me la rimiravo. Provavo anche a esercitarmi, ma di nascosto, che lui non mi vedesse. Mi venivano fuori solo certi respiri strozzati, note stonate e stridule. Se mio padre mi sentiva, mi prendeva in braccio e m'insegnava daccapo, e intanto mi riempiva di baci.

Era affettuoso. Me lo diceva mia madre: «È affettuoso, devi aver pazienza». Mi dava pizzicotti, baci, carezze, mi stringeva il viso in una mano fino a farmi male. Era il suo modo di dirmi quanto bene mi voleva, quanto era felice che fossi sua figlia. I suoi baci erano bagnati, mi lasciavano la guancia umidiccia, che mi pulivo subito col dorso della mano. Lo mandavo via, non lo volevo un padre così. Gli dicevo: «Sei bavoso».

La tranquilla ristrettezza dell'universo

Dunque mia madre faceva la sarta. Lo sapevo da sempre. L'avevo visto dall'alto che avrei avuto una madre sarta, ma non mi ero resa conto per intero di quel che volesse dire, dello spazio esiguo che comportava. Una cosa è guardare il mondo da una certa distanza, un'altra è finirci in mezzo. Ma imparai presto quel che era: una madre statica; è vero che stava tutto il giorno con me, però non usciva mai e non aveva mai tempo, imprigionata nel quadrato chiuso della casa e in quel suo cucire cieco, gli occhi che non si alzavano dall'ago. Se anche lo avessi considerato, comunque, avrei scelto lei lo stesso. A me andava bene così. Non sapevo come sarebbe stato avere una mamma non sarta; per me tutte le mamme erano sarte, come se l'essere mamma e l'essere sarta fossero la stessa cosa.

Lavorava in cucina dove, oltre al tavolo di marmo, la credenza e la mensola per la radio, c'era la sua Necchi a pedale. Quando cuciva a macchina la vedevo solo di spalle, curvata a far andare i punti, e mi mancava un po', era quasi come se non ci fosse. Quando invece cuciva a mano si metteva seduta su una delle tre sedie accostate al tavolo, e allora riuscivo a vederle il viso: mi sedevo su una delle altre due sedie ed era fatta, stavamo l'una davanti all'altra tutto il giorno.

Sul tavolo erano posati i fili, gli aghi, il ditale, i bottoni, i bottoni automatici, la scatolina degli spilli e i pezzi di stoffa che le servivano. I bottoni automatici lei li chiamava alla francese, *pusuàr*, ma con una "s" sola e dolce. Quando veniva ora di mangiare, liberava il tavolo e metteva la tovaglia con i piatti e i bicchieri. Dopo pranzo e dopo cena sparecchiava e tornava a riempire il tavolo con gli spilli e le stoffe e via così, tutti i giorni.

A me andava bene, starle seduta accanto o girarle attorno. La cucina, dove lei stava, era tutto il mio universo, e non mi accorgevo di quanto fosse ristretto.

Credo che invece lei pensasse mi annoiassi a morte. Aveva paura della mia noia, le dava preoccupazione. Perché non mi annoiassi, ogni tanto mi dava la scatola dei bottoni, concedendomi di aprirla e farne quel che volevo. Era una scatola di latta verde oliva, con la scritta NECCHI in giallo; conteneva un centinaio di bottoni, tutti pigiati dentro alla rinfusa. Erano quelli che avanzava, che non aveva usato perché erano sbagliati o non erano piaciuti alla cliente, o quelli che aveva sostituito ma s'era scordata di restituire, o aveva deciso di tenersi. Io li sparpagliavo per terra, li contavo, li aggregavo in mucchietti. Mettevo in fila quelli tutti uguali, a volte arrivavo a contarne sei o addirittura dieci. Ma c'erano anche i bottoni unici, quelli di cui era rimasto un solo esemplare. Chissà i fratelli, pensavo, dove sono finiti. Spaiati, raminghi, risplendevano della loro unicità, mi sembravano i più preziosi. Figli unici, com'ero io. Li ricordo tutti, potrei farne ora un lungo elenco dettagliato. Mi limiterò ai miei tre bottoni preferiti. Un bottone giallo trasparente, fatto di una specie di plastica ambrata su cui erano applicati due cerchiolini concentrici di metallo dorato. Un bottone quadrato e spesso, con delle incisioni di madreperla grigia. E un cerchietto tubolare blu, a cui s'aggrappava, in un punto della circonferenza, una perla. Il più prezioso, perché è il solo che ora non ritrovo più.

Con questi bottoni non combinavo nulla di speciale, non si può dire che ci giocassi. Stavo per ore a rigirarmeli tra le mani, tutto lì. Ma la giornata passava, e mia madre era meno triste, a vedermi trafficare.

Quando veniva l'estate, il mio universo ristretto si allargava: comprendeva anche il balcone. Ci passavo i mesi del caldo afoso, col mio orso. Mio padre mi aveva costruito una panchetta di legno alta venti centimetri; ci lavorava la sera appena tornato dall'ufficio, lo vedevo sagomare il legno e piantare i chiodi, mentre canticchiava le sue tiritere fumandosi una sigaretta dopo l'altra. E alla fine me la consegnò, fiero di farmi quel regalo. La appoggiavo al muro e mi tenevo l'orso sulle ginocchia. Ci stavamo ore, l'orso e io, su quella panchetta.

L'orso era meglio della scatola di bottoni. Non era un gioco nemmeno lui: era un amico, un fratellino, un figlio. Non sapevo bene cosa fosse, ma non importava. Le bambole invece lo sapevo che non erano niente; le buttavo sotto i mobili con un calcio, avevano qualcosa che detestavo, forse era la plastica dura, le ciglia lunghe, la bocca socchiusa a cuore, certe loro pose da neonate rosee bisognose di coccole. Non mi veniva di coccolarle, mi sembravano troppo finte e troppo vere al tempo stesso, qualcosa che voleva assomigliare a un bambino appena nato ma ne era distante mille miglia. L'orso era più vero, nella sua finzione: aveva il pelo, gli occhi fissi di un vetro inerme e spaesato, niente fossette, niente smancerie.

Anche di questo mia madre ci pativa, che non giocassi con le bambole. «Sempre con quell'orso» mi diceva. «Sei una bambina, dovresti giocare con le bambole.»

L'orso non era sempre lo stesso orso, perché il pelo dopo un po' si sgualciva, diradava lasciando chiazze di tela stinta finché diventava uno straccio di orso spelato, e i miei me ne regalavano uno nuovo. Del vecchio orso non me ne facevo più niente, doveva sparire. Avevo trovato un modo che mi piaceva: ci giocavo al macellaio per un intero pomeriggio. Lo sventravo, gli toglievo la paglia che aveva dentro e mi prendevo l'anima che suona, una scatolina cilindrica che se si premeva emetteva un verso, era la sua voce d'orso. Poi buttavo in un angolo la pelliccia vuota e giocavo con l'orso nuovo, il tempo che durava, finché non toccava a lui subire la stessa sorte.

Non so quanti orsi ho sventrato. Difficile da spiegare. Non era crudeltà, in qualche modo era, anzi, una forma di amore. Una forma estrema, l'ultimo amore possibile. Come dire sei finito, orso, non sai quanto questo mi addolori, non giocherò mai più con te, ma adesso mi prendo una cosa tua, che tu in tutto questo tempo mi hai nascosto e io ho sempre desiderato, e che ora invece salta fuori dalla tua pancia e rimarrà con me per sempre: la tua anima che suona.

Avevo una scatola di cartone colorato, dove riponevo le anime sonanti di tutti gli orsi morti.

Succedeva un'altra cosa strana, che l'orso nuovo, nel giro di un giorno soltanto, non era più "l'orso nuovo" che aveva rimpiazzato il vecchio. Non c'era nessun rimpiazzo, nella mia testa, nessun vecchio e nessun nuovo. C'era *l'orso*, semplicemente. Io continuavo ad avere il mio orso, che portavo ovunque, con cui mi sedevo tutta l'estate sulla panchina in balcone, e non importava se era diverso, aveva un altro muso, un altro colore. Gli davo anche un altro nome, naturalmente. C'erano gli orsi bruni e gli orsi biondi, l'orso che si chiamava Billy e l'orso che si chiamava Zotti. Ma era sempre *l'orso*.

Sulla panchina parlavamo, io e l'orso. C'era la signora Terzori, che abitava al piano di sotto. Suo marito era "il ragionier Terzori", lo chiamavamo sempre così, un uomo alto e pelato con dei baffi che gli nascondevano la bocca; quando parlava, le parole sembravano uscire dai baffi. Parlava poco, e sempre per fare battute spiritose. La signora Terzori per tutta l'estate sentiva quel che dicevo all'orso. Me lo raccontò quand'ero grande, che parlavo all'orso per ore, m'inventavo storie che non finivano più e lei s'incantava ad ascoltarmi.

Se avessi saputo che qualcuno di sotto sentiva tutto me ne sarei stata zitta, o sarei scappata a chiudermi in casa per sempre.

Ma se non ci fosse stata la signora Terzori al piano di sotto, non avrei mai saputo che parlavo all'orso. I ricordi dell'infanzia non sono nostri: se nessuno ce li regala, non esistono. Per questo l'infanzia è una colossale menzogna, che raccontiamo prima di tutto a noi stessi.

2

Le prove

I giardini

In effetti ho passato l'infanzia chiusa in casa, inutile raccontarla in un altro modo. Mia madre chiusa a lavorare, io chiusa perché sua figlia. Unite da una chiusura, si può dire. «Non ho tempo» era la sua frase. Ne aveva talmente poco, che a un certo punto decise di farmi tagliare i capelli, così non doveva stare ogni mattina a pettinarmi.

Non m'importava uscire, ma mi piaceva quando lei usciva e mi portava con sé. Aspettavo tutto il giorno quel momento. Usciva solo quando era costretta a far la spesa. Di solito era alla mezza o dopo le sette di sera, si era a un pelo dalla chiusura dei negozi e lei s'accorgeva che non c'era niente da mangiare. Allora di colpo le veniva una fretta indiavolata. Diceva proprio: «Sbrigati, che ho una fretta indiavolata!». Per me era una festa anche solo prepararmi, infilare il cappotto, le scarpe. Poi essere nelle strade, guardare le vetrine, le auto, le pozzanghere dove s'inginocchiavano le case e qualche volta s'incendiava la luce del tramonto. Andare a comprare le biove dalla panettiera grassa e bianca, con la faccia infarinata e i braccioni nudi. O spingerci fino al mercato di corso Spezia, che era lontano e potevamo stare fuori più a lungo.

Per lei, però, portarmi a far la spesa non era "farmi uscire": mi portava con sé solo perché ero troppo piccola per lasciarmi a casa. Farmi uscire avrebbe voluto dire andare a passeggio e basta, senza sapere dove e perché, solo così, per il gusto. Un girellare senza meta e senza tempo. Ma non ce l'aveva, quel lusso. E ci soffriva, che io dovessi starmene sempre in casa a giochicchiare con i bottoni o parlottare con l'orso. Si buttava addosso la colpa, mi prendeva in braccio e mi diceva: «Sei proprio una bambina sfortunata».

Io non mi sentivo sfortunata, anzi, mi sembrava una gran botta di fortuna stare chiusa in casa con lei, e poi scaraventarci fuori per le strade come due furie indiavolate e tornare di corsa a far da mangiare. Era lei che ci vedeva qualcosa di orribile. Qualche volta le uscivano frasi tipo: «Diventerai scontrosa come un mulo». Oppure: «Ti devi abituare a stare con gli altri, se no ti resta la timidezza e nessuno ti vorrà». Oppure: «Cosa vuoi, startene sempre in un angolo?».

Diventare un mulo non mi andava, ma l'idea di starmene in un angolo non mi dispiaceva per niente. Avevo una spiccata preferenza per non mostrarmi, non far niente e vivere per conto mio: ero perfetta per la mamma che mi ero scelta. Anzi, sembrava quasi l'avessi scelta apposta, proprio perché era una mamma chiusa in casa, che quindi mi avrebbe consentito di vivere secondo la mia naturale inclinazione.

Avremmo dovuto rallegrarci entrambe della fortuna che ci era capitata, goderci la miracolosa complementarietà delle nostre vite. Invece lei voleva togliermi dalla chiusura a cui la sorte mi aveva condannata, allargarmi gli orizzonti e non so che altro.

Così mi sottopose, senza averne la minima idea, a prove durissime, mi mise davanti a scogli aguzzi e scuri che per me erano montagne impossibili da scalare. Lo faceva per il mio bene, me lo ripeteva di continuo. Tanto che cominciai a odiare il mio bene e a desiderare, almeno qualche volta, il mio male.

Mio padre fu lo strumento delle sue buone intenzioni, il complice, il supplente: non potendo lei, era lui che mi "faceva uscire". Tutti i giorni mi portava ai giardini. Sembrava che vivesse solo per questo: portarmi ai giardini. Preciso e inesorabile come una mannaia, tornava dal lavoro alle cinque esatte e nemmeno si toglieva la giacca, si lavava solo le mani in bagno e si passava la brillantina sui capelli. Dalla porta socchiusa vedevo come si lisciava, sentivo come fischiettava.

Portarmi ai giardini significò, per i miei, buttarmi nel mondo dove finalmente avrei imparato a vivere. Cioè a giocare. Erano convinti che, siccome ai bambini piace giocare e io ero una bambina, anche a me dovesse piacere. Non immaginavano potessero esistere bambine che preferiscono stare a casa a far niente. Oppure lo immaginavano benissimo, ma non volevano che io fossi una di quelle bambine.

I giardini erano la piazza sotto casa. Mi toccò quella malasorte, di abitare in una casa che sotto, proprio sotto, aveva i giardini. Bastava scendere, attraversare la strada e c'eravamo. Non so perché dicessimo "i giardini", visto che in realtà era un giardino solo, piccolo e circolare, ma quel plurale finì per amplificare il male: lo ramificava, come l'infinita tela dove il ragno imprigiona le sue prede.

All'inizio sembrava indolore: mi sedevo accanto a mio padre su una panchina, lui leggeva il giornale, una gamba accavallata sull'altra, e io guardavo un po' le sue scarpe nere allacciate e un po' gli altri bambini, le loro corse, i loro strilli. Ma tempo neanche cinque minuti, uno per volta quei bambini venivano a chiedermi di giocare. Non capivo perché venivano, perché non mi lasciavano in pace a guardarli e basta. Tutti con quell'idea in testa di farmi giocare. Io stavo seduta sulla panchina accanto a mio padre, e loro che arrivavano uno dietro l'altro come mosche: «Giochi?».

«No.» Facevo di no anche solo con la testa, a tutti, uno dopo l'altro, finché mio padre chiudeva il giornale con uno schiocco secco, le pagine che gli si stropicciavano in mano. Allora dicevo sì. Era per non far stropicciare quelle pagine. Perché non s'irritasse. Me ne sarei stata tanto volentieri seduta in panchina a guardare gli altri. Ma avevo paura di mio padre. Così mi alzavo, e alla fine certo che giocavo. Non è che non ne fossi capace, che ci vuole? Una volta che m'ero alzata dalla panchina mi mettevo a fare i giochi come gli altri. Giocavo, farmi vedere che giocavo, questo era l'importante: per mia madre, che rimaneva tutta sola in casa a lavorare e l'unico pensiero che la illuminava ero io che giocavo; per mio padre, che arrivava dall'ufficio apposta per portarmi ai giardini. Ci mancava solo che non giocassi, come potevo non farlo?

Succedeva però una cosa di cui non so se ero cosciente, ma che ora direi così: dovendo giocare, non ero più la bambina che guarda gli altri e si guarda mentre guarda gli altri. Per non essere sgridata, diventavo una di quei bambini e, diventando una che gioca, non mi potevo più guardare. Non mi vedevo da fuori, e quindi non mi pensavo. Non c'ero più. In mezzo agli altri, semplicemente sparivo. Non essendo rimasta seduta sulla panchina, smettevo di esistere come *io*, e cominciavo a essere un'altra: una bambina che gioca, una che s'immette nel gioco universale e diventa uguale precisa a tutti quelli che giocano. Indistinta. Ecco. E cosa c'è di tanto buono nell'approdare a una indistinzione, nell'immergersi nel flusso? Continuo a chiedermelo, ogni volta che sono costretta a cadere in mezzo alla vita degli altri, perdendomi di vista.

La domenica mattina mia madre rimaneva a casa a pulire e cucinare, e io dovevo uscire di nuovo con mio padre, per il mio bene. Uscivo con l'ultima persona con cui avrei voluto uscire, e lasciavo a casa l'unica persona con cui avrei voluto stare.

Mi portava al Valentino, il parco più bello della città, perché era domenica. Andavamo a piedi e mi teneva per mano durante tutto il lunghissimo tragitto. Lui felice e fiero, io infelice e arrabbiata. Eravamo due contrari appaiati, felicità e infelicità, fierezza e rabbia, che camminano per mano. Senza che nulla trapelasse all'esterno: padre e figlia a passeggio per la città nella pace di un mattino domenicale.

Mia madre diceva che era contenta di vederci uscire, che tanto aveva un mucchio di lavoro, io prendevo un po' d'aria e le facevamo solo un piacere a toglierci dai piedi tutti e due, così lavava meglio i pavimenti. Ma secondo me lo diceva soltanto e non era vero. Prima di lasciarmi andare, mi agghindava. Ci metteva un mucchio di tempo, quel tempo che gli altri giorni non trovava mai. Mi pettinava, anche se i miei capelli ormai erano corti, m'infilava la pinza col fiore a tenermi indietro la frangia che non avevo, mi metteva il fularino, le scarpe di vernice col bottoncino laterale, il cappotto della festa tirandomi ben su il colletto e lisciando per tre ore le pieghe della stoffa. Non la finiva più. Era in quel suo lungo e assurdo agghindarmi che ci vedevo un rincrescimento. Voglio dire, magari le rincresceva rimanere a casa da sola. Avrei dovuto fare qualcosa. Ero venuta al mondo per renderla felice, e poi? Lei se ne stava in casa, trasandata e con i bigodini in testa; e lui vestito da domenica, che si metteva la brillantina sui capelli e certe volte anche il fazzoletto nel taschino. Se mia madre lo vedeva glielo faceva togliere subito. «Fa napuli» gli diceva, e lo mandava senza.

Mio padre diceva che mi portava a giocare, invece mi portava a farmi le fotografie. Andavamo dritti all'Orto Botanico, perché secondo lui venivo ancora più bella se avevo intorno le piante e i fiori. Si era comprato una Zeiss Ikon professionale, apposta per fotografare me. Ho l'infanzia invasa dalle sue foto. Usciva di casa già armato, con la macchina a tracolla, e mi scatenava contro un intero rullino. Non avevo scampo. Dovevo mettermi in posa tra i fiori come voleva lui (in piedi, seduta, voltata, il braccio su, il piede avanti) e stare immobile mentre regolava l'apertura, la luce, i tempi. Ci metteva un secolo per ogni foto, e se non sorridevo mi sgridava. Sorridi! Sorridevo. Ho gli album pieni di quei sorrisi finti. A volte invece non mi andava di fingere e mi lasciavo il muso. Per fargli uno sgarbo.

Tra una foto e l'altra mi rubavo il tempo per raccogliere fiori, anche se non mi è mai piaciuto raccogliere fiori. Strappavo certe infiorescenze bianche puzzolenti che crescevano sulle siepi intorno al Po, per farne mazzolini da portare alla mamma. Era il mio modo di consolarmi. Rendeva accettabili quelle mattine, al ritorno, poter entrare di corsa in cucina e offrirglieli.

Lei si mostrava stupita come fosse ogni volta una sorpresa; prendeva un bicchiere, lo riempiva d'acqua e ci metteva quei fiori che puzzavano di fogna. Non so dire che fiori fossero e perché mandassero quell'odore.

Non me lo disse mai, che puzzavano.

I giardini, cioè uno dei fili infiniti della ragnatela del ragno, erano anche il parco giochi immenso del Valentino. Mi ci portavano il pomeriggio della domenica, tutti e due insieme, perché mia madre al pomeriggio la smetteva di pulire, lavare e far da mangiare. Credo fosse un piano preciso. Mi raggiravano, dicendomi che andavamo a passeggiare, invece avevano il piano del parco giochi. Cecchini dalla mira infallibile. Altalene, scivoli, giostrine, e certe gabbie fatte a cubi metallici, dove toccava inerpicarsi e dimostrare di saper raggiungere la vetta. Si sedevano su una panchina e stavano a vedere se giocavo o no.

Le altalene erano sempre occupate, c'era sempre almeno un altro bambino pronto a carpirsi il posto, la mamma accanto che lo spingeva a farsi avanti appena l'altalena si liberava. Con le gabbie, gracile com'ero, avevo paura di non farcela a salire. Così sceglievo lo scivolo. L'ineluttabilità di quelle che chiamiamo scelte.

Mi annoiavo a morte a stare lì ferma in piedi, e dello scivolo non m'importava, anzi, avrei dato non so cosa per non arrivare mai in cima e dovermi lasciar andare giù. Tutta quella barba infinita della coda, per poi scivolarsene via mezzo secondo. Ma se era per far contenta mia madre, d'accordo, lo facevo. La sbirciavo da lontano, e vedevo che mi guardava contenta.

Il problema è che rimanevo ultima, anche dopo dieci, venti minuti: mi facevo *passare davanti*. «Non vedi che ti fai passare davanti?» mi urlava mia madre. Mi dispiaceva che urlasse a quel modo, perdeva i suoi tratti dolci. È che gli altri bambini saltavano la coda, molto semplice. Non so se lo facevano senza pensarci o erano cattivi; forse erano "giusti", erano come bisognava essere. Agivano in modo spontaneo, naturale, senza farsi tanti problemi. Ero io quella sbagliata. Avrei dovuto ribellarmi al sopruso, far valere le mie ragioni. Ma non ne avevo voglia. Meglio far finta di niente, fingermi sbadata, così nessuno avrebbe notato che ero sempre l'ultima. Invece lo notavano tutti. A me non importava di arrivare prima, mi andava benissimo anche rimanere l'ultima. Non soffrivo perché i bambini mi passavano davanti, soffrivo perché gli altri *vedevano* che quei bambini mi passavano davanti. Di sicuro pensavano non fosse bene una bambina che rimaneva sempre ultima: me lo sentivo addosso, quel pensiero. Il problema non era essere quel che ero, ma non essere quel che volevano che fossi. L'idea che gli altri si facevano di me, i loro occhi giudicanti.

Dopo un po' mio padre si alzava dalla panchina e veniva a sgridarmi. Mi strattonava via dicendomi che ero una stupida, che nella vita mi sarebbero passati davanti sempre tutti. Qualche volta mi tirava anche un ceffone.

La strada di ritorno, tutto corso Massimo D'Azeglio e poi corso Bramante, era un silenzio plumbeo. Anche mia madre stava zitta, non diceva niente per difendermi. Non era più contenta. Non ero più la sua bambina. Non ero niente.

C'è sempre una salvezza nella vita, e per me era l'inverno. Faceva troppo freddo, quindi niente parco giochi. D'inverno si andava a passeggio e basta. Camminavamo avanti e indietro dentro la tristezza di via Nizza, le case scure, i muri macchiati dalla pipì dei cani, i marciapiedi di pietra lisa, una luce che non so perché era sempre buia, polverosa, umida. Secondo me tutto quel grigiore non faceva bene a mia madre, avremmo dovuto portarla altrove, in posti più colorati e luminosi. Ma dove? Non osavo chiederlo a mio padre, pensavo lo dovesse sapere lui dove, senza che io glielo chiedessi.

Poi si apriva lo scorcio di sereno, come sempre nei temporali: entravamo in un bar. Era sull'angolo della piazza, si chiamava Cavallino Rosso. O forse c'era solo l'insegna che reclamizzava la marca, come dicevano le pubblicità alla tivù: «Il brandy per me, il brandy per te, è Cavallino Rosso». I miei ordinavano per me un'orzata calda. Arrivava un calice alto, colmo di un liquido nebbioso bianco che si addensava e mi scendeva in gola caldo e dolce. Molto dolce.

L'orzata calda è un ricordo buono della mia infanzia. Un giorno in un bar del centro, più o meno un anno fa, ho provato a ordinarne una. Gli scherzi che gioca la nostalgia... Da come il barista mi ha guardata, ho capito che non esiste più. È possibile che non sia mai esistita. Forse era un'invenzione dei miei. In effetti come si fa a pensare di mettere uno sciroppo nell'acqua calda come fosse un tè?

Potrei riprovarci. Potrei benissimo comprarmi una bottiglia di sciroppo al supermercato e farmela da sola in casa, l'orzata calda. Ma non so. Forzare i ricordi vuol dire distruggerli: se l'orzata tornasse a essere esperibile concretamente, smetterebbe di abitarmi nella mente. E per il capriccio di riassaporare un gusto, vogliamo perderci la pura idea, il piacere di una memoria sensoriale finalmente scorporata dai sensi, evocabile solo col pensiero? E poi, non sarebbe mai *quella* orzata. Meglio lasciarla andare. C'è una struggente bellezza in ciò che va perduto per sempre.

La domanda semmai è un'altra: perché proprio quell'orzata, in quel bar del Cavallino Rosso? Che cosa c'era di speciale nel momento in cui entravo lì e mi prendevo quella bevanda calda? Voglio dire, perché quel momento e non il precedente o il successivo? Perché non la luce di un lampione, la piega di un vestito, l'odore di pane caldo che usciva da un negozio? Che cosa incide la nostra mente al punto da diventare ricordo, e che cosa invece se ne va nel nulla? E per quale colpa o difetto? Ci sono momenti difettosi che non avranno il bene di diventare ricordi?

I coriandoli di via Po

A un certo punto arrivava Carnevale, e una certa domenica mi portavano alle giostre di piazza Vittorio, uno spazio enorme che si apriva all'improvviso e sembrava una città di luci, musichette, pagliacci e astronavi volanti.

Per arrivarci prendevamo il tram e poi percorrevamo via

Po, sotto i portici. Una via lunghissima e tetra, che si animava solo nelle feste di Carnevale. Frotte di bambini mascherati, truccati e urlanti mi attorniavano, mi tiravano coriandoli, suonavano trombette, lingue di suocera, e agitavano grossi bastoni nodosi di plastica colorata, che a schiacciarli emettevano fischi sinistri.

Anch'io avevo il mio sacchetto di coriandoli. I miei me lo compravano appena usciti, insieme a un pacchetto di stelle filanti. Mi dicevano: «Così ti diverti». Mi spiegarono, la prima volta, che dovevo prenderne una manciata e tirarli addosso ai bambini che passavano. Anche per le stelle filanti m'insegnarono come fare, ma fu più difficile: soffiavo dentro l'anello e non mi partiva mai il nastro di carta, si afflosciava ai miei piedi, ancora mezzo da svolgersi. Non so cosa aveva il mio fiato, che non le faceva filare, le stelle filanti.

I coriandoli io non li tiravo. Ne prendevo una manciata e me la tenevo stretta nel pugno. I bambini a me li tiravano, alla fine ero piena dappertutto, mi scendevano a pioggia dai capelli e mi scivolavano negli occhi, sul colletto, nelle tasche. I miei mi spronavano: «Allora? Tiri o no? Si può sapere cosa siamo venuti a fare, se non tiri i coriandoli?». Ma a me dispiaceva lanciare addosso quella pioggia a bambini che non mi avevano fatto niente di male. Alla fine lanciavo, perché non mi sgridassero, ma così piano che la mia manciata si arenava subito a terra. Poi, senza che vedessero, capovolgevo il sacchetto e lasciavo che i coriandoli cadessero a terra, lenti, formando una colorata scia innocua dietro di me.

Arrivati in piazza Vittorio, tra i baracconi del tirassegno, l'autoscontro, le macchinine, le famiglie, le musichette, lo zucchero filato e gli scoppi di petardi, io me ne sarei stata a guardare e basta ma era chiaro che su qualche giostra dovessi salire. Sulle macchinine non ci volevo andare, perché c'era un pennacchio da afferrare al volo durante la corsa: chi si spencolava e ce la faceva a prenderlo vinceva un giro gratis, e a me non andava di provarci, allungarmi e divincolarmi per prendere quella specie di coda pelosa appesa; ma non mi andava nemmeno di non vincere mai la corsa gratis. Quindi sceglievo i cavalli, perché mi sembravano la giostra meno difficile: uno saliva, stava un po' lì a farsi dondolare, e poi tutto finiva. Mi tenevo alle briglie e, per tutta la corsa, pregavo di non cadere; stavo lì a girare e girare, mentre i miei mi guardavano. Sempre questo fastidio di essere guardata. Mi sentivo bene solo quando, girando, entravo nella zona cieca e sparivo alla loro vista. Ma siccome quei cavalli andavano in tondo, almeno una volta per giro i miei mi vedevano.

Una volta stavamo percorrendo via Po, per riprendere il tram. Era sera, quasi l'ora di cena. Sotto i portici le vetrine dei negozi chiusi erano illuminate e c'era un gran viavai di gente, tantissimi bambini e bambine, che come me erano per mano ai genitori e tornavano a casa, tutti in maschera. Cowboy, principesse, fatine con il cappello a cono e la bacchetta magica. A un certo punto mi viene incontro una bambina e mi fa la lingua. La tira fuori tutta, le esce quasi tubolare, rossa, schifosa, e la tiene lì per un bel po', non se la ingoia più, e intanto le guance le si allungano, gli occhi le fuoriescono dall'orbita. È per mano alla sua mamma, una bambina alta come me, ma vestita da regina e truccata, con le guance rosse e una lunga parrucca bionda. Rimango lì, non so come reagire. Poi lei passa e io non so perché mi giro a guardarla. Errore! Anche lei si gira indietro e me la fa di nuovo, la lingua, a lungo, fino a che riesce a vedermi. Fino a che ci perdiamo tra la folla, lei in un senso, io nell'altro.

Vorrei dirlo a mia madre, che una bambina mi ha fatto la lingua. Vorrei gridarla a tutti, questa cosa orribile che mi è capitata. Ma soprattutto vorrei tornare indietro e chiedere a quella bambina perché. Cosa le ho fatto, se nemmeno la conosco. Mi ha vista e mi ha fatto la lingua. Perché? E perché proprio a me e non a un'altra bambina? Vorrei tornare indietro anche nel tempo, rifare la strada e vedere che non succede più, nessuno mi fa la lingua, torno a casa tranquilla con i miei e mangio la minestra, anche quella con i pezzi di verdura dentro che mi fa vomitare, pazienza.

A casa nostra venivano le clienti a misurare i vestiti. E questa era un'altra prova, forse la più terribile. Non era premeditata, quindi non era colpa di nessuno: stava scritta, era nell'ordine delle cose e non c'era nessuna possibilità che mi venisse risparmiata. Io ero lì, indifesa: ero la figlia della sarta, e le clienti arrivavano come missili di una guerra che non avevo mai deciso di combattere.

Mia madre diceva solo *misurare*, vestiti era sottinteso. Diceva: «Oggi viene la Pansotti a misurare». «Domani viene la Serti a misurare...» La Bocciardi, la Pastafilla, la Bonadio, la Taschi Berdini, la Crociati... Cognomi infiniti che ronzavano in casa, e che solo certe volte sapevo associare a un volto. Perlopiù rimanevano suoni sospesi nel vuoto.

Le clienti erano sempre *le signore.* "Fare la signora" voleva dire non lavorare, e quasi nessuna delle clienti di mia madre lavorava. C'era la moglie del notaio, la moglie dell'avvocato, la moglie del farmacista, le Maldorini madre e figlia che venivano da Cherasco, la moglie del dottor Frangoni con le due figlie, la vedova dell'ingegner Vanisio, le sorelle Rebecchi, figlie di un industriale, che erano rimaste entrambe zitelle. Tutte *signore.* Imparavo quei nomi, e di alcune anche le storie che mia madre mi raccontava mentre cuciva. Per esempio che il marito della Vanisio l'aveva riempita di corna tutta la vita: «Sai, brutta com'è...!». O che la Frangoni se la spassava con un altro e lo sapevano tutti, tranne il marito. Che le Rebecchi, pur essendo ricche, non le aveva volute nessuno, ma forse era perché a loro non piacevano gli uomini. Storie così, che stavo a sentire al posto dei libri di favole. Le clienti erano un mondo che non conoscevo, tanto quanto quello delle favole. Erano infiniti mondi che entravano, palloni che qualcuno aveva calciato chissà dove e rimbalzavano per caso in casa nostra. O mongolfiere che si erano intrappolate e transitavano per un attimo nelle nostre stanze. O meteoriti. O lampi sul mare in tempesta. Non so. Ma credo non sia uguale vivere in una casa dove vengono le clienti o in una casa normale dove entrano soltanto parenti e amici, sempre gli stessi, a prendersi un bicchier di vino nei pomeriggi di festa. È diverso. È qualcosa che determina la vita in un senso o in un altro, credo.

Venivano a misurare i vestiti due o tre volte, i missili. Le mie giornate piane e monocordi erano rotte dal campanello del citofono. Si rompeva il mondo, a quel suono. Il perfetto equilibrio di me e mia madre sole nell'universo se ne andava a gambe all'aria, tutto distrutto da quell'irrompere che non potevo ignorare. Il citofono suonava, mia madre apriva le luci dell'ingresso, poi la porta, poi faceva entrare la cliente, e io chiusa in cucina, ancora al riparo, sentivo i buongiorno buonasera e intravedevo solo l'ombra innocua della cliente sfilare al di là del vetro smerigliato. Poi una pausa, più o meno lunga, il baratro dell'attesa, e la frase che si abbatteva su di me: «Donata, vieni a salutare!».

Lo sapevo, era previsto. Ma ogni volta l'inesorabile compiersi della violenza mi sorprendeva impreparata. Ero costretta a uscire dal nascondiglio e mostrarmi. Comparire, dire buongiorno, rispondere alle domande, ascoltare le moine: «Ma come sei bella», «sei già così grande», «e che brava bambina», «chissà come aiuti la mamma». Ogni volta pregavo che non succedesse. Che non mi stanassero, che scendesse qualcuno dal cielo a salvarmi. Invece non scendeva mai nessuno e mia madre mi stanava, aveva quella mania di stanarmi. Stava di là a misurare e poi, non sapevo mai se e quando, mi chiamava: «Donata, vieni a salutare!». Impossibile schivare. Se fingevo di non sentire ripeteva il mio nome sempre più forte: «Donata, Donata!». Certe volte, mentre già le accompagnava all'uscita e io pensavo di averla scampata, di colpo spalancava la porta della cucina e io ero il topo inerme, beccato nella maleodorante tana piena di cacche.

Perché mi faceva questo? Possibile che non capisse? Erano le clienti che le chiedevano di vedermi o era lei che voleva mostrarmi? Cosa c'era mai da mostrare? Forse pensava che non era educazione, se sua figlia non andava a salutare. La sarta ha una figlia, e la figlia della sarta deve salutare le signore. Forse c'era questo serpente che si mangiava la coda.

Avevo addosso il grembiulino, questo è il punto. Non l'avessi avuto, sarebbe stata un'altra storia. Lo dovevo portare sempre, era la divisa da casa: appena alzata mi lavavo, mi vestivo, e sopra i vestiti infilavo il grembiulino, così già per fare colazione ero pronta. Potevo toglierlo solo se uscivo e per andare a dormire. Era per non sporcarmi, mantenere i vestiti buoni al riparo dalle macchie e dall'usura, così duravano più a lungo e si lavavano di meno, facendoci risparmiare acqua e detersivo.

Mi vergognavo, col grembiulino. In particolare quello rosso, smanicato, con un grosso fiore giallo applicato sulla tasca. Sarà stato quel fiore gigante. O perché era smanicato. Avesse avuto le maniche avrei sopportato meglio? Già solo il suono m'inorridiva, quel finale in "ino", come fularino. Insomma, non lo so cosa fosse a farmi provare tutta quella vergogna. Forse era che le signore erano bellissime, e davanti a loro sfiguravo, col grembiulino. Mi pareva di essere l'unica al mondo, di sicuro loro non l'avevano mai portato da piccole, né lo mettevano alle figlie. Erano così perfette... E la perfezione non era perché avevano i gioielli, le pellicce, gli abiti eleganti o l'autista che le aspettava sotto. Era qualcosa che possedevano in più, qualcosa che non dovevano comprare o decidere di mettere in mostra, ma che sembrava nato con loro e veniva fuori comunque, che lo volessero o no. Non sapevo dire esattamente cosa fosse. Anche solo il fatto che venissero dalla sarta, per esempio. Mia madre non aveva una sarta, *era* la sarta. E io ero la figlia della sarta. Col grembiulino.

Misurava le clienti in quello che noi chiamavamo il salotto, l'unica stanza che avevamo oltre la cucina e la camera da letto dei miei dove, in un angolo, c'era anche il mio lettino. Tra il carrello della tivù e le due poltroncine impagliate, mia madre aveva messo uno specchio a parete, lungo, che prendeva fino ai piedi. E il ficus.

Il ficus, che io ricordi, non è mai arrivato in casa nostra: c'è sempre stato. Forse faceva parte della casa fin dalle origini, dico da quando fu costruita, in qualche modo lo avevano incorporato nei muri. Comunque crebbe insieme a me. Se ne stava in un angolo vicino alla finestra, cercando di ingombrare il meno possibile. Ma ingombrava. Le sue foglie enormi prendevano metà dello specchio e, visto che s'allungava a dismisura, il problema si aggravava di stagione in stagione. Era un problema che però mia madre non vedeva, o fingeva di non vedere; amava quel ficus, gli puliva di continuo le foglie, che dovevano essere sempre lucide, e siccome non faceva che crescere e arrivò a toccare il soffitto, a un certo punto lo fissò con un gancio e lasciò che la cima si arcuasse verso il basso. Non so fino a che punto si ripiegò su se stesso, né ricordo che fine fece, se un brutto giorno morì o continuò a crescere all'infinito. Non ho memoria di lui, dopo una certa età.

La cliente si spogliava lì, tra lo specchio e il ficus; rimaneva in sottoveste un attimo e s'infilava l'abito che doveva provare, attenta a non pungersi e a non impigliarsi, perché era tutto pieno di fili, spilli, frange. Poi si dava un primo sguardo allo specchio. E mia madre, il metro a nastro sulle spalle e la taschina degli spilli agganciata alla gonna, si metteva a girare intorno a lei per controllare come le cadeva l'abito, o la blusa, o il paletot, e parlottavano insieme di cosa bisognava fare.

Erano capi imbastiti, quasi sempre senza maniche. Le maniche mia madre le puntava al momento, direttamente sul braccio della cliente. E poi cominciava la misura vera e propria. «Lo vorrei un po' più corto, un po' più lungo.» «E non crede che tiri un po' in vita?» «Me lo potrebbe allentare sotto il braccio?» «E sul seno, non trova che m'ingolfa?» «Non la aggiungerebbe una *pince* qui sotto, che mi sfina?» E mia madre stringeva, accorciava, allungava, riprendeva, rilasciava, arricciava.

Puntava gli orli con gli spilli. Se ne teneva quattro o cinque in bocca per prenderli più comodamente, senza pescarli ogni volta dalla taschina. Per puntare bene la lunghezza, si inginocchiava. Stava lì inginocchiata un bel po', intorno alla gonna della cliente, col viso all'altezza delle sue gambe. Quando mi toccava entrare a salutare, avrei dato non so cosa per non vederla inginocchiata, girare in tondo a quattro zampe, con la bocca piena di spilli che pregavo non ingoiasse. Un gatto succube, ai piedi delle signore.

Intermezzo salvifico: il salvagente della Renata

La Renata era l'unica che mia madre chiamava solo col nome. Non mi pare che conoscessi il suo cognome, o se lo conoscevo l'ho dimenticato. Mia madre diceva: «Oggi viene la Renata». Oppure: «Questo vestito è della Renata», «Devo telefonare alla Renata», «Speriamo che alla Renata piaccia». Tanto che per un certo tempo incorporai quel *la* in un cognome che non esiste: Larenata.

Era una cliente come le altre, ma per me non apparteneva alla specie "clienti": era bellissima. Non avendo mai incontrato nessun'altra anche solo pallidamente uguale, finì col rappresentare per me l'idea stessa di bellezza.

Quando veniva a misurare, mi vergognavo ancora di più che con le altre clienti. Allora non sapevo spiegarmene la ragione: avrebbe dovuto essere il contrario, visto che lei mi piaceva così tanto ed era una gioia poterla vedere; invece mi sarei nascosta nelle voragini della terra. È che la bellezza ci mette soggezione. L'avrei capito poi, col tempo. Davanti alla bellezza, soprattutto quando è estrema, ci sentiamo di colpo inadeguati. Sopraffatti. E, più o meno inconsapevolmente, ci vergogniamo di quel che siamo. Cioè proviamo il dispiacere di non essere all'altezza, di non poter offrire, a nostra volta a lei, alla persona bellissima, uno spettacolo parimenti degno. È questo che ci fa soffrire. Non è come stare davanti alla bellezza di un paesaggio: lì siamo sopraffatti ma in equilibrio, non ci sentiamo inferiori né vergognosi, siamo solo pieni di gratitudine verso il mondo che contiene quella bellezza, e verso la vita che ci concede la felicità di goderne. Un bel paesaggio, un tramonto, una foresta sferzata dal vento, un mare increspato ci prendono con sé, in un abbraccio universale dove noi siamo compresi. Una persona bella invece ci lascia fuori, innesca senza volerlo il confronto, ci mette davanti a ciò che per noi non è raggiungibile. E ci lascia una scia di desiderio. Che poi, non è altro che il dolore di una mancanza.

Impossibile parlare ora della sua bellezza, riuscire a descrivere in che modo particolare e unico lei era bella. Il ricordo, già confuso di per sé, si mescola all'idea astratta che mi costruii di lei negli anni, e il risultato finale è fatto di pochi dettagli, irrisori, sparpagliati. La prima cosa era il profumo: non se ne andava, restava ad aleggiare per la casa anche per ore, dopo che lei era uscita. Su questo mi sono a lungo interrogata: perché alcuni profumi restano e altri invece svaniscono appena messi? Dipende dal profumo o dalla persona? Ancora adesso è un nodo che non riesco a districare, entro in profumeria e chiedo alla commessa spaesata: «Mi dà un profumo che resta?». La seconda cosa era il sorriso. Sorrideva sempre, mentre parlava, mentre fumava, mentre sfogliava una rivista, quei numeri dell'«Officiel» che mia madre si faceva arrivare apposta per lei dalla Francia. A me sembrava che vivesse sorridendo. Ora direi che sorridere non era altro che una modalità del vivere, la incarnava solo lei ma avrebbe potuto appartenere a tutti, se solo lo avessimo voluto. Poi quel gesto tutto suo di buttare la testa all'indietro. Di colpo, quando non te l'aspettavi, buttava la testa indietro e i capelli, fini e biondissimi come una tenda di luce, ondeggiavano a coprirle e scoprirle il viso, le spalle, il collo... Particolari. Generici e scontati. La pelle abbronzata, i polsi fini. Il biondo così unico dei suoi capelli. "Così unico"... Come si fa a descrivere? Come si fa a dire che lei era bionda in modo completamente diverso da come lo sono tutte le altre persone bionde del pianeta?

E i vestiti. Arrivava da noi a provare i vestiti come tutte le altre clienti, ma i suoi erano vaporosi e leggeri, scollati, trasparenti, a fiori o di stoffa cangiante, bianchi, azzurri, turchesi, gialli, bluse, abiti lunghi, stole damascate, paillettes, voile, chiffon, taffetà che frusciava a ogni movimento e che lei, durante le prove, si lasciava scivolare sulla pelle. Facevano a pugni con casa nostra, quei vestiti, con l'aria povera del mobilio, il nylon ingrigito delle tendine ai vetri, lo smalto scrostato del frigo, i tubi a vista del riscaldamento. Erano fuori posto ancor prima di esistere, quando mia madre soltanto li tagliava e poi imbastiva i pezzi facendo spazio sul marmo del tavolo. Già prima di essere finiti erano fruscianti e luminosi, e squarciavano il nostro grigiore quotidiano.

Anche i suoi gesti, da noi, erano fuori posto. Un giorno, mentre aspettava di misurare i suoi abiti da festa, la vidi che fumava una sigaretta col bocchino, seduta tra lo specchio lungo e il ficus. Non c'entrava niente. Stonava così tanto che era come se qualcuno, per un gioco perverso, avesse catapultato una principessa dalla reggia al tugurio di una povera famiglia di pescatori. Si sentiva la puzza di pesce rancido, ecco.

Non conoscevo certo la sua vita. Carpivo qua e là qualche dettaglio, minuzie, sprazzi da cui però riuscivo a immaginare viaggi, avventure, feste, mari, capelli al vento e amori. Chissà cosa immaginavo di preciso. Lei ci portava una vita che non era la nostra, di cui non sapevo niente, tantomeno se ne avrei mai avuta una simile. Ma mi bastava. Per me era sufficiente che quella vita esistesse, che fosse una possibilità. Con quel poco che sapevo riuscivo a fare le magie. Per esempio sapevo che passava molto tempo al mare, in Riviera: e Riviera divenne una parola magica; per me non volle dire solo la Liguria, ma il mare in generale, e tutti i mari del mondo. Me la vedevo guidare Spider, ballare il valzer, entrare al Casinò con uno dei suoi abiti lunghi luminosi, un diadema in testa, un uomo al suo fianco in smoking... Chissà se era davvero la vita che volevo. Siccome ne ho avuta tutta un'altra, completamente diversa e direi opposta, ora non so dire.

Comunque anche Casinò fu una parola magica. La sentivo pronunciare spesso da mia madre, perché aveva uno zio che faceva il croupier a Sanremo, e lei ne andava molto fiera proprio perché lavorava al Casinò. Era il fratello di sua madre, ma non assomigliava a nessuno dei parenti. Le poche volte che passava a trovarci era una specie di evento, un miraggio nel deserto. Viene lo zio di Sanremo! E si aprivano i pozzi e le palme ombrose del miraggio. Non mi ricordo neanche come si chiamava, per noi era "lo zio di Sanremo" e basta. Mia madre, quando sapeva che arrivava, andava a cotonarsi i capelli in bagno e a mettersi il rossetto.

Un giorno la Renata mi portò un regalo. Era quasi estate, disse che me l'aveva preso per le vacanze. C'era tantissima luce, non so se era perché il lampadario dell'ingresso era acceso o perché era giorno e il sole entrava, o era la luce del suo sorriso e dei suoi capelli biondi. Fui inondata. Non dissi una parola. Presi il pacco, e rimasi ferma in quella luce, imbambolata. Lei si mise in ginocchio per stare alla mia altezza, e mi aiutò ad aprirlo. Avevo i suoi capelli quasi sul viso e l'onda del suo profumo che mi investiva, non riuscivo quasi a respirare. Dal pacchetto venne fuori un cerchio di plastica piatto, ripiegato, a colori forti. Non capivo cosa fosse. La Renata mi sorrise. Era ancora chinata, avevo il suo sorriso addosso. Prese quella plastica, trovò un'apertura, ci soffiò dentro con il fiato e io vidi gonfiarsi una specie di salame circolare, giallino da una parte e rosso dall'altra.

«Così imparerai a nuotare...» disse. Mi parlava dentro il suo sorriso, e il fiato le muoveva i capelli a ogni parola come un vento. «Spero che il mare ti piacerà, come piace a me...» La sua speranza si realizzò in pieno. Mi sento bene solo se ho un mare davanti. È così da sempre.

Me ne tornai in cucina, col mio regalo sotto il braccio. In quei giorni imparai a nuotare a secco, se così si può dire: mi buttavo sul pavimento col salvagente alla vita e agitavo le braccia e i piedi. Mia madre cuciva a macchina, e ogni tanto mi lanciava uno sguardo, senza dire niente.

Cominciai ad amare il mare così, ancora prima di vederlo: aspettandolo. Quando in estate lo vidi per la prima volta, a Riva Trigoso, ero troppo piccola. Tutto mi spaventava: la sabbia che restava appiccicata alla pelle, i piedi che affondavano e non li vedevo più, l'onda che mi veniva addosso, la spuma che sembrava un sapone viscido, le barche a riva che al tramonto diventavano scure come balene preistoriche. Ci è voluto un po' di tempo, per prendere dimestichezza con l'infinito.

Ma avevo il salvagente della Renata, solo quello contava. Siccome me lo aveva regalato lei, ero certa che sarei diventata uguale, una Renata anch'io, bella, bionda, intrisa di un profumo che resta nell'aria, il sorriso, la Riviera, il paradiso terrestre.

Le suore

Il salvagente della Renata non bastò a salvarmi dall'asilo: a cinque anni mi mandarono dalle suore. Anche lì, per il mio bene.

Dalle suore ero obbediente e silenziosa. Quando facevamo il gioco del silenzio, vincevo sempre io: nessuno stava più in silenzio di me. Quindi mi spettava il campanello: il gioco era che la bambina più silenziosa lo portasse in giro piano piano, senza farlo suonare, e lo consegnasse a un'altra bambina silenziosa, e via così.

E quando bisognava dormire, dormivo. Era dopo pranzo, un'ora fissa in cui tutti avevano quell'obbligo di dormire. Alcuni bambini dormivano sulla brandina, altri seduti al tavolo, scomodi, con la testa posata sulle braccia conserte. Non so che requisiti si dovessero avere per ottenere la brandina, io non ci riuscii mai; forse bisognava solo essere svelti, tutto lì, correre prima degli altri ad accaparrarsene una. Io mi sedevo e poggiavo la testa sul tavolo e buonanotte. Ma non dormivo, fingevo di dormire; ero brava, le suore non se ne accorsero mai che facevo solo finta. Con un occhio semiaperto sbirciavo gli altri bambini seduti al tavolo come me, ma tutti addormentati per davvero; a certi cadeva la bava dalle labbra socchiuse, seguivo il rivolo appiccicoso impiastricciargli il braccio e pregavo che il tempo passasse. E il tempo passava sempre.

Sarebbe filato tutto liscio, se non ci fosse stato il dramma del cestino. All'entrata le suore ritiravano il cestino che la mamma ci aveva dato per il pranzo e che noi dovevamo richiedere a mezzogiorno, così la pietanza ci veniva restituita bella riscaldata. Io non osavo chiedere, e restavo senza pranzo. E se mi veniva di far la cacca, perché avevo sempre mal di pancia, stessa storia: non dicevo che dovevo andare in bagno, me la facevo addosso. Così mia madre a casa mi scopriva il cestino intatto, pieno delle buone cose che mi aveva preparato per pranzo e io non avevo mangiato; e mi trovava le mutandine sporche.

«Devi parlare! Devi parlare!» mi sgridava. «Si può sapere che cos'hai in quella testa?»

Ero tutto uno sbaglio. Quando non ero al mare, annegavo.

D'estate le suore dell'asilo portavano noi bambini in montagna per un mesetto. Era una specie di vacanza, bisognava iscriversi e pagare la quota. I miei decisero di sobbarcarsi quel sacrificio, per farmi prendere aria buona mentre loro stavano in città a lavorare. Per il mio bene.

Fu una prova insormontabile, un asilo al cubo: continuare a esistere (respirare, muovermi e tutto il resto) senza mamma per un mese intero.

Le suore avevano assegnato a tutti i bambini un numeretto, che doveva comparire su tutti gli abiti. Io avevo il 32. Mia madre mi cucì ovunque dei piccolissimi quadratini di tela bianca, grossi la metà di un'unghia, con un 32 ricamato in rosso. Non so dove li prese, ma me li applicò ovunque, sull'orlo delle gonnelline, dietro il girocollo delle magliette, sull'elastico delle mutandine, sui fazzoletti e sul tallone delle calze; non c'era niente che si salvò, tutto venne marchiato. Mi durarono per un bel po', quei vestiti numerati, e ogni volta, infilandomeli e scoprendo il numerino cucito in un angolo, mi veniva il sollievo di chi è tornato e la sciagura se l'è lasciata alle spalle.

A me non importava niente dell'aria buona. Non sapevo come vivere senza mamma. Avevo anche paura che al ritorno non l'avrei più trovata. Una sera mi misi a piangere, ma lei mi disse che ci andava anche la figlia della pellicciaia, quindi non sarei stata sola, di cosa mi lamentavo.

Dalla pellicciaia mia madre andava quando le clienti volevano mettere sul paletot un collo di visone, marmotta o castorino. Portava anche me perché non poteva lasciarmi in casa da sola, quindi la pellicciaia la conoscevo bene. Abitava vicino, dall'altro lato della piazza, e aveva una grossa insegna appesa al balcone, che si vedeva da lontano: PELLICCE MARISETTI. M'ero fatta l'idea che una pellicciaia fosse più importante di una sarta, perché lei aveva l'insegna e mia madre no.

La figlia invece la conobbi dalle suore. Si chiamava Giuliana ed era più grande di me, una ragazzina magrissima dai modi spicci e dalla voce un po' maschile, che fu molto gentile con me e mi fece un po' da mamma. Quando piangevo molto mi diceva di non fare così, che presto saremmo tornate a casa. Eravamo lei la figlia della pellicciaia e io la figlia della sarta. Non so se fu per questa specie di affinità che diventammo, in un certo modo, amiche.

Il posto dove le suore avevano la residenza estiva era in una zona molto umida e piovosa. Si chiamava Pialpetta. Il terreno, ovunque ci portassero a passeggiare, era tutto molle, quasi fango. Ci sprofondavo come nelle sabbie mobili, e a ogni passo tiravo su con gli scarponi un chilo di terra bagnaticcia che mi appesantiva i piedi.

Quando pioveva stavamo tutte insieme nello stanzone più grande, sedute a un enorme tavolo dove ognuna faceva qualcosa: chi disegnava, chi ricamava, chi pasticciava col pongo cercando di farne uscire figurine umane e animaletti.

Mi ero fatta amica la cuoca, suor Biancamaria, che era la suora più grossa di tutte. Camminava lenta tanto era grossa, e la sua tonaca nera dondolava paurosamente da una parte all'altra a ogni passo. Sembrava una montagna, scura e solida, che mai sarebbe franata a valle. Stavo con lei in cucina, quando riuscivo a sgattaiolare. La guardavo pelare le patate, tagliare le carote a rondelle, il sedano, la cipolla, e buttare tutto nel tegame a sfrigolare.

A suor Biancamaria dicevo tutto. Un giorno scappai da lei piangendo e le dissi che io non potevo stare in quel posto, avevo una missione e lì perdevo solo tempo. Le spiegai che, da così lontano, come potevo mai rendere felice mia madre, che di sicuro si sentiva sola, e se per piacere mi aiutava a scappare, magari di notte che nessuno mi vedeva.

Si sedette su una seggiola e mi prese in braccio. Sentii la stoffa ruvida della tonaca, le mani che odoravano di aglio. Ero salita sulla montagna nera, pensai, e per un attimo fui sicura che lassù non avrebbe potuto più succedermi niente di male. La montagna-suora mi carezzava i capelli, mi disse che erano molto belli, così folti, ma che ci sarebbe voluto un elastico per tenerli indietro, che ci avrebbe pensato lei. E poi aggiunse: «La tua mamma è felice che tu stia qui con me, non lo sai? Adesso la chiamiamo e le diciamo di venire a trovarti, così lo vedrai con i tuoi occhi quanto è felice».

La domenica i genitori potevano passare la giornata intera con noi. Al mattino fin dalle prime ore il posto si riempiva di genitori, che arrivavano e si prendevano i figli via con sé per una scampagnata, li riportavano a sera e poi ripartivano. I miei non erano mai venuti, io la domenica guardavo i genitori delle mie compagne e facevo finta di non vederli, cercavo di convincermi che la domenica non era niente, solo un giorno come gli altri. Ma li vedevo, i genitori delle altre, e le domeniche avrei voluto buttare tutti in un burrone, e con un salto scavalcare il buco e planare sana e salva sul lunedì.

Una domenica li vidi arrivare. Erano al cancello che si sbracciavano. Mio padre e mia madre, loro in persona. Che miracolo era? Suor Biancamaria aveva davvero telefonato? E loro come erano venuti, che non avevano l'auto? Con il treno, il pullman? E avevano saputo dove scendere, dove arrivare, all'indirizzo esatto? Com'era possibile?

Mia madre aveva portato una grossa sporta, piena di cose buone. Disse che era per la nostra merenda sui prati. Mi presero e mi portarono via. Mi sembrava un sogno uscire da quel cancello, lasciarmi dietro il cortile, la chiesetta, il refettorio, il lettino di ferro nella camerata. Andavo via. Non pensavo che era solo per un giorno. Non pensavo che quel giorno sarebbe finito.

Andammo a passeggio per i monti. La strada s'inerpicava tra gli alberi. C'era molta ombra, e foglie bagnate che s'impiastricciavano nella terra. Attraversammo un prato scosceso, intriso d'acqua più che gli altri, affondavamo a ogni passo. Ma non m'importava più di sprofondare, avrei corso il pericolo anche di venir sommersa dalla melma. Mia madre era con me, tanto bastava.

Non mi accorsi che arrivava sera. Eravamo ormai al cancello, entrammo. I miei si fermarono ancora un po' in cortile, a fare due chiacchiere con le suore e con gli altri genitori. Vedevo tutto come attraverso un velo, nulla mi sembrava reale. Poi notai che si avvicinavano a me molto sorridenti, troppo. Era un sorriso impacciato. Si chinarono a baciarmi, mi fecero carezze e mi dissero di fare la brava. Erano i saluti. Se ne andavano, la domenica era finita. Li vidi oltrepassare il cancello, voltarsi a salutarmi ancora con la mano. Avevo le gambe che tremavano e non riuscivo a comandare loro di star ferme, di non correre ad abbracciare i miei, tenerli stretti, che non scappassero via. Scapparono. Come in un film si fecero piccini, e scomparvero alla curva.

Il cortile era segnato dalle ombre della sera, solo uno spicchio di sole triangolare, a un lato. Mi trovai, non so perché, al centro del cortile, sola. Dov'erano andati tutti, perché mi avevano lasciata lì? E perché i miei erano stati così cattivi da venire e poi andarsene? Che razza di crudeltà era, perché volevano che soffrissi? Desiderai che non venissero mai più a trovarmi, se il prezzo era quello strappo.

A un certo punto sbucarono tutti gli altri bambini, e la figlia della pellicciaia mi venne incontro. Aveva una gonnellina corta a pieghe e una maglietta a righe da marinaio. Mi sorrise. Allora scoppiai a piangere e mi rifugiai contro le righe della sua maglietta. Lei non disse niente. Ma in un attimo riuscì a organizzare una specie di squadra, e lì in quel cortile improvvisò una partita di pallavolo, senza rete. Mi mise al centro, mi disse: «Vai, capitano, gioca!».

E io giocai. E la sera passò. Ma da allora mi fu chiaro che non dovevano dividermi mai, da mia madre: ero incapace, e fragile come il vetro di un bicchiere. Com'era possibile? Volevo stare con lei per salvarla dai burroni, e poi invece ero io che senza di lei precipitavo.

3

La nonna nera

A balia

Mia madre era nata in mezzo. Prima c'era suo fratello Bartu, e dopo suo fratello Armando. Non era la figlia maggiore e nemmeno la minore. E chi sta in mezzo è svantaggiato: non è la sorpresa del primo figlio e non è il regalo dell'ultimo.

«In più ero una femmina, non valevo niente per lei.» Così mi diceva mentre cuciva.

Quel *lei* era sua madre. Non la nominava mai, diceva solo *lei*. Mia nonna, che chiamavamo Pigna e mi fece odiare tutte le pigne, anche quelle odorose che raccoglievo per Natale. La nonna nera, come la chiamai io. Vestita di nero con i peli neri sul mento e, secondo me, il nero nel cuore.

La nonna nera fu la scoperta più agghiacciante, insieme al paese abruzzese di mio padre. Solo allora capii dove avevo deciso di nascere, che cosa comportava.

Quando scegli i tuoi genitori non conosci niente di loro, ti lasci trascinare da un dettaglio, stai sul vago, non sai cosa si portano dietro. Lo scopri poi. È una vera scoperta, in senso letterale: togli il coperchio. Come scoperchiare il vaso di Pandora. Scena terrificante. Qualcuno arriva, apre il vaso e una furia di mali e di sventure si liberano, s'abbattono sul mondo e da quel momento sono lì, esistono, non li puoi ricacciare indietro, rimettere dentro e richiudere, quei mali ora circolano nell'aria e investono anche te, t'intridono. L'unica cosa che puoi fare è cercarti una tana.

Così è stato, non ho fatto che cercarmi tane.

Mia madre, la figlia che nessuno voleva, nacque di primavera in un pomeriggio soleggiato, tiepido. Ma non le bastò, questa fortuna primaverile. Sua madre, Erpinia Lamberti detta Pigna, la tenne con sé poche settimane, imprecando ogni volta che la sentiva frignare e doveva aprirsi la veste e darle il latte. La mise a balia. Cosa se ne faceva di quella figlia? Era venuta da sola, senza che qualcuno l'avesse chiamata. Il seme del diavolo, diceva Pigna. In realtà il seme di Gigi Bertino, quel brav'uomo che l'aveva sposata quando aveva solo diciott'anni, e che lei s'era presa perché era stato il primo che l'aveva chiesta, e a diciott'anni una ragazza cosa ci sta a fare ancora in casa.

Gigi Bertino aveva due baffi così folti che gli spiovevano fin sul labbro inferiore, a sigillargli la bocca in un silenzio che non si rompeva mai. Faceva il commerciante di formaggi; era spesso via, e quando tornava gli piaceva trovare la minestra di fagioli e una moglie che quando il vestito si tarlava glielo sapesse rammendare, e che dormisse con lui nelle lenzuola fredde e raspose.

Per il resto non aveva niente da dire, niente da chiedere. Dei figli non gli importava, che venissero o no, e in quale numero. I figli sono una faccenda di donne.

Mia madre fu messa a balia a due mesi. Venne giù una donna dai monti della Serra, Rina, che tutti chiamavano Rinòta, e se la portò con sé nei prati che brulicavano di mucche. Aveva già tre figli maschi e ora allattava il quarto. Ogni volta che le nasceva un figlio prendeva un bambino d'altri da allattare. «Tanto di roba qui ce n'ho da vendere» diceva, facendo sobbalzare le mammelle gonfie con le mani da sotto in su, e rideva. Così racimolava qualche soldo, che certe cose non si fanno gratis.

Teresa rimase con lei un anno. Quando tornò a casa, suo fratello Bartu aveva già cinque anni e le ballava intorno cantandole la filastrocca che quella non era casa sua, che sua madre vera era la Rinòta, che tornasse da dove era venuta.

Tu non sei mia sorella,
la tua mamma sta alla Serra,
tu non sei sorella mia,
questa mamma è solo mia!

Mia madre me la ripeté mille volte, la canticchiava. Lei cuciva e io, seduta sulla mia sediolina, giocavo ai bottoni o mi guardavo un librino illustrato, o disegnavo su foglietti che trovavo in giro.

Sempre quel suo cucire e raccontare, come se dai punti uscissero i racconti. Avanti e indietro con l'ago, dentro e fuori la stoffa, dentro e fuori. Se non fosse stata una sarta, forse non mi avrebbe raccontato niente e io mi sarei salvata dal male dei suoi racconti, chissà. Invece ho avuto una madre sarta, che cuciva e raccontava. Forse perché cucire è un lavoro lento e lungo che non finisce mai e alla fine ci si annoia; le parole lo accompagnano, gli fanno un po' di svago intorno. Secondo me non se ne accorgeva. Cuciva, e le storie le sgorgavano. Erano un'acqua che vien fuori, così, perché non può starsene dentro.

«Io ci credevo, alle cose che mi diceva mio fratello, che quella non era mia mamma. Ecco perché non mi voleva bene.»

Cuciva a mano, imbastiva, toglieva gli spilli e se li riponeva nella taschina, o cuciva a macchina e le parole si mescolavano al ronzio del pedale.

Quando le nacque il fratellino Armando, aveva tre anni e doveva guardarlo lei tutto il giorno. Sua madre la picchiava, se non lo guardava; andava a lavorare, faceva le pulizie dal farmacista, era un buon posto, a chi lo lasciava il figlio appena nato? Teresa aveva il compito di cambiarlo, dargli il biberon, e soprattutto cullarlo. Lo cullava per ore, e quando piangeva sua madre le aveva insegnato che doveva tirarlo su, tenerselo in braccio e passeggiarlo avanti e indietro cullandolo in piedi, che voleva dire dare un ritmo al passo. Lei saltellava. Non aveva imparato bene e camminava per la casa saltellando, il bambino che sballonzolava e piangeva.

Ma certe volte non lo cullava, se ne dimenticava. O lo cullava senza cantare. O si distraeva per un nonnulla, magari vedeva una ruotina per terra e la prendeva per giocarci, la faceva correre sotto il letto, s'immaginava tutti i giochi possibili.

«Se mia madre tornava e vedeva che non lo cullavo e non cantavo, mi riempiva di botte. Mi prendeva per un braccio, me lo tirava in alto e da lassù mi faceva girare come una trottola, colpendomi tutto dove poteva.

«Ma io non è che non volevo cullarlo, io volevo. Avevo anche imparato le cantilene, ma dopo un po' mi veniva la barba. Mi faceva male il braccio. Troppo tempo, troppo lungo. Una barba... Certe volte ci metteva ore ad addormentarsi e io, tutto quel dondolarlo di qua e di là, senza poter smettere... Non avevo voglia...»

Aveva voglia di scappar via, andare a giocare in cortile con gli altri bambini; sentiva le loro voci dalla stanza e il tonfo della palla sulla strada, sulle pareti delle case. Giocavano a pallamuro, o palla prigioniera.

Oppure le sarebbe piaciuto giocare con la bambola Gina. Non aveva bambole vere. Gina se l'era fatta lei di nascosto, copiandola dalla Graziella, che era una sua compagna e aveva una bambola vera, di pezza. Aveva preso uno straccio vecchio e lo aveva appallottolato in modo da formare un corpo, che poi aveva strozzato con dello spago: la palla era la testa e lo spago era il collo. Poi aveva rubato a sua madre due pezzi di stoffa, due rimasugli di qualche vestito accorciato o ristretto, li aveva attaccati al collo e quelli facevano la vestina della bambola. Era senza piedi ma non importava. E di occhi ne aveva uno solo, perché lei aveva trovato in giro un bottone, non due. L'aveva chiamata Gina per via di una vicina di casa buona, l'unica che le sorrideva.

Calci e pugni

Un giorno, mentre cullava il suo fratellino Armando, Teresa lo fece cadere. Forse aveva dato una spinta troppo forte alla culla. Le botte non finivano più, quella volta.

«Lei torna a casa e mio fratellino piange ancora, non la smette. Io lo tengo in braccio, lo scuoto, gli do anche i colpetti sulla schiena ma non smette. Allora lei lo capisce che l'ho fatto cadere, forse gli vede un livido. E io lo so cosa mi succede adesso... Mi prende per i capelli e mi sbatte contro il muro e mi riempie di botte. Schiaffi, calci e pugni. Ma io non lo facevo apposta a farlo cadere, non stavo attenta, cantavo, lo cullavo ma poi mi stufavo anche, le ho dato un calcio, forse, alla culla, non mi ricordo, ero piccola anch'io...»

Era come raccontasse di una gita, di cosa preparava per cena, del lavoro. Parole morbide, che scivolavano come l'acqua ma dicevano cose ruvide come la pietra. La ascoltavo e non mi alzavo dalla sedia, e non la interrompevo. Ogni tanto le chiedevo perché non si era ribellata, quanti anni aveva, e suo padre cosa diceva. Mi rispondeva che lui non era mai in casa, non sapeva niente delle botte. O faceva finta di non sapere.

Lo conobbi poco, suo padre, nonno Gigi. Morì che non andavo ancora a scuola. Mi portarono nella camera mortuaria, uno stanzone enorme e vuoto dove c'era solo lui morto, steso su un marmo bianco, quel contrasto di bianco e nero, nessun colore, il vestito nero, il lenzuolo bianco addosso che poi gli hanno tolto, la cravatta nera, la camicia bianca, le mani giunte bianche, le sopracciglia nere, arricciolate, i baffi come sempre, spioventi, quelli grigi, sì, non neri e neanche bianchi. Mia madre mi disse: «Salutalo, dagli un bacio». E io glielo diedi. Fu come baciare il tavolaccio su cui poggiava. Fu sentendo quel gelo di marmo, che capii cos'era la morte. Lo capii in modo fisico, e non ebbi mai più bisogno di nessuna spiegazione. Non sapevo bene *cosa* avevo baciato, di che materiale fosse mio nonno morto, quel nonno non cattivo ma nemmeno buono, un padre che se n'era fatto baffi, di sua figlia maltrattata. Adesso, che se ne stava lì morto e zitto, non importava più: zitto era stato sempre, anche quando sua moglie lo tradiva. Me lo aveva raccontato mia madre, che la vedevano su per i monti correre svelta, mia nonna quand'era giovane, e poi tornare dopo un'ora, anche meno. Dicevano che andava con gli uomini, che ne aveva più di uno, per esempio un tale che chiamavano il Ciciu e aveva famiglia, tanti figli, ma con mia nonna s'infrattava su nei boschi, sopra il ruscello dove le donne si mettevano a lavare i panni e qualcuna ogni tanto li vedeva.

Se doveva cucire un punto difficile, mia madre smetteva di parlare. Stava attenta a far bene, a non sbagliare. Quel silenzio era carico di attesa, solo una pausa. Io non mi muovevo, lo sapevo che poi ricominciava.

E ricominciava.

«Mi riempiva di botte. Quando me le dava stavo lì sotto i colpi, più ferma che potevo. Pensavo che tanto prima o poi finivano, tutto tornava calmo e io ero libera di sgattaiolare su in soffitta con Gina.

«Facevo le scale al buio, mi mettevo seduta sull'ultimo gradino, e lì era bello perché appoggiavo la schiena alla porta della soffitta.

«Stavo lì sul gradino di legno, vestivo la mia bambola, la svestivo e la rivestivo.

«Le avevo fatto due vestiti, uno arricciato e uno che sembrava una lunga tunica, gliela legavo in vita con un nastro.

«Solo che li rubavo a mia madre quei pezzi di stoffa, per fare i vestiti a Gina, anche i bottoni, e lei lo scopriva sempre, non so come ci riusciva, e allora me le dava.»

Si prendeva molte pause, mentre raccontava; quando si fermava sembrava assente, come se fosse andata via, da un'altra parte. Seguiva solo il suo lavoro, i punti. Tornava a essere la mia mamma sarta, non era più la bambina che si prendeva i calci. Ma poi ricominciava. Certi giorni non la finiva più, di ricominciare.

«Era bello vestire e svestire Gina dopo le botte.

«Forse non ci sarei andata, in cima alle scale, senza le botte. Non l'avrei conosciuta quella pace, quell'odore di legno. Lassù nessuno mi trovava.

«Chiamassero pure, io non c'ero.

«Ma poi mia madre si arrabbiava, se mi chiamava e non mi

vedeva arrivare. Quando tornavo giù – perché una buona volta ci dovevo tornare, a casa – erano altre botte. “Dove sei stata? Eh, dove sei stata?”

«E mi prendeva a calci e pugni.»

Teresa Bertino era molto bella. L’avevo scelta anche per questo. Mi piaceva avere una mamma bella, vederla quando veniva a prendermi a scuola, sul marciapiedi davanti che mi sorrideva. Nessuno aveva una mamma splendente come la mia. Alta, bionda, che si stagliava su tutte le altre madri. Quel biondo vaporoso che spiccava da lontano, che non si lasciava confondere con niente al mondo. E i vestiti eleganti, che si faceva lei, con gli scampoli che non restituiva alle clienti.

Da giovane aveva avuto parecchi fidanzati. Chiamava fidanzati anche ragazzi che la accompagnavano a casa dal lavoro, o le chiedevano una mazurka una sera in una sala da ballo. Fidanzati veri ne ebbe solo due: Mariano Paschero, che aveva un negozio di ferramenta e l’avrebbe sposata subito al volo; e Celestino, che era biondiccio e un po’ grasso e non le piaceva fisicamente; non le piaceva neanche il nome. Ci usciva per qualche mese, con quei fidanzati, e poi lasciava perdere, perché le veniva a noia quell’andare a passeggio due orette la sera, prendere un gelato, farsi baciare sotto il portone.

Preferiva andare in bicicletta. Faceva chilometri. Le piaceva il vento contro, socchiudeva gli occhi per difenderli dall’aria, le mani lunghe sul manubrio, le braccia nude, la gonna ampia che si gonfiava dietro e sembrava una vela che la spingeva. D’estate metteva un vestito a righine sottili bianche e azzurre, per andare in bici. Il corpetto l’aveva tagliato in due parti in diagonale, in modo che le righe s’incontrassero a spina di pesce, in vita una cinturina azzurra, e il giro manica bordato di una fettuccia zigrinata, a triangolini bianchi.

Era capace di creare degli abiti molto originali. Si studiava il modello per giorni. Prima disegnava il vestito su un foglio, un disegnino minuto dove si vedeva grosso modo la linea che intendeva dare all’abito. Non sapeva disegnare, lo diceva che non era brava, ma almeno, mettendo giù i suoi sgorbi, si faceva un'idea. Li chiamava sgorbi. Poi faceva il "modello": prendeva della carta da pacchi e ritagliava le parti, che puntava tutte insieme fino a comporre un aereo vestito di carta, da copiare sulla stoffa. Così, quando arrivava il momento di tagliare la stoffa, era più sicura.

Il taglio era la parte difficile. La più misteriosa. Quando doveva tagliare e io ero lì con lei, mi diceva di stare zitta e lasciarla studiare. Diceva così, «devo studiare». Si prendeva tutto il piano del tavolo, stendeva la stoffa e la guardava, a lungo, la percorreva avanti e indietro con gli occhi tutta quanta e per un bel po' non faceva nient'altro; in piedi, lì davanti, guardava come fosse un gatto in agguato pronto a balzare sul topo, un atleta che si prepara all'attimo del salto in alto. Il metro a nastro sulle spalle, la taschina degli spilli appesa alla cintura. Studiava. Poi di colpo prendeva le forbici, iniziava a tagliare e non smetteva fino a che non aveva finito. Le vedevo la mano andare sicura, gli occhi che disegnavano in anticipo la linea da seguire, le lame che si aprivano e si chiudevano, giuste, a tempo. In quel momento guai a interromperla. Sentivo il battere della lama inferiore sul marmo del tavolo, il crocchio stridente sulla stoffa. Era fatta. Non si tornava indietro. Una volta finito il taglio, il vestito era quello, aveva la sua forma per sempre. Più svasato, meno svasato. Tagliato in vita o scivolato dritto fino all'orlo. Il taglio era il momento del pensiero. Poi c'era solo la fattura, il lento cucire, misurare, rifinire.

«Quanti anni avevo? Mah, potevo averne quattro o cinque quando mia madre mi prendeva per i capelli e mi trascinava sul pavimento.

«Ero piccola, non andavo ancora a scuola.

«Io pregavo che venissero i carabinieri, li avevo visti nel libro di Pinocchio, da una bambina che si chiamava Eliana e si dava un mucchio di arie perché i suoi avevano un negozio di elettrodomestici. Lei aveva quel libro, e anche altri. Io qualche volta glieli prendevo, per guardarmeli di nascosto.

«I carabinieri di Pinocchio erano alti come le case, vestiti di nero con una banda rossa sulle gambe e il cappello fatto a barca rovesciata. Erano disegnati su una pagina, che guardavo sempre.

«Ma non venivano mai da me, non uscivano dal libro.»

Mentre tagliava una stoffa, mia madre non raccontava mai. Stava muta, presa dal taglio, attenta che le forbici seguissero la linea ideale che solo lei vedeva. Mi piace pensare a questa storia del taglio, aver avuto una madre che pensa i vestiti prima di dare il primo colpo di forbici. Credo che sia molto simile a fare un romanzo: quando tagli la stoffa, devi prima avere in mente il vestito intero. Con una differenza: che poi i pezzi, una volta tagliati secondo l'idea che ti eri fatta, nel romanzo li puoi unire in modo diverso, e anche non tutti, puoi lasciarne cadere alcuni, per esempio, buttarli via e confezionarne di nuovi. Devi solo, a ogni scelta, verificare che l'idea tenga, vedere se è cambiata o se è sempre la stessa. Può cambiare anche interamente, e allora devi chiederti se ti convince l'idea nuova, o se era meglio mantenere quella iniziale, che però forse s'è persa per sempre. Difficile. Con i vestiti è più semplice: i pezzi che hai tagliato per farne un soprabito poi non li puoi usare per cucirti un paio di pantaloni.

«Nessuno che aprisse mai quella porta, mentre mia madre mi picchiava.

«Una volta i vicini li hanno chiamati per davvero, i carabinieri. Ma io non li ho visti neanche quella volta. Me lo hanno raccontato poi, tanti anni dopo, che li avevano chiamati perché non ne potevano più di sentire le urla, e lo sapevano bene cosa mi faceva quella donna. Si vede che i carabinieri quella volta avevano altro da fare. Cosa vuoi che ti dica...»

E qui, giù a ridere. Ma non era veramente che ridesse, era un accenno soltanto, più che altro un modo di tenersi compagnia, di non avere paura.

«Quando mi trascinava sul pavimento, non era tanto il male ai capelli. Sì, quello anche: mi sembrava di avere tanti spilli in testa che pungevano. Era la paura di andare a sbattere sui mobili. Contro le gambe dei mobili: me le vedevo arrivarmi quasi sugli occhi, bastava niente e mi venivano addosso. Io non volevo finire lì, perché sotto i mobili c'era la peluria e tutti gli schifi della casa, i babau che corrono, te li vedi, no? E poi il mobile poteva anche cadermi addosso, se le gambe si stufavano di reggere. Mi facevano paura, le gambe dei mobili, per questa cosa che potevano stufarsi.

«C'erano le volte che mi mandava a comprare. Mia madre lavorava e allora mandava me, in drogheria, da Cescu. Mi diceva l'elenco delle cose da comprare, me lo faceva ripetere a memoria, prima che uscivo. Io avevo paura di dimenticarmi. M'ero studiata un metodo: mettere in fila le cose che si assomigliano. Noci, olive e piselli perché sono cose piccole e tonde. Caffè, farina, sale, polenta perché sono polveri.

«Ma poi magari mi fermavo per strada a giocare, i bambini mi chiamavano, e quando arrivavo in drogheria non mi ricordavo. Cescu lo sapeva cosa poi mi capitava a casa, e cercava di aiutarmi perché non mi capitasse. Era lo zucchero? Teresa per carità di Dio, era il sale grosso? Le bustine di lievito, il detersivo, le castagne secche?

«Ma a me non tornava che cos'era. Andavo a casa senza la roba, e mi prendevo calci e pugni.»

Era da quei calci e pugni che dovevo salvarla. Li andava a prendere dal passato e me li metteva in fila. Quindi, anche se non c'erano più, per me erano lì, potevo vederli: sua madre la stava picchiando davanti a me. Dovevo salvarla all'indietro, dalle cose che erano già successe. Era come se avessi intuito che quel che ci ha fatto male prima continua a farci male anche poi. Non sapevo cosa fosse il tempo, ma capivo che esiste un tempo che non passa mai.

Invece non sapevo salvarla. Ero capace solo di andarle in braccio, di colpo, non mi è chiaro perché. Compensarla della violenza, o salvarmi io dai suoi racconti. Era quando non ne potevo più, quando la mia sacca interna stava per esplodere. Era un modo di bloccarle le parole. Era perché pretendevo la mia mamma sorridente, non quella bambina infelice che stava in un tempo lontano, dove io non c'ero. Non ci volevo essere lì in quel tempo tutto suo, non era mia madre quella bambina riempita di botte. Ma era mia madre che raccontava di quella bambina. Perdevo il filo, mi confondevo. E allora correvo a farmi coccolare, o coccolare io lei, non lo so. La riempivo di baci, perché i baci cancellano, hanno questo potere; erano la gomma che passavo e ripassavo sul suo viso amato con un'ansia, una domanda che mi sono ripetuta all'infinito e non è mai uscita in parole: Le basterò? Le basterà questa figlia che non poteva avere e poi invece ha avuto? È stato così per i trent'anni che è rimasta con me: l'ho sommersa di abbracci, carezze, baci. Quando si è ammalata, di colpo, quando è diventata assente ed era così stupita e spersa, me la prendevo in braccio; ero io a tenerla sulle ginocchia, come faceva lei con me quand'ero piccola. Me la tenevo stretta, e dondolavo un po' avanti e un po' indietro. Allora sì che era la mia bambina. La liberavo dall'essere la figlia di sua madre.

La abbracciavo e lei smetteva di parlare. Così andava. E finiva sempre che a un certo punto accantonava il cucito e mi diceva: «Dài, facciamo *dalìn dalàn*». Era la mia vittoria. Mi sistemava in punta alle ginocchia, voltata verso di lei, mi teneva per le mani e mi faceva andare avanti e indietro, così indietro con la testa che ci mancava poco toccasse il pavimento, cantilenando:

Dalìn dalàn
l'è mortie 'n can
'n can bucìn
l'è mortie Giuanìn
Giuanìn cutèl
tajéje la pel
la pel l'è tajà
campèlu nt' al prà
al prà l'è pien d'urtìe...
... curi curi bele fie!

Ondeggiavo, a quella nenia, avanti e indietro fino alle vertigini. Non associavo il suono a nessun senso. Mi facevo cullare e basta, da quelle parole piemontesi che non capivo, ma sentivo che erano le parole di mia madre, il segno di una sua piemontesità che ora lei passava a me.

Fare *dalìn dalàn* la rasserenava. Le andavano via le botte che aveva preso da bambina e rimaneva tra di noi quella cantilena buona e dolce che ci legava per le mani. Era il nostro modo misterioso di salvarci a vicenda.

Un giorno le chiesi di tradurmela, e lei lo fece: «Dalìn dalàn è morto un cane, un cane vitello, è morto Giovannino, Giovannino coltello, tagliategli la pelle, la pelle è tagliata, buttatelo nel prato, il prato è pieno d'ortiche... correte correte, belle figliole!». Mi si squarciò il velo. Non bisognerebbe tradurle mai, certe parole, lasciare che restino incomprese e accontentarci del suono. Quella canzone era una storia atroce, almeno quanto le botte che mi raccontava. Perché mia madre la cantava, e sembrava addirittura rasserenarsi? Cosa c'è dietro le parole, quale inganno? Bisogna prenderle sul serio o lasciare che scorrano innocenti prima che significhino, e col loro significato rovinino tutto?

Mansuetudine

Sua madre non stava solo nei racconti che mi faceva. Esisteva per davvero: era mia nonna. Quindi la conobbi. Quindi, volendo, avrei potuto dirgliene di tutti i colori e riempirla davvero di botte.

Invece la prima volta che mi portarono da nonna Pigna non mossi un dito e non aprii bocca. Altro che calci e pugni, mansueta peggio che un agnellino.

Mia nonna abitava col figlio Bartu, la nuora e il nipotino, in una casa vecchia al quinto piano di via Cernaia. L'androne era cupo, e c'era una scala larga, di una pietra che mi sembrò viscida. Salimmo a piedi i cinque piani, non c'era l'ascensore o noi non lo prendemmo. Suonammo il campanello e quando ci fecero entrare io mi nascosi dietro mia madre. Solo quando mi ordinò: «Saluta la nonna», alzai gli occhi e la vidi. Vestita di nero, anche le calze, le pantofole, le sopracciglia, così folte che le facevano un cespuglio buio sugli occhi. Mi salutò, e a me non uscì una sillaba.

Ci sedemmo tutti in tinello attorno al tavolo. C'era un vassoio di pasticcini al centro, e un altro vassoio pieno di calici. I pasticcini erano perlopiù secchi, pochi alla crema. Accanto, una bottiglia di vino nero. Mio zio Bartu versò il vino. Si misero tutti a chiacchierare in dialetto, tranne mio padre che non sapeva il piemontese e parlava in italiano. Ogni tanto si prendevano un pasticcino, tenendolo con due dita, il tovagliolino ricamato nell'altra mano, per pulirsi la bocca. Mia madre me ne sporse uno con la panna, che fui attenta a non farmi cadere sui vestiti.

Rimasi seduta e zitta tutto il tempo. Se mia nonna mi parlava, io annuivo. Temo anche di essere arrossita spesso e di averle rivolto numerosi sorrisi. Ogni volta che andavamo a trovarla, stessa storia. Stesso agnellino mansueto: annuivo, sorridevo, arrossivo. Nonna Pigna diceva che ero proprio *una brava bambina*. Mentre parlava le guardavo i peli in faccia che si muovevano, sopra il labbro e sotto il mento. Le rare volte che, prima che uscissimo, mi dava un bacio sentivo quei peli pungermi la guancia.

Non capivo. Non riuscivo a conciliare quella donna, che era mia nonna, con la donna che era la madre di mia madre e la picchiava da bambina. Non capivo cosa ci facevamo in quel tinello, perché andavamo a trovarla, perché mia madre non solo non s'era ribellata da piccola, ma ora andava a casa sua, beveva il vino e mangiava i pasticcini seduta al tavolo con lei. Come potevo vendicarla, se se ne stava lì a far finta di niente? S'era dimenticata di come sua madre la trattava? Oppure i racconti che mi faceva mentre cuciva erano solo parole, o qualcosa di così lontano che non valeva più? Non riuscivo a conciliare nemmeno mio zio col fratello che da piccolo le diceva che non era sua sorella e le cantava le sue filastrocche cattive. Perché mia madre continuava a vedere quel fratello? Non sapevo come dovessi comportarmi, cosa fare. E così non facevo niente. Uscivo da quelle domeniche scontenta e confusa. Per niente fiera di me. Ero una continua autodelusione.

L'unica era cambiare piano. Tornare nel mondo della luna e rifare a mia madre la vita daccapo. Come quando a scuola ti viene un disegno sbagliato, prendi un altro foglio e lo ricominci. Ma non trovavo nessun piano, e non ricominciavo nessun disegno. Stavo accoccolata e buona nella cuccia. Mi sembrava che dopo un po' mi passasse, che fosse solo questione di tempo e a un certo punto sarei stata capace di non pensarci più.

Così i giorni scivolavano via uno dietro l'altro, come rigagnoli in discesa. Ogni tanto veniva la Renata a misurare, mi arrivava il suo profumo addosso e inondava la cucina dove me ne stavo chiusa. Non ero più chiusa, quando arrivava lei. Mi cancellava tutti i muri, anche la nonna nera che faceva piangere mia madre bambina.

4
Pizzocolle

Viaggio di nozze

Non mi piaceva, mio padre. A partire dal cognome, Mancasciulla. Mi era sfuggito che, andando a nascere lì, sarebbe stato anche il mio. Mi chiedevo cosa avessero in comune la parola *manca* e la parola *sciulla*, perché stessero insieme. C'erano nomi fatti di due parole, questo lo sapevo: prendisole, cavatappi; ma lì era facile capire che il cavatappi cavava i tappi e il prendisole era un vestito adatto a prendere il sole. Mancasciulla invece? Che cos'è una sciulla, e perché manca? Oppure è una persona che non c'è? Assente. In classe entra la maestra, si siede, fa l'appello e dice: «Chi manca?». «Sciulla.» «Manca Sciulla.» Ero una che poggiava su un'assenza. Da qualche parte c'era qualcuno che non era mai venuto, o s'era dileguato.

Ma il cognome pazienza, un po' mi faceva anche ridere. Mio padre non mi piaceva perché non rendeva felice mia madre. Mi si formò questo pensiero, e mi rimase inchiodato. Non saprei dire su quali basi reali poggiasse o se fosse fin dall'inizio una fantasia tutta mia, una spiccata e involontaria *inclinazione contro*, non so come altrimenti chiamarla. Ma a un certo punto – non ricordo quanti anni avessi – mi fu chiaro che dovevo difendere mia madre anche dall'uomo che aveva sposato, non solo dall'infanzia violenta che aveva avuto. L'Abruzzo, per esempio, il fatto che d'estate mio padre portava la mia mamma in Abruzzo, in quel piccolo sperduto paese chiamato Pizzocolle, per me era un altro di quei mali che uscivano dal vaso di Pandora.

L'aveva già portata lì prima che io nascessi, in viaggio di nozze. Io, è ovvio, non c'ero. Quindi me lo raccontò mia madre, e forse le sue parole ebbero un'influenza, marchiarono il mio sguardo, se posso dire, ancor prima che si posasse realmente su quel posto.

«Tuo padre come viaggio di nozze mi ha portata a Pizzocolle, capisci?» mi diceva. «E all'inizio lo sembrava anche, un viaggio di nozze, poi invece...!»

La prima tappa la fecero a Pescara, da turisti. Mia madre non aveva mai visto il mare, e mio padre le fece quel regalo. Dalla stazione andarono subito nel punto dove la spiaggia si arcuava larga e il porto si vedeva in lontananza. Tutta quell'acqua che le viene incontro. Le onde una dietro l'altra che si spengono come niente nella spuma a riva. La riga così tagliente dell'orizzonte, quasi una ferita. Non riusciva a respirare, le batteva il cuore. Disse a Vincenzo se la portava via un momento. Andarono in albergo. Le servì dormire tutta la notte per accettare quella vastità che le si apriva nella vita all'improvviso, a trent'anni. Come aveva fatto trent'anni senza il mare? Dove aveva vissuto prima, in quale mondo opaco?

Tornarono il giorno dopo verso mezzogiorno e si presero una bibita sul lungomare. Dal tavolino del bar si dominava tutto il litorale. Teresa non parlava, respirava l'aria salina e si faceva entrare nell'anima quell'azzurro.

Mio padre le comprò un costume blu con una fascia chiara sul davanti. Lei non pensava che nel mare si potesse fare il bagno, le ci volle un po' per entrare in acqua, non se ne capacitava, che si potesse fare. Rimase ferma con l'onda alle ginocchia, poi quando riuscì ad abituarsi si spinse avanti. Camminò metri e metri perché l'acqua le arrivasse alla vita, e lì finalmente si mise a battere la superficie con le mani come una bambina, rideva degli schizzi, si bagnava il viso come per lavarsi e si stupiva che sapesse di sale.

Le piaceva passeggiare sul bagnasciuga, l'onda che le correva sui piedi. Faceva chilometri. Si voltava a guardare le orme che duravano pochissimo, come l'acqua le cancellava subito, e rideva. Quando Vincenzo le faceva le foto, metteva le mani sulle cosce provando a nasconderle, ma due mani non bastavano. Si muoveva impacciata in costume da bagno. «Mi sentivo nuda...»

La sera Vincenzo la portò al ristorante a mangiare la zuppa di pesce. Era fiero. «Quella abruzzese è la più buona del mondo» le disse. Lei guardava la grossa teglia in tavola, il mare di sugo rosso dove navigavano animali che non aveva mai visto. Vincenzo glieli elencò uno per uno, a mano a mano che se li gustava, succhiando il sugo dalle chele e pulendosi poi la bocca col tovagliolo: le cicale, le triglie, lo scorfano, i granchi, gli scampi. Lei non sapeva come si mangia il pesce, come liberarsi delle spine, come estrarre la polpa dai carapaci. «Mi sono rimaste le mani che puzzavano, un odore che anche a lavarle non se ne andava, e tutto quel sugo l'ho digerito poco, troppo aglio, troppo pomodoro, il giorno dopo avevo una nausea...»

Ma durò poco, il mare. Rimasero due notti a Pescara, il loro viaggio di nozze finì lì. O meglio continuò, ma non era più un viaggio di nozze: il terzo giorno presero la corriera e arrivarono a Pizzocolle. La vera meta era quella, l'avevano solo rimandata.

All'una, in pieno caldo, la strada era una polvere bianca che accecava. Scesero in un'aia assolata e secca, dove stavano quattro casolari in croce, fienili e stalle sperdute nella campagna. Lì abitavano i genitori di Vincenzo, il fratello con i figli e le mogli. Fu solo allora che mia madre capì da dove veniva l'uomo che aveva sposato, fu quando vide quel posto.

I parenti erano tutti fuori ad accogliere gli sposi, fermi, in piedi nel sole. Gli uomini avevano la canottiera spessa di lana, bagnata di un sudore giallo, le barbe ispide, i capelli arsi; le donne un foulard per ripararsi dal sole e grembiuli fiorati sopra il vestito nero. Fecero festa a Vincenzo che aveva portato la moglie settentrionale, alta e bionda. Le diedero subito del tu, ma la chiamavano signora.

Teresa si guardava intorno. Sorrideva a tutti, si lasciava abbracciare. Non sapeva cosa dire, come parlare. Le veniva addosso quel dialetto incomprensibile insieme all'odore di sudore, all'aria calda che sapeva di letame. Indossava un vestitino a fiori viola e verde, stretto in vita da una cintura giallo limone con la fibbia dorata. Me lo descrisse mille volte, nei suoi racconti. Me la vedevo: una signora. Anche lei stonava. Un po' come la Renata nel nostro salottino, mi viene da dire, quando veniva a misurare.

Comunque il primo giorno tutto bene, a parte quell'imbarazzo, quella estraneità. Fu il giorno dopo che cominciò una specie di processione. Venivano a frotte a portarle roba da cucire: pantaloni da allungare, gonne da riprendere sui fianchi, lenzuola a cui rifare gli orli, asciugamani e tovaglie da bordare, scampoli di stoffa da dove ricavare vestiti, camicie, giacche. Venivano le cognate, le cugine, le vecchie zie, anche gente sconosciuta dalle borgate vicine. S'era sparsa la voce che "ci stava la sarta di Torino", ecco cos'era successo. Vincenzo Mancasciulla, quello che ha studiato e travaglia al Nord, s'è portato la moglie che fa la sarta!

Le destinano uno stanzone spoglio, con le granaglie ammucchiate sul pavimento e qualche salame appeso. In un angolo sistemano una macchina da cucire, prendendola chissà dove.

Mia madre, lì dentro, cuce per un mese intero.

Di notte non riesce a dormire e, tra le lenzuola di canapa che raspano la pelle, dice all'uomo che ha appena sposato e credeva di conoscere: «Vincenzo, ma dove mi hai portata?». E mio padre lì che cerca di spiegarle che per i suoi è un onore avere una sarta in casa, non lo fanno per cattiveria. E le dice: «Dài, che ci facciamo qualche giorno qui, c'è aria buona, poi ce ne torniamo su, abbi un po' di pazienza...», e che lui è fiero di aver portato alla sua famiglia una moglie che non solo è bella, è anche brava a cucire e aiuta tutti. Così le dice, al buio, nel letto: quanto è fiero. Così mi racconta lei. Come fa suo marito a non capire che si sente sfruttata da quei parenti appena conosciuti? Se prima di nascere avessi visto tutto ciò, non avrei voluto quel padre. Quindi non avrei dovuto scegliere quella madre. È stato uno sbaglio? Non riuscivo a dirmela, una cosa simile. A pensarci adesso, forse mi regalai apposta una zona buia: quand'ero ancora in cielo mi presi il diritto di non vedere certe cose troppo chiaramente, per scegliere ugualmente lei, l'unica mamma che volevo.

Comunque era dai suoi racconti che mi facevo questa idea: lei a Pizzocolle faceva la serva, e mio padre se la spassava. Girava per l'aia con la sua camicia bianca, i polsini arrotolati, i pantaloni scuri con la cintura nera. Così mi diceva mia madre, che lui andava allo spaccio di Brillantina e Nicolino 'u cioppo, ordinava una birra, giocava a carte con i compaesani, e giocando e bevendo raccontava della sua bella vita al Nord, il lavoro, i colleghi in polizia, l'ufficio pieno di scrivanie, le pattuglie, le volanti, non so che altro.

Oppure girava per le campagne, si faceva portare in giro a vedere le proprietà degli altri. Le viti, il grano, le stalle piene di mucche. Amava molto la terra. Me lo immagino che si chinava e se la faceva scorrere tra le mani. O si sedeva su un muretto e guardava il profilo ondulato delle colline, la divisione netta dei campi arati. Lo sguardo che si perde e sembra sappia andare oltre l'orizzonte. Me lo immagino. Poi tornava a casa sporco di polvere e sudore, contento, elettrizzato. Gongolava all'idea che gli spettavano certi appezzamenti vicino a Orsogna, pensava che li avrebbe ricevuti in eredità e per il momento se li andava a rimirare da lontano. Non sapeva cosa ne avrebbe fatto, ma era la sua terra, la sua parte di terra. Non c'era nulla di male, lui era fatto così. Avrei potuto capirlo. Ma non lo capii, perché, mentre lui si passava le giornate a spasso, mia madre cuciva a macchina i vestiti dei parenti; era questo che io bambina mi vedevo, ascoltando i suoi racconti: lei nello stanzone a lavorare, chiusa, imprigionata, che il sole lo vedeva solo dalle finestre.

Le terre di Orsogna erano le terre di mammalena. Non lo sapevo. Se lo avessi saputo avrei capito perché mio padre ci teneva tanto, aveva tutto quell'attaccamento. Non sapevo nemmeno che mia nonna non era di Pizzocolle. Nonno Saverio sì, lei invece veniva da un borgo sperduto nelle campagne di Orsogna che si chiama Feuduccio. Ci sono passata qualche anno fa. Ho chiesto a mia cugina Rossella di portarmici, e l'ho visto. Riusciamo a incontrarci poco, Rossella e io; lei è rimasta in Abruzzo, dopo la laurea è andata a abitare a Pescara, dove dirige una scuola per interpreti. Ogni tanto ci prendiamo qualche giorno e parliamo un po'. Feuduccio è un posto bellissimo. Non c'è niente, quattro case e una corsa di colline che s'inseguono in salite e discese fino all'orizzonte. È il posto dove si sono conosciuti, mia nonna e mio nonno. Me lo racconta Rossella. Lei sa tutto. Lei è la memoria della famiglia, io non penso mai nemmeno di avercela, una famiglia, voglio dire una catena di parenti che si snoda oltre ai miei genitori; ho un'idea strana di nascita, una cosa tipo un'esplosione improvvisa, un balzo che uno decide di fare e basta e non c'entra con nessuno prima di lui. Non so da dove mi viene questa idea di fungo spuntato dal nulla. Un anello staccato dagli altri anelli, che catena è? Comunque, anche Rossella non sa avventurarsi oltre ai nonni: nessuna notizia di chi fossero i nostri bisnonni e trisavoli vari, dove abitassero, cosa facessero. Aghi persi nell'immenso pagliaio cieco della storia.

Penso ai giovani che si appendono in casa l'albero di famiglia. Quanto li ammiro! Felici di ricostruire, di ereditare. Raccolgono con cura le foto degli antenati, trascrivono i nomi e le date sui rami. Si dilettano di ogni diramazione e fronda. Mi viene da dire: è un lusso che solo chi ha origini alte si può permettere. Ci penso adesso. Forse la gente umile non sa da dove viene, perché sa che non viene da nessuna parte degna di nota. Non insegue fronde perché non ha fronde, è una pianta che non dirama da nessuna parte. Lascia che i familiari si perdano nel nulla, perché sono sempre stati nulla. Gli antenati sono illustri, altrimenti non sono. Quindi niente alberi, foreste, nemmeno un cespuglio, per chi è nato basso. Solo funghi che spuntano solitari.

Insomma si conobbero così, i nostri nonni, che la famiglia Mancasciulla aveva terre e bestiame, erano gran lavoratori, ma Saverio aveva un talento in più: sapeva anche potare gli ulivi, da giovane. Era l'unico, e lo chiamavano a potare da tutte le parti; quando finiva i lavori nei campi, andava a giornata nei paesi vicini, ovunque lo chiamassero. Andò una volta a potare ulivi a Feuduccio: e fu lì che incontrò Maddalena Prinzio. Mammalena.

Alla fine, Rossella e io lo dobbiamo agli ulivi, di esser nate.

Mosche ai vetri

La prima volta che portarono anche me a Pizzocolle, avevo tre anni. Nonostante fossi così piccola, capii parecchie cose.

Non è vero, ovviamente non capii un bel niente. Capire non è il verbo giusto: a quell'età vedevo il mondo attraverso un vetro opaco, nebbioso. Ma vedevo, questo sì. E non è proprio dalle immagini che il mondo comincia a parlarci? Ogni volta che mi portarono lì se ne aggiunsero altre e il quadro, negli anni, si delineò meglio. Ciononostante è solo una l'immagine che mi s'inchiodò per sempre: le mosche ai vetri.

Arrivammo con la corriera, il 1° agosto, verso l'una, quando la terra è un forno. Affamati, accaldati, stanchi morti. Dopo una notte in treno, Torino-Pescara, seduti in uno scompartimento che ricordo da otto posti, valigie una sull'altra e la gente che si faceva i panini al pomodoro e salame. Il sugo di pomodoro colava. E io non riuscivo a dormire da seduta, anche se avevo un sonno mortale, la testa mi ciondolava, avrei dato non so cosa per coricarmi distesa sul sedile, ma era sempre occupato da qualcuno, che mai avrebbe fatto spazio alla mia testa ciondolante. Alle sei di mattina eravamo alla stazione, insonnoliti, con un buco nello stomaco, e ci restavano ancora non so quante ore di corriera.

La corriera... si chiamava così. Era un grosso pullman azzurro col tetto bombato, non tagliato dritto squadrato come gli autobus che ci sono oggi. A un certo punto, verso ora di pranzo, lasciava la strada asfaltata e s'immetteva in una strada bianca e polverosa: era l'inizio di Pizzocolle. M'incantò ogni volta, quello scarto improvviso e quasi inavvertito. Era il mondo che si fermava e tornava indietro.

La sfilata dei parenti che ci aspettavano sull'aia c'era davvero, non se l'era inventata mia madre. Me li trovai davanti tutti insieme, in piedi, schierati come per una parata militare. Le vidi da vicino, quelle donne col foulard legato dietro, le vesti nere impolverate, i grembiuli a fiorellini. E vidi la canottiera degli uomini, quella lana spessa e ispida intrisa di un sudore giallognolo, e la pelle così bruciata dal sole da farsi increspata come una carta quando l'accartocci.

Nonnalena la scorsi prima da lontano che si agitava, alzava le braccia e le batteva sulla gonna nera urlando: «La cìtala me'! La cìtala me'!». La cìtala ero io: la bambina. Non appena le fui vicina, mi prese in braccio sollevandomi verso il cielo, e poi subito stritolandomi contro il petto enorme. Sentivo il suo sudore, il caldo del suo fiato addosso. Mi riempiva le guance di pizzichilli e rideva forte, la bocca spalancata. Rideva con i quattro denti che le erano rimasti e le dondolavano sulla lingua. Era sempre così, allegra, lo avrei scoperto i giorni dopo: parlava quasi cantando, come se giocasse. Era proprio che prendeva la vita giocosamente, come se non riuscisse ad avere una serietà. «Tiene sempre 'na voglia 'e pazzia', nun saccio pecché.»

Pazziare. È una parola del dialetto che mi piace molto, vuol dire giocare ma in qualche modo ha dentro la parola pazzia. Nonno Saverio diceva così di lei, che teneva una voglia di pazziare. Ma non so se ho riprodotto le parole esatte, non l'ho mai imparato il dialetto abruzzese; mi sono fatta un mio dialetto mentale, mescolato con l'italiano, che non esiste.

Nonno Saverio mi sembrò uno gnomo dei boschi, piccolo e secco; la camicia a quadri, le bretelle, e il gilet dove nelle tasche nascondeva le mani. Non stava in canottiera come gli altri uomini del paese.

La prima volta che mi videro, i parenti non riuscirono a nascondere la pena. Ero troppo esile, il visetto scarno, il colorito pallido, i boccoli tenuti da un fiocchetto, due braccini filiformi che mi uscivano dalle manichette a palloncino. Loro avevano figli grossi e paffuti, con la pelle rossa screpolata, le gambe robuste graffiate dai rovi e dalle pietre. Io ero debole, bianca e malaticcia. «Le fa male la città» dicevano a mio padre. E come rimedio mi riempivano di cibo. Pastasciutte al sugo, polli e conigli arrosto, fette di pecorino, pagnotte al salame, biscotti secchi, pasta all'uovo dentro il brodo di gallina. Quando mi portavano a Guardiagrele mi compravano un vassoio di sise di monaca, pasticcini enormi a tre punte, pieni di una crema morbida, pannosa.

Ci tornammo tutte le estati, per un po', a Pizzocolle. E andava sempre così, che il pranzo appena arrivati non lo facevamo dai nonni, andavamo a casa di mio cugino Feruccio, il primo figlio di zio Domenico. Si chiamava Alfiero, ma lo chiamavamo Feruccio, o Feru'. Un giovane uomo alto, fiero, i capelli nerissimi, il viso sempre accigliato. Parlava poco e qualche volta urlava. Sembrava il capo, quello che comanda tutti. A me faceva paura anche solo il nome. S'era appena sposato, con una donna bella e gentile, dai tratti raffinati, dolci. Mi piaceva stare con lei, sembrava una che non c'entrava niente, come me. Si chiamava Bettina. Erano gli unici in paese ad avere il servizio di piatti e bicchieri e la sala da pranzo, Feruccio se l'era fatta nuova; per questo si andava da loro a pranzo, il giorno dell'arrivo. Si saliva una scala esterna e si entrava in una sala né piccola né grande, tutta rinfrescata di bianco, con il tavolo, le sedie, una credenza bassa e lunga su cui poggiava una grande specchiera con la cornice dorata. La tovaglia era bianca e spessa, con dei ricami, e anche i piatti erano bianchi e spessi. C'era la pasta al sugo, un sugo che lasciava il piatto tutto rosso, il pollo, il coniglio, il formaggio, e i biscotti che avevano preparato per me. Il pane era una forma gigantesca che si tagliava a fette larghe, non erano le biove piccole e tenere del Nord. Mi dicevano di continuo: «Mangia, mangia!». E mi versavano due volte il cibo nel piatto. Io mangiavo quel che potevo, ma era poco e loro di nuovo: «Mangia, mangia! 'Sta cìtala che ttiene, ca nun magna?».

Subito dopo pranzo, il giorno dell'arrivo, mi portavano a dormire nella casa dei nonni, la più vecchia del paese. Stava nella parte alta di Pizzocolle, a 'mmonte, dove c'erano solo quattro o cinque case: quella di Feruccio, il posto dove maestra Giuseppina faceva scuola, lo spaccio di Brillantina e poco altro. La stanza da letto dei nonni era al primo piano, sopra la stalla. C'era finalmente ombra. E un odore acre di letame che entrava.

Il letto era gonfio. Alto, bombato. Si sentiva la paglia che crocchiava a ogni movimento. Poco tempo fa ho incontrato certi miei cugini di secondo grado che non vedo mai (non vivono più in campagna e hanno figli che fanno l'università), sono scoppiati a ridere: «No, non era di paglia! Era lu saccùne!». Un grosso sacco ripieno di scuppille, foglie di pannocchia secche: quello era il materasso, e poi siccome si appiattiva e diventava duro, al mattino si scuoteva all'aria, si scenechiava. Comunque, il letto dei nonni crocchiava e cigolava, le lenzuola mi raspavano la pelle e sul comodino c'era una sveglia che ticchettava forte e faceva un inferno.

E le mosche.

Le mosche ai vetri.

Alla finestra s'addensava un nugolo di mosche nere, che oscurava il vetro e lo riempiva di piccoli puntini neri, le cacche che le mosche depositavano. Un ronzio continuo e un movimento inarrestabile. Non stavano mai ferme, mai zitte. Io dal letto vedevo quel loro muoversi lente, a piedi, senza ali. Percorrevano tutto il vetro ronzando. Ogni tanto qualcuna s'alzava in volo ma era un voletto breve, subito si riappiccicava al vetro e riprendeva a ronzare. Non dormivo, neanche un po'. Guardavo mosche e inalavo odore di letame. Che era ovunque, sulle lenzuola, dentro la sveglia, nei cassetti del comò, pendeva dal soffitto, s'inerpicava dalle pietre sconnesse del pavimento.

Per fortuna arrivava Rossella, la figlia minore della sorella di mio padre. L'altra figlia era Santina, di dieci anni più grande, non giocava con noi, teneva sempre da fare in casa. Rossella invece aveva la mia età, e i miei stessi capelli ruvidi. Ci assomigliavamo, si vedeva che eravamo cugine. Ma lei era più robusta, in salute. Veniva a prendermi subito; appena mi svegliavo da quel finto sonnellino nel letto dei nonni, me la trovavo sull'aia che chissà da quanto mi aspettava. Mi portava giù a valle, la parte bassa di Pizzocolle che era sempre Pizzocolle, ma si chiamava anche Stammello. Sua madre, zia Pacetta, aveva sposato Lentino Lastravigna, e i Lastravigna erano i padroni di Stammello. Io ero ospite loro per tutta la vacanza, mentre i miei alloggiavano nella casa dei nonni. Dicevo «abito dagli stammelli», mi sembrava il paradiso. Lì le case erano bianche, pulite e fresche; e avevi davanti un panorama largo, un orizzonte che non finiva mai, di colline tondeggianti come pani. Gli animali c'erano anche lì, non è che non ci fossero; mucche, capre, conigli, galline, pecore e maiali, ma si sentiva meno odore, sembrava che si disperdesse, in tutta quell'apertura. Rossella veniva e mi diceva: «Dài che scendiamo a Stammello!». E io ero salva, mi sparivano le mosche ai vetri e tutto quanto. Ci buttavamo di corsa per la strada sterrata che faceva polvere, attraversavamo lo stradone facendo attenzione alle poche auto, ai trattori lenti, e poi prendevamo il viottolo ombreggiato, in discesa, pieno di sassi, che portava a casa sua. Lo facevamo di corsa, anche col caldo.

Zia Pacetta, qualunque lavoro stesse facendo, lo lasciava e correva ad abbracciarmi. Pacetta... La più piccola dei Mancasciulla, l'unica sorella di mio padre. Non so che nome fosse, Pacetta. Ma le stava bene, le si addiceva. Faceva venire voglia di ridere, era un nome grassottello e sodo, vivace e pacioso proprio come lei. Non so se era bella, a me pareva bellissima, con le guance piene e i seni grandi, sempre sorridente, sembrava avesse una felicità interna tutta sua, che non se ne andava mai. Si puliva prima le mani nel grembiule, mi sollevava in alto due o tre volte, poi a terra mi prendeva le mani e si metteva a ballare con me cantando una canzone in dialetto. Anche lei sempre vestita di nero. Ma aveva il sorriso che le illuminava i vestiti.

Zio Lentino invece non c'era mai, quando arrivavo. Stava nei campi, a lavorare o prendersi un riposo sotto gli alberi. Quando alla fine spuntava aveva la sua aria stanca e gli occhi d'acqua azzurra, e non mi veniva incontro, stava fermo a sorridermi da lontano. Faceva lo stesso mestiere dei miei parenti di sopra, guardava le bestie, pascolava, arava e seminava la terra; ma aveva la barba meno ispida, e la canottiera di lana meno spessa.

Rossella m'insegnava un sacco di cose, sulla lana delle pecore, le pannocchie di granturco, la differenza tra i rospi e le rane. Fu lei che mi spiegò come nascono i bambini, dicendomi che era uguale alle mucche, che il vitellino se lo portano nella pancia. Avevo nove anni, quando me lo spiegò. Non volli credere che ero stata nella pancia della mia mamma come un vitellino, e mi misi a piangere. Lei sorrideva: «Donata, così ha da essere, che vulimmo fa'?». Rossella sorrideva molto, ma non come sua madre: il suo sorriso sembrava sempre altrove, come gli occhi.

Io ero pigra e volevo starmene a guardare il panorama e le galline razzolare, invece lei mi portava nei campi di stoppie a correre, e io non sapevo correre in mezzo a tutte quelle stoppie irte come chiodi, mi graffiavo le gambe, mi fermavo a guardarmi il sangue e non volevo andare avanti. O giocavamo sulla collinetta di sabbia dietro casa, a scovare i rospi, poi quando ne usciva uno e ci spruzzava la pipì, io scappavo e lei rideva.

Quando mi capita di rivedere Rossella, in questi anni, scopro sempre che lei ha altri ricordi. L'ultima volta le ho chiesto: «E io, Rossella, che facevo io quando venivo giù con i miei?».

«Tu... tu giocavi con me» mi ha risposto. «Poi però di colpo ti stufavi, t'imbronciavi. E te ne andavi tutta sola per conto tuo. Eri piccolina, ma ti vedevo filar via su per la strada. Correvi allo spaccio di Brillantina, ti facevi dare un quaderno e una matita. Non so cosa avevi, sempre con 'stu quaderno e 'sta matita... Ma te ne uscivi contenta. Certe volte Brillantina ti dava una gazzosa. Ti bevevi la gazzosa, Donata, e te ne stavi con quel tuo quaderno e la matita. Ecco cosa facevi. E quando c'era Gino, il figlio di Brillantina, eri ancora più contenta. Andavi dicendo che ti eri innamorata, che scappavi là per poterlo guardare, perché era bello e biondo. Avevi quattro anni, e lui non so, ne avrà avuti sedici, era un uomo. Lo guardavi, ti bevevi la tua gazzosa e poi tornavi.»

Me l'ero dimenticata, questa storia del quaderno e della matita. Non è cambiato niente. Ancora oggi, può essere un bloc-notes con una biro, fa lo stesso, ce li ho sempre in tasca o nella borsa. Uscire senza mi darebbe ansia, il pensiero di non avere nulla per scrivere. Venire a sapere che era già così allora, quand'ero così piccola, mi mette una specie di allegria, e anche uno stupore. Possibile che siamo già all'inizio quel che saremo poi per tutta la vita?

Conigli appesi

Zia Pacetta mi faceva il formaggio tutti i giorni perché a me piaceva quello fresco, appena fatto. E la domenica si sedeva davanti al camino a cuocermi le pizzelle, anche se fuori c'erano quaranta gradi e si moriva di caldo. Prendeva lo stampino di metallo quadrettato, ci metteva dentro un cucchiaio di una pastella giallina, e ne uscivano dei rettangolini morbidi e spumosi che sapevano di latte e uova.

Mi piaceva vivere a' bballe, con i Lastravigna. Ma i miei stavano a 'mmonte con i Mancasciulla, e mia madre viveva in prigione. Non è che non ci pensassi. Quando mi prendeva la nostalgia, o una specie di senso di colpa confuso, obbligavo Rossella a portarmi su dai miei. E allora lo vedevo che non erano solo parole: mio padre che se ne andava in giro vestito bene a chiacchierare, bere birra e giocare a carte; e lei invece che lavorava chiusa nel granaio, e quei parenti (ma quanti erano?) che non la finivano di portarle vestiti da cucire. Era tutto vero.

Ma ora non so dire che cosa era vero e che cosa no, se contava quel che vedevo, o contavano di più le parole di mia madre, quel che diceva lei di Pizzocolle e dei parenti. Non so come si mescolano le immagini che uno incamera con quel che gli raccontano le altre persone; come si mescola il nostro sguardo con lo sguardo altrui, che cosa vediamo noi direttamente e che cosa vediamo con gli occhi degli altri, e come si fa a entrare così bene negli occhi degli altri, al punto che ci sembrano i nostri. Non so quale infanzia raccontiamo, se è la nostra o quella che le parole degli altri ci hanno confezionato addosso, come un vestito. Il vestito-infanzia... Mistero. Non possiamo vederlo, il film, a ritroso. E se anche lo vedessimo, sarebbe in un tempo in cui noi non siamo più lì, e niente e nessuno è più com'era. Quindi, tutto inutile e falso. La verità è che avevo stretto un patto di alleanza con mia madre ancor prima di nascere, tutto lì: era possibile che quel patto mi offuscasse, impedendomi di vedere le cose nella loro verità.

Sempre che esista, una verità...

Comunque erano davvero troppi, quei parenti. Ne arrivavano continuamente di nuovi, anche dai paesi lontani. Mai visti e mai sentiti. Una cornucopia inesauribile. Persone sconosciute che di anno in anno si moltiplicavano, spuntavano dall'erba come lumache dopo la pioggia. Erano tutti uguali, le donne vestite di nero, gli uomini cotti di sole e sudore, e parlavano in quel modo che non capivamo, mia madre e io, ridevano forte, si lavavano dentro una bacinella e poi buttavano l'acqua a terra, e la domenica si trovavano a ballare un ballo fatto di saltelli, che assomigliava ai balli che faceva mio padre tutto solo nel tinello, ma era anche diverso, più sguaiato. E mi riempivano di baci, carezze, pizzicotti. Non capivo se erano cattivi o buoni, quei parenti. Buoni per tutte quelle coccole, quelle risa e quei balli. Cattivi perché chiudevano mia madre nel granaio a cucire per un mese.

La salutavo un momento e poi scappavo via. Era meglio se mi tenevo la nostalgia, vederla lì dentro era peggio. Uscivo sull'aia e andavo a cercare Giuseppe. Solo con lui mi consolavo, le fortunate volte che lo scovavo. Era un piccolo cane magro dalla pelliccia scura, tutto il giorno a zonzo. Non so di chi fosse, forse di nessuno. Una volta i cani facevano liberamente i cani in giro e non avevano un padrone. Non si lasciava prendere in braccio come avrei voluto, quindi aspettavo che smettesse di scorrazzare e per il caldo si abbattesse da qualche parte all'ombra, mettevo una seggiola di paglia accanto e gli parlavo. Lui stava buttato nella polvere che gl'imbiancava il pelo, e ogni tanto muoveva un orecchio. Non so se era per ascoltarmi meglio o scacciare le mosche.

Non era facile capire. Ogni anno aggiungevo qualche luce, ma anche qualche buio, nel quadro delle vacanze a Pizzocolle, che non erano vacanze, erano un'altra vita, riarsa di caldo e polverosa, che sapeva di fieno e di mucche, di mosche e pezze di formaggio. Mi chiedevo perché mi toccava, e qual era il parente più cattivo, chi era di loro che imprigionava mia madre. O era mio padre? A poco a poco s'insinuava il dubbio che fosse lui il cattivo.

A un certo punto pensai che zia Pacetta poteva aiutarmi. Non solo perché mi faceva il formaggio fresco e le pizzelle, ma perché era sempre contenta. Anche quando la sera veniva dai campi stanca morta e doveva ancora mungere le vacche; anche quando diceva «me dole lu pede» e tirava avanti a far tutto zoppicando. E poi mi voleva bene. Mi voleva così bene che ogni tanto ammazzava un coniglio, perché a me piaceva il coniglio arrosto con le patate. Non vedevo quando lo ammazzava; ma a un certo punto, andando in giro per l'aia, mi trovavo davanti un coniglio appeso per le zampe a un chiodo, già spelato della sua pelliccia, a gocciolare un sangue denso in una pozzangherina bruna. Insomma, mi era confusamente chiaro che solo lei poteva aiutarmi.

Una sera (di non so quale anno, tutto si accavalla) presi coraggio e, mentre lavava i piatti, glielo chiesi, se poteva salvare mia madre. Non capiva. Pacetta adorava mia madre, diceva che era bella come un sole, una signora, e che suo fratello non se la meritava una moglie accussì. Le raccontai che era prigioniera in un granaio e doveva cucire tutto il giorno in mezzo alle mosche nere e la puzza di cacca, e io volevo che venisse a stare a 'bballe, che abitasse con me da loro, dagli zii buoni. Zia Pacetta mi fece due pizzicotti contemporanei, uno per guancia, e disse: «Ah, quanto si' bbella pure tu!». Disse che lo sapeva, di mia madre costretta a cucire, le dispiaceva ma non poteva farci niente. Come sarebbe niente? Le feci due richieste più precise: se mi aiutava a rapirla e a rinchiudere i parenti nel granaio. Scoppiò a ridere. Ma la domenica invitò i miei a pranzo, ammazzò il solito coniglio (me l'ero visto appeso per due giorni al chiodo, a gocciolare) e preparò anche il brodo, le tagliatelle e la torta. Così mia madre venne a Stammello, e almeno per quella volta non rimase chiusa in casa a cucire.

Ma l'avevo salvata solo per un giorno. Non sapevo che altro inventarmi. Mi cresceva dentro un sentimento confuso per mio padre, che non era esattamente un odio, piuttosto una calma ostilità senza tregua, qualcosa che mi tormentava senza diventare però nulla di concreto, né parole né fatti. Gli opponevo quel che potevo: un broncio costante, una mala disposizione, che era diretta solo a lui ma finiva per abbattersi sui parenti abruzzesi presi tutti insieme, anzi, tutti gli abruzzesi in generale e tutti i parenti in generale, diventava un'insofferenza cronica per l'universo, un'avversione per l'umanità intera, una rabbia indisponente che mi rimaneva dipinta sul volto come un'accigliatura, una scontrosità; e che, tornando a lui, si traduceva nella voglia di non vederlo, non parlargli, non ridere quando mi scattava foto, evitare anche il pensiero che fosse lui mio padre.

Le salvistre

Non l'avevo previsto, mio padre, nel senso letterale: non l'avevo "visto prima". Quindi lo conoscevo appena, era un vestito nuovo che s'indossa da poco tempo. E io me lo sentivo stretto, non mio. Mi sembrava estraneo anche il nome del suo paese. Pizzocolle... Mi chiedevo perché pizzo. Colle va bene, si capisce: di colli e colline intorno era pieno. Ma pizzo? Non c'era niente che assomigliasse a un pizzo tipo merletto, o anche al pizzo inteso come barba, o qualcosa di appuntito: nessun pizzo di nessun monte, intorno. Chissà. Qualunque fosse il senso, mio padre era nato lì. Figlio di contadini, avrebbe dovuto fare il contadino. Solo perché maestra Giuseppina quel giorno del 1930 andò a parlare a Saverio Mancasciulla, finì diversamente. «Merita di studiare» disse di mio padre bambino. E con quella frase gli deviò il destino. D'accordo. Ma in ogni caso mio padre veniva da lì, era uno che non apparteneva al nostro mondo.

Non sapevo quale fosse il nostro mondo, mio e di mia madre. Ma non c'entrava con gli aratri, il dialetto abruzzese, le stalle, il sudore e le galline tra i piedi. Quello *non* era il mondo di mia madre, quindi neanche il mio. Lei era piemontese e cittadina, quindi io mi sentivo piemontese e cittadina; era un dover essere.

Veramente era più complicato. Io non mi sentivo né una cosa né l'altra: non *appartenevo* a nessun mondo. A Torino mi vergognavo con le clienti, e a Pizzocolle mi vergognavo dei parenti. Ero sempre sfasata. O troppo, o troppo poco. Voglio dire che da nessuna parte mi sono mai sentita *nel mio mondo*. Ho vissuto sradicata, un albero piantato male nel terreno, che non diramava le radici; una principessa esiliata dal suo regno, che non sapeva nemmeno quale fosse e se fosse mai esistito, e quindi non era affatto una principessa. Possibile provare un senso di esilio così astratto? Veniamo forse da altre vite, di cui ci siamo dimenticati? O era solo un eccesso di senso estetico, un fastidio visivo e olfattivo esagerato che chissà perché mi era toccato in sorte? In ogni caso, non ho saputo allora idealizzare il mondo contadino, coglierne il lato romantico, la struggente bellezza. Quel che posso dire adesso è solo l'insofferenza che provavo allora.

Ci andarono di mezzo i parenti abruzzesi, che avevano l'unica colpa di non essere piemontesi e cittadini. Furono, in quegli anni, il muro che ci divideva, e anche l'unico motivo di litigio tra i miei; l'unico che vidi con i miei occhi, almeno, per il resto mi sembrò che non riuscissero a litigare: troppo compenetrati l'uno nell'altro, tirati avanti da uno stesso filo che io non vedevo, ma era chiaro che esisteva. Si buttavano in litigi furiosi, per i parenti abruzzesi, diventavano grumi di urla e parole azzuffate. Non ricordo quali fossero nel dettaglio gli argomenti. Oggi non saprei neanche dire chi aveva ragione o torto, ma so che non si trattava di ragione o torto, si trattava di mondi, a cui uno si sente o no di appartenere, da cui uno si sente o no lontano. Lui amava la sua terra e i suoi parenti, e mia madre non lo voleva capire. Amava sua madre e suo padre, e anche i suoi nipoti, i quattro figli di suo fratello Domenico, giovani che avevano già famiglia e che lui trattava come figli.

In particolare amava Nicola, il solo nipote che, come lui, aveva lasciato la campagna per studiare. Abitava in città, s'era sposato una ragazza ricca e si vestiva con giacca e cravatta. Non era più un contadino, e per quel nipote speciale mio padre s'era messo in mente di essere lo zio d'America. Quando andava giù, riempiva la valigia di regali per il suo Nicola, la stipava di oggetti, cinture, camicie, orologi, borselli, cioccolatini, bottiglie di liquore, cravatte di seta a pois. Mio padre adorava le cravatte a pois.

«Ma devi spendere tutti quei soldi per questo tuo nipote?» gli diceva mia madre. E scoppiava il litigio. Mia madre non era avara, anzi, era molto generosa, ma con i parenti abruzzesi c'era qualcosa che non quadrava. Non so che cosa avesse, un groppo, un intralcio. Forse pensava che mio padre non si fosse mai davvero staccato da Pizzocolle, e che quella continuava a essere la sua gente. Era con loro che lui sentiva un legame, forse più che con lei. Faceva tanto il settentrionale, diceva di amare tanto Torino, di essere così fiero di lavorare alla Fiat, ma poi in fondo era rimasto quel che era, il cuore ce l'aveva laggiù. Era un napuli. Glielo rinfacciava spesso, aveva un modo tutto suo di borbottargli contro: «Vieni proprio da Pizzocolle!» e scuoteva la testa come a dire: niente da fare.

Un po' di ragione ce l'aveva, in qualche modo lei vedeva in mio padre un'ambiguità che non si chiariva, un nodo che non si scioglieva: lui era l'impiegato Fiat, l'uomo con le camicie bianche e i vestiti grigi, che amava le scarpe allacciate, la cintura di coccodrillo e le cravatte a pois, che recitava Dante a memoria e scriveva lettere con una grafia perfetta; ma era anche il ragazzo che aveva portato le pecore al pascolo, sapeva fare il formaggio, falciare l'erba e seminare il grano, ballava benissimo la tarantella e passava le notti d'inverno con i compaesani nella stalla. Era due persone, mio padre. Transitava da una all'altra, trasformandosi. Bastava che prendesse un treno e diventava un altro, poi tornava a casa ed era di nuovo l'uomo cittadino che conoscevamo noi, un settentrionale, felice di vivere a Torino. Credo sia la sorte che è toccata a tutti gli emigranti, di essere sempre due e non riuscire più a ricomporsi in una sola persona. Mio padre non c'è riuscito, non ha mai scelto. Altalenava, tra un sé antico e un sé troppo nuovo. Io invece avevo scelto il padre cittadino. Non avrei potuto fare diverso: era quello con cui vivevo; l'altro, il ragazzo dei campi che era prima di diventare mio padre, non mi riguardava, non era niente per me. Non capivo che invece c'ero dentro, che le mie origini erano quelle. Essere figlia di un emigrante, ecco che cosa non capivo.

I litigi più forti scoppiavano verso Natale e Pasqua, quando mio padre voleva andare al paese e mia madre no. Diventava nervoso, s'arrabbiava per un nonnulla. Urlava che ci andava da solo, e anche mia madre urlava: «Non ti basta andarci già in agosto? Tutto agosto ci fai passare laggiù, non ci pensi a noi?». E mio padre rispondeva che almeno per le feste era normale che un figlio volesse andare dai suoi, e dovevamo andarci anche noi, giù con lui, visto che eravamo sua moglie e sua figlia, e quei parenti erano anche nostri, e i suoi genitori erano ancora vivi, ma chissà per quanto.

Se non ci andava, rimaneva torvo a fare le feste con noi. Se invece non resisteva, partiva tutto solo con l'aria già stanca, prendeva il treno di notte, con la valigia nera di cartone e un panino per il viaggio avvolto nella carta. Poi ci stava poco, al suo paese, quattro o cinque giorni, e tornava allegro come un bambino, giocoso, come se nulla fosse, con la valigia unta ricolma di formaggi, salami, salsicce lunghe arrotolate, pasticci e dolci appiccicosi pieni di mandorle e miele. L'odore si sentiva già sulla porta, appena entrava in casa. Ancor prima di togliersi il cappotto poggiava la valigia sul tavolo di marmo, la apriva facendo scattare le chiusure e ci mostrava pezzo per pezzo, con orgoglio, dicendo chi gliel'aveva dato: il pecorino ce lo manda Feruccio, le salvistre mammalena, le pizzelle zia Pacetta.

Pacetta... Per fortuna c'era lei. Quando andava giù col malumore e per un nonnulla gli montava la rabbia, Pacetta si sedeva con la pazienza di ascoltarlo, gli parlava con la voce bassa, lo faceva ragionare, fino a che riusciva a tranquillizzarlo. Gli metteva pace. Ecco perché si chiamava Pacetta.

Nella valigia, quando tornava, il pezzo forte erano le salvistre. La sua passione. Gliele dava sua madre da portarsi via, certe salsicce nere e puzzolenti fatte di fegatazzi: fegato, polmoni e cuore, tutte le interiora del maiale, condite con aglio e peperoncino. Al suo paese la salvistra si mangiava con la polenta, era una festa. A casa invece mio padre se ne tagliava qualche fetta la sera prima di cena, e se la assaporava davanti a noi che lo guardavamo disgustate.

Poi c'era la pupa. Mio padre la teneva per ultima, la estraeva dalla valigia quando già se n'erano andati gli altri cibi, i formaggi e i salumi odorosi. Allora arrivava lei, avvolta in certa carta che era diventata tutta unta e colava l'olio dei pecorini. La pupa era una specie di biscotto gigante, a forma di bambola; sopra, tante perline di zucchero componevano il disegno del viso e del vestitino. «Ecco la pupa» mi diceva trionfante mio padre, «te la manda la zia Assunta!» Zia Assunta, la moglie di zio Domenico, quella che si soffiava il naso con le dita. Quando glielo vedevo fare, nell'aia assolata, scappavo via.

Una di quelle volte che mio padre era tornato dal paese si misero a litigare, lui e mia madre, in un modo cupo e cattivo. La valigia di cartone era ancora aperta sul tavolo, ne usciva la puzza dei formaggi e dei salami. Sembrava uno dei loro soliti litigi per i parenti abruzzesi. Ma poi mio padre divenne furioso, come non l'avevo mai visto. Non so cosa successe, vidi mia madre barcollare contro le tendine chiare della cucina, le braccia alzate a proteggersi la faccia. Ero voltata, o mi ero distratta. Non ricordo quale fu la miccia che li accese, le parole che si dissero, i gesti. Mi resta mia madre che barcolla, i volant leziosi delle tendine. Insieme a un vaso che si ruppe, non so in quale momento. Non volarono piatti, non si tirarono addosso nessun oggetto; eppure quel vaso cadde a terra. Forse era già in bilico e bastò un piccolo movimento, una spinta involontaria. Non lo so, non ho visto. Proprio in quel momento non ero attenta, proprio io che ero venuta per proteggerla. Ma i cocci di quel vaso non sono mai riuscita a ricomporli.

5

I soldi

L'iniquità del sabato pomeriggio

Per quel poco che ne capivo, in quei primi undici anni di vita che sto mettendo in fila, mia madre lavorava e mio padre no. La vedevo così, ed era strano perché non era vero: lavoravano entrambi, come potevo pensare una cosa simile? Semmai avrei dovuto dire che mia madre lavorava troppo e mio padre troppo poco, ma nemmeno questo era vero. C'era qualcosa di più impalpabile, che abitava solo dentro di me, distorceva il mio sguardo e m'impiantò l'idea insopportabile che, pur vivendo insieme, mia madre avesse una vita infelice e mio padre una vita felicissima.

Mia madre, facendo la sarta, non aveva un lavoro che la portava fuori, e non aveva orari: si alzava presto al mattino e andava tardi a dormire, sempre seduta, a cucire. E basta, la sua vita finiva lì. L'unico diversivo era ascoltare la radio e guardare la tivù, a sprazzi, quando alzava gli occhi dal cucito.

Mio padre lavorava in ufficio. Vuol dire che si vestiva bene e usciva, non stava chiuso in casa. Se si alzava alle cinque di mattina, era solo perché lo decideva lui, perché gli piaceva prendersi quel tempo quando non è più notte e non è ancora giorno. Si faceva il caffè, un'intera napoletana, che si versava nel bicchiere, e se lo sorseggiava al buio in tinello guardando fuori. Se mi alzavo presto lo trovavo seduto al tavolo, il bicchiere fumante sulla tovaglia, senza aver neanche acceso la luce. Vedevo la sua sagoma nel buio, contro il vetro della finestra. Lo salutavo con la mano senza dirgli una parola, e lui mi rispondeva con un sorriso beato, senza suono. Io tornavo a dormire e lui usciva, prestissimo, perché voleva andare a piedi in ufficio. Un po' era per risparmiare le cinquanta lire del biglietto del tram, un po' perché gli piaceva arrivare lento al lavoro, metterci tempo. Diceva che era il momento più bello della giornata. Faceva a piedi tutto corso Agnelli, e poi ancora avanti, dove c'erano i prati e stavano costruendo i nuovi condomini, fino al palazzo di Mirafiori. All'una trovava il pranzo pronto, si toglieva la giacca e mangiava con noi in camicia e cravatta, mentre mia madre si sbrigava a fargli trovare tutto caldo e poi sparecchiava svelta, perché doveva ricominciare subito a cucire. Alle due si rimetteva la giacca e se ne andava a piedi in ufficio godendosi l'arietta. Verso le cinque e mezza era di nuovo a casa, con «La Stampa» ripiegata in tasca; se la leggeva fumandosi una sigaretta sulla panchina, quando mi portava ai giardini di sotto, con quelle sue giacche sportive, a quadretti o pied-de-poule, la cravatta a righe o a pois piccolini, la camicia bianca o azzurro chiaro, il gilet di lana e i pantaloni grigi di vigogna, le scarpe sempre quelle allacciate, mai i mocassini. Oppure la sfogliava in tinello prendendosi tutto il tavolo con quei paginoni, e facendosi anche un bicchiere di vino.

Lui sorseggiava vino tra gli anelli di fumo, mia madre metteva punti uno dopo l'altro. Lei lavorava china sulla stoffa e lui leggeva, beveva, fumava e le parlava allegro.

Il sabato la vedevo ancora meglio, tutta questa iniquità. La vedevo così tanto che il sabato divenne l'emblema stesso dell'iniquità. Era come se ci fossero due sabati pomeriggio diversi, e ognuno dei miei genitori, separatamente, vivesse dentro il suo.

Subito dopo mangiato, mia madre cominciava a lavare. Fare il bucato allora si diceva così: lavare. «Oggi devo lavare» annunciava. Metteva l'asse nella vasca da bagno e si curvava a sfregare. L'asse da lavare era una tavola di legno, più o meno quadrata, con le scanalature orizzontali, e due gambe corte per tenerlo fermo; anche se, messo nella vasca scivolosa, non stava tanto fermo. Lì sopra si sfregavano i panni insaponati, avanti e indietro sulle scanalature orizzontali, inumidendo ogni tanto con acqua per sfregare meglio. Una volta si faceva sulle pietre, mi raccontò mia madre; le donne andavano al fiume o al torrente e sceglievano le pietre più grosse, lisce e piatte e sfregavano i panni per ore, tutte insieme, facendo chiacchiere e anche cantando. L'asse da lavare era come una pietra piatta, questo capii. Ma non c'erano le altre con cui cantare: mia madre, il sabato pomeriggio, china sulla vasca a sfregare sull'asse, era sola. Il brutto era che doveva lavare anche le lenzuola, non solo mutandine e canottiere, camicie e asciugamani, che erano cose piccole. Le lenzuola erano gigantesche. In più, noi le avevamo pesanti e spesse, di canapa grossa. Ci voleva una gran forza a lavare quelle lenzuola sull'asse, forza di braccia e anche resistenza sulle gambe. A stare in ginocchio tutto il tempo, poi non ce la faceva ad alzarsi dal male.

Il sabato di mio padre era un'altra cosa. Subito dopo pranzo usciva, prendeva il tram e andava in polizia a salutare gli ex colleghi. Certe volte portava anche me. Non mi piaceva, mi annoiavo e trovavo triste quel posto, poco illuminato e spoglio, senza mobili, senza niente. Non mi piacevano neanche gli ex colleghi di mio padre, che mi davano un pizzicotto sulla guancia per salutarmi quando arrivavamo, e poi più niente, era come non esistessi. Ancor meno mi piaceva mio padre, perché con quelle persone diventava un altro, dava pacche sulle spalle, rideva forte. Era sguaiato. Diceva certe parole nuove, che non avevo mai sentito, e che appena le diceva facevano subito ridere tutti. Sguaiato era una parola che si usava allora, non l'ho più sentita. La diceva molto mia madre, per esempio di un bambino che si comportava male: «Ma guarda com'è sguaiato!».

Uscito di lì, andava al mercato di Porta Palazzo. Voleva comprare il pesce. Mio padre voleva sempre comprare il pesce, ci sarebbe andato tutti i giorni, a quel mercato. Girava per le bancarelle e poi decideva. Comprava per prima cosa sempre le cozze. O le arselle, che lui chiamava arselline e forse gli ricordavano la spiaggia di Pescara. E sì, erano davvero molto piccole; oggi non compriamo più le arselle ma le vongole veraci, che sono grandi e hanno le corna. Comprava anche del pesce a forma di pesce, non solo conchiglie. Non so dire che pesci fossero. So solo che riprendevamo il tram con quelle buste puzzolenti che colavano un'acqua leggermente rosa, colorata del sangue di quei pesci.

Arrivavamo a casa, mio padre tutto contento diceva: «Teresa, ho comprato il pesce!». E mia madre si metteva a urlargli contro. Odiava il pesce. Cioè, le piaceva mangiarlo, ma non lo voleva per casa, e in frigo, e doverlo cucinare. «La puzza mi rimane una settimana! E poi chi lo pulisce? Eh? Chi lo pulisce tutto 'sto pesce che hai comprato? Chi te l'ha detto di comprarlo?» Io mi rintanavo sulla sedia più lontana o, se riuscivo, sgattaiolavo di là. Il meglio era chiudermi in bagno e restarci per un po', dovevo solo inventarmi il mal di pancia. Erano le volte in cui mio padre mi faceva un po' pena, ma finiva sempre uguale, la ragione la davo tutta a mia madre che, dopo essersi sciroppata le lenzuola da sfregare sull'asse, si doveva sobbarcare anche i pesci.

Alla fine li puliva mio padre. Lo faceva non tanto per aiutarla o farle sbollire la rabbia, ma perché a lui piaceva da morire togliere le scaglie e svuotare la pancia dalle interiora, o grattar via le incrostazioni algose dal guscio nero delle cozze. Sentivo il rumore del coltellino che raschiava, tutto il tempo. Lui le cozze le chiamava muscoli. «Teresa, ho trovato i muscoli al mercato!» Mia madre ci faceva un po' il sugo rosso per la pasta, e un po' li metteva a cuocere con gli altri pesci tutti insieme, in una specie di minestra confusa, ma lasciando solo l'animaletto molle, arancio bordato di nero. Le valve le buttava nella pattumiera. Non so se era per far dispetto a mio padre. Lui i muscoli li voleva alla marinara. Significava metterli tutti interi a bollire in una grande pentola, con un po' d'olio, aglio e niente acqua, aspettando che si aprissero. «Che l'acqua se la fanno da soli dopo che si sono aperti» diceva, ed era quell'acquerugiola saporita dove poi ci andava matto a inzupparci il pane. Quando riusciva a farseli, si sedeva soddisfatto, si legava il tovagliolo al collo per non sbrodolare sulla camicia, e si gustava i suoi muscoli alla marinara, mettendoci il limone sopra uno per uno, e senza usare la forchetta per prelevare l'animaletto, se lo succhiava direttamente in bocca, facendo anche il rumore del risucchio.

La puzza è vero che ci restava per una settimana. Inutile aprire le finestre, s'impregnava dappertutto, la casa intera che sapeva di pesce. E quando venivano le clienti a misurare mia madre imprecava il doppio, contro quel marito che si era presa, quel napuli, che voleva sempre mangiar pesce.

La pelliccia di visone

Comunque, poi, se c'era qualcosa da fare mio padre la faceva, per esempio pulire l'insalata e i fagiolini, pelare le patate, tagliare i pomodori. A un certo punto accendeva la tivù e seduto al tavolo puliva, spezzettava, pelava, e intanto guardava i suoi programmi. Si alzava per aggiungere in tavola la bottiglia di vino, e se era da stappare la stappava. A volte si spingeva a lavare l'anello di spugnetta, quello che s'infila al collo della bottiglia per raccogliere le gocce, s'inzuppa di vino e ogni tanto va strizzato.

La sua mansione speciale era tagliare i giornali per farne la carta igienica. Prendeva le copie vecchie della «Stampa» che aveva conservato, piegava le pagine in otto parti in modo che venissero tanti rettangolini della misura giusta, poi passava un coltello a mo' di tagliacarte. Ne ricavava una bella pila di tovagliette pronte all'uso, che andava a mettere in bagno sopra il termosifone, accanto al water. Meglio se usava le pagine della guida telefonica, perché la carta era più fine; mia madre faceva apposta a non riconsegnare l'edizione vecchia, quando venivano a distribuire la nuova, casa per casa, trovava il modo, diceva che l'aveva persa. Ma comunque era una volta all'anno, e le pagine finivano presto. Quando veniva gente a trovarci, correvo di nascosto a toglierli, quei rettangolini: avevo paura che qualcuno avesse bisogno di andare in bagno e scoprisse che noi usavamo il giornale e la guida telefonica. Non sapevo che, siccome allora la carta igienica era un lusso, lo faceva la stragrande maggioranza delle famiglie italiane, di ritagliarsi i giornali.

Alle otto meno un quarto accendeva la tivù. I film o gli sceneggiati non lo interessavano; voleva solo vedere il telegiornale, e gli piaceva una certa annunciatrice dal viso largo e i capelli cotonati scuri: la Orsomando. A me faceva ridere il nome, forse perché c'era dentro la parola *orso.* Quando iniziava il telegiornale ci obbligava a stare in silenzio. Lui commentava le notizie, anche la pettinatura delle annunciatrici, ma noi dovevamo stare zitte. Lui poteva parlare, noi se parlavamo facevamo rumore. Alle nove in punto si toglieva gli occhiali, li poggiava sulla mensola e fine, non sentiva più niente. Beato nel suo silenzio, se ne andava a dormire.

Mio padre era sordo. L'apparecchio acustico gli resuscitava un minimo di udito all'orecchio sinistro, il destro invece era completamente perso. L'apparecchio consisteva in un paio di occhiali. Da piccola mi pareva strano che uno, per sentire, si dovesse mettere gli occhiali. Ma era così. Le lenti non c'entravano, l'inghippo stava tutto nelle stanghette. Una delle due era molto spessa, una specie di scatolina che conteneva un motorino (o almeno era quel che pensavo io, che ci fosse un motorino annidato là dentro) e una piccolissima pila; da quella stanghetta partiva un tubicino sottile che finiva in una specie di conchiglia a chiocciola, di un materiale trasparente e vischioso, forse una resina. Mio padre metteva gli occhiali, infilava la chiocciolina nell'orecchio malato, apriva il piccolo interruttore, regolava l'audio e sentiva. Se chiudeva l'interruttore o toglieva gli occhiali, non sentiva più niente, ritornava sordo completo. Ogni volta che appoggiava gli occhiali sulla mensola noi sapevamo che da lì in poi non gli si poteva più parlare, lui si perdeva in un suo nulla fatto di silenzio. Per me era un po' come se mio padre, almeno per qualche ora, sparisse dalla mia vita.

Sapevo che non era nato sordo, che lo era diventato. Lui diceva che era stata la guerra, una bomba. Era in Albania, prestava servizio militare nell'Aviazione, ma stava negli uffici, non partecipava a operazioni militari. A me da piccola piaceva dire che mio padre aveva fatto la guerra in Aviazione, e non aggiungevo altro, così sembrava che avessi un padre pilota di aerei. Quel giorno stava andando in ufficio e nel tragitto si era trovato preso nell'arco della bomba, dal punto dove parte al punto dove esplode, lui proprio nel mezzo. Se era qualche metro più avanti saltava in aria. Invece aveva solo perso l'udito. Al suo paese dicevano che se l'era presa da piccolo, la sordità, quando dormiva all'addiaccio, sul paglione che mammalena gli aveva messo sotto il tetto perché lui doveva studiare, e non poteva dormire con i fratelli, tutti insieme. Così il freddo gli aveva guastato le orecchie. E questa era la versione numero due. Io non sapevo scegliere. Avessi guardato meglio dal mondo della luna... Ma non l'ho fatto.

Quando mia madre lo conobbe non era sordo. Così sosteneva lei. In realtà è che se ne accorse dopo, quando lo aveva già sposato. Lei gli parlava e lui si faceva ripetere le frasi due o tre volte, allora lo capì. Quando nacqui io, mio padre aveva già l'apparecchio acustico, faceva parte di lui. L'ho ritrovato. Era al suo posto, nello scatolone dei ricordi con la scritta MIO PADRE, insieme a una pipa Savinelli col bocchino mordicchiato, un pacchetto di scovolini bianchi, i libri di ragioneria, quaderni e fogli pieni della sua grafia perfetta e un po' coricata a destra, una squadra in legno con sopra scritto il mio nome a matita, l'armonica a bocca. Non ricordavo d'averlo conservato, l'apparecchio acustico; d'altronde non ho mai ripreso in mano gli scatoloni con gli oggetti del mio passato, lo faccio solo adesso, in questo mio mettere ordine, in questa specie di recupero dei relitti sommersi. Sta in una custodia rigida, in pelle marrone, che si apre e si chiude grazie a una cerniera ed è foderata di una stoffina pelosetta beige. Sono occhiali, pesanti, bordati di nero, con un filino dorato. Vedo la stanghetta da cui parte la chiocciolina in resina trasparente da infilare nell'orecchio, e lo sportellino microscopico dietro il quale sta racchiusa la pila. Sono contenta di averlo tenuto. Anche se è inutile: non ho bisogno di vederlo, per ricordarmi di quell'apparecchio. Però mi verifica i ricordi, diciamo; e mi fa piacere constatare quanto sono esatti. L'esattezza dei ricordi... Cosa vuol dire, poi? E se ce li inventassimo di sana pianta? Va bene. Esiste un'esattezza inventata dei ricordi, lo so che esiste.

Certe volte spegneva l'audio anche di giorno. Un gesto facile, bastava spostare la levetta sugli occhiali. Lo decideva così, senza una ragione apparente. Oggi mi chiedo perché sceglieva di tornare sordo, cosa gli prendeva. Faceva segno con la mano che di lì in poi finito, non ci sentiva. E se ne stava spento. Gli veniva un'aria beata e sognante. Forse ci stava bene, con quella specie di sordità a comando, si riposava dal rumore e dalle parole. Adesso non saprei dire; avrei potuto chiederglielo, come si sentiva. Ma non l'ho fatto.

Per il telegiornale metteva l'audio al massimo. Senza telegiornale non riusciva a stare; alle otto meno un quarto, cascasse il mondo, accendeva la tivù e si godeva la sigla, l'immagine del mondo che ruotava e una specie di traliccio-antenna a punta che lo infilzava. Non sopportavo quella sua abitudine ossessiva, e ho legato il telegiornale al fastidio per mio padre: per anni non ho voluto vederne neanche uno. Non ho capito che era il suo unico modo di mettersi in contatto con la realtà, la sua rivincita, il momento in cui aggirava la sordità.

Andavo a dormire più o meno all'ora in cui ci andava lui, dopo *Carosello*; mia madre invece rimaneva alzata, da sola. E questo era un altro pezzo dell'iniquità. Lui bello fresco si coricava alle nove, lei lavorava fino all'una di notte. Dal mio letto vedevo la luce accesa in cucina, sentivo andare la Necchi, il pedale avanti e indietro. Fu allora che cominciai a pregare in maniera esagerata. Avevo paura che morisse, tanto lavorava, e m'ero fatta l'idea che più preghiere dicevo più riuscivo a tenerla in vita. Ne dicevo a decine, una dietro l'altra. Dieci Padre nostro, dieci Ave Maria, dieci Eterno riposo, dieci Angelo custode, e a volte anche dieci Credo e dieci Salve Regina. Certe sere alla fine ricominciavo e ne recitavo un'altra serie. Fino a che crollavo dal sonno. Riuscii, in questo modo, a tenerla in vita per molti anni. E quando morì, non riuscii a non pensare che fosse colpa mia: era morta perché io a un certo punto avevo smesso di dire quella fila di preghiere.

Mia madre non si lamentava mai. Forse non era così scontenta della vita che le era toccata, forse ero io bambina a vederle tutto quel peso addosso, le giornate fatte di null'altro che lavoro. Chi lo sa. Solo ogni tanto la sentivo dire: «Sono stufa», oppure: «Quand'è che potrò fare un po' la signora anch'io?». Frasi buttate lì, che si perdevano subito nell'aria. Per me invece erano spine, mi si conficcavano nella testa. Volevo che un vento la alleggerisse, che le cambiasse quelle frasi. Mi ero inventata una specie di decalogo, che era l'elenco di tutto quel che volevo non facesse:

Non cucire tutti quei vestiti.

Non stare in ginocchio a puntare gli orli.

Non tenere gli spilli in bocca.

Non lavare le lenzuola nella vasca.

Non lavorare fino all'una di notte.

Non lavorare la domenica mattina.

E poi c'era l'ultimo punto, l'unico che non aveva il *non* davanti: Comprarsi la pelliccia.

Lo sapevo che la desiderava molto, una pelliccia, perché a volte se lo lasciava scappare. Voleva un visone. La pelliccia, allora, era solo quella di visone. Ce l'avevano le vicine, le mogli degli ex colleghi poliziotti, e anche mia zia, la moglie di suo fratello Bartu. Avere un visone era fare la signora. Quando mia madre diceva: «Quella lì ha la pelliccia», parlava di una che faceva la signora. In realtà non era vero: molte avevano il visone pur lavorando. Comunque averlo era *come* fare la signora, diciamo che voleva dire assomigliare a chi signora lo era davvero.

Ci riuscì molti anni dopo, ad avere una pelliccia. Non un visone. Una pelliccetta vergognosa, che era meglio non averla. Andò così, che un giorno eravamo dalla pellicciaia Marisetti per una cliente che voleva aggiungere una stola di castorino al cappotto, e mia madre vide una giacchetta di agnellino in vendita. Corta, chiara, ricciolina. Chiese quanto costava e se la provò. Le stava malissimo. Lei si girava e rigirava davanti allo specchio, se la abbottonava e sbottonava, alzava e abbassava il colletto, faceva di tutto perché le stesse bene addosso, ma forse qualche dubbio lo aveva, perché chiedeva di continuo: «Come mi cade?», e la Marisetti subito a risponderle: «Benissimo». Bugiarda, pur di vendere. Mia madre quel giorno non disse niente, uscimmo di lì e basta. Ma nei giorni seguenti io lo capivo che le sarebbe piaciuto averla, quella pelliccia. Costava poco. Fecero un po' di conti, lei e mio padre, e dovettero pensare che se la potevano permettere. Alla fine se la comprò. Da allora tutti gli inverni andava in giro con quel buffo agnellino addosso. E a me dispiaceva mia madre vestita così, vedere che si faceva andare bene quella pelliccia stupida che non era un visone, piena di ricciolini color panna. Diceva che era contenta, che le teneva un gran caldo, anche se era corta. Se la stringeva addosso e si teneva il colletto chiuso con la mano. E la metteva solo la domenica.

Quel che voglio dire è questo: mi faceva pena mia madre che non aveva il visone, e non mi faceva pena mio padre che era sordo. Buffo, no? Eppure ero così. Anch'io iniqua, a ben pensarci. Facevo parte a pieno titolo dell'iniquità del mondo. Vedevo quel che volevo vedere. Ero sbilanciata e testarda.

Il sogno della casa

Non c'era speranza che mia madre smettesse di lavorare o lavorasse un po' meno e si prendesse il visone: i miei volevano comprarsi una casa. Per questo dovevano mettere da parte più soldi possibile, per questo mia madre doveva lavorare più che poteva e fare a meno di tutto.

I soldi divennero un'ossessione, non si parlava d'altro. Un ulteriore male imprevisto, che uscì dal vaso di Pandora scoperchiato.

Mi piace questa storia di Pandora. Ogni volta che ci penso mi fa pena Epimeteo. Prometeo l'eroe universale, con quell'impresa enorme di regalare il fuoco all'umanità; e suo fratello Epimeteo lo sciagurato, che apre il vaso di Pandora e ci regala tutti i mali del mondo. Poveretto... Vorrei che lo perdonassimo. Non avremmo avuto mali senza di lui? Io non credo proprio; avremmo solo trovato un altro modo per spiegarne l'esistenza. E comunque lo scoperchiamo tutti, questo benedetto vaso, prima o poi. Solo che i più fanno finta di niente, alcuni invece lo raccontano. Certi scrittori, per esempio. Manuel Vilas, nel suo romanzo autobiografico, dice: «La mia memoria mette in piedi una visione del mondo catastrofica, lo so, ma è quella che io sento vera. Non puoi rinunciare alla catastrofe, è il grande ordine della letteratura, il vento della malvagità e il vento di tutte le cose che sono state».

Ogni sera, per molti anni, a casa nostra c'era la storia di fare i conti. Prima di cena mia madre sgombrava il tavolo dalle stoffe, i fili e tutto il resto, e mio padre prendeva "i foglietti". Li portava a casa dall'ufficio, erano rettangolini di carta scivolosa color crema: da una parte c'era l'intestazione FIAT, la scritta ORDINAZIONE E NUMERO FATTURA, dall'altra parte niente, erano spogli. Servivano per scriverci qualsiasi cosa, ce n'era sempre una pila sopra il frigo. La sera, servivano per i conti. Su un foglietto ci finiva quanto avevano speso per il mangiare, le bollette, un paio di scarpe, i libri di scuola, una pentola nuova; e su un altro foglietto mio padre segnava i soldi che entravano, il suo stipendio fisso e quel che mia madre incassava dalle clienti, quanti vestiti riusciva a fare in più dandoci dentro. Alla fine, su un terzo foglietto, faceva la sottrazione e veniva fuori il risparmio, i soldi che riuscivano a mettere via quel mese. A quel punto li sommavano con i risparmi già accumulati, mese dopo mese; mio padre apriva il vino, se ne versava un bicchiere per sé e mezzo per mia madre, e diceva che ancora un po' di sacrifici e la casa se la compravano, magari anche un po' più grande.

Era il loro sogno, dentro il quale io non entravo. Non avevo nessuna intenzione di entrarci. Per me, più che un sogno, era il chiodo che s'erano piantati in testa. Ascoltavo i loro discorsi in cucina, guardavo i foglietti Fiat riempirsi di numerini fitti, operazioni, riporti, cancellature. Più che un chiodo, era la catena con cui mio padre teneva prigioniera mia madre.

Meditavo su tre soluzioni: mandar via di casa mio padre, rompere la macchina da cucire, mettermi io a guadagnare. Non sapevo quale fosse il modo. Ma volevo che mia madre ce lo avesse, il visone, prima o poi.

Cominciò il periodo delle visite alle case in vendita. I miei incontravano geometri, esaminavano progetti e preventivi e poi andavano sul posto.

A un certo punto s'innamorarono di un condominio azzurro. Voglio dire rivestito di piastrelline azzurre. Era ancora in costruzione. Per mesi andammo sul cantiere a vedere quella che sarebbe diventata casa nostra.

Mi piaceva da morire andare sul cantiere. L'umidità dei muri grezzi, i tubi tutti fuori ancora da interrare, lattine di pittura, assi, piastrelle ammonticchiate, martelli e bulloni sparsi. Qualcosa avrei rubato volentieri per portarmelo a casa, un mattone rotto, un cacciavite. Di lì cominciò il mio sogno: se mi chiedevano cosa volevo fare da grande, dicevo il muratore. Mi partì il sogno di mescolare la calcina con la cazzuola, far girare la betoniera, portare carriole di cemento in bilico su un asse e mettere i mattoni uno sopra l'altro, sfalsati, fino a farne un muro. La mia strada si faceva chiara: costruire muri.

Le scale non erano ancora fatte. Bisognava arrampicarsi su pioli di legno in bilico, e poi l'appartamento era solo un antro grigio tutto aperto, con qualche pilastro in mezzo, senza pareti, senza porte: dovevamo immaginare noi le stanze e tutto quanto. Io non riuscivo a vederci niente, non ce l'avevo, quell'immaginazione. Ma andare sul cantiere mi piaceva, mi dava l'impressione che fossimo diventati così importanti da permetterci di comprare una casa che non esisteva ancora.

I soldi però non bastavano. Non li avevamo proprio, così mi pareva di capire. Allora perché compravamo una casa, se i soldi per comprarla non li avevamo?

Mio padre puliva l'insalata sopra un foglio di giornale, poi di colpo metteva tutto da parte, prendeva i foglietti Fiat e li riempiva di operazioni. Tutte le sere piovevano sul tavolo le stesse parole: risparmiare, fare sacrifici, stare senza, non spendere, privarsi, fare a meno. Non capivo come si potesse risparmiare sempre di più, dove voleva portarci mio padre? Sentivo un'aria cupa. Odiavo anche solo la parola soldi.

A un certo punto entrò nella nostra casa una parola ancora più pesante: debiti. Bisognava fare debiti, non c'era altro modo. Mio padre si rivolse all'amico testimone, quel Mario che veniva da Roma. Anche lui era poliziotto e s'era sposato una torinese. Stavano bene, avevano una casa nuova a Mirafiori, due figli, la televisione e una Simca 1000. Mio padre gli chiese dei soldi e Mario glieli diede. Era una bella somma, ma non era un regalo: bisognava restituirla e pagarci anche gli interessi. Voleva dire fare sacrifici per chissà quanti anni. Mio padre canticchiava euforico. «Ma ci pensi? Diventiamo proprietari! Avremo una casa nostra!»

Certe domeniche andava anche a comprare un mazzolino di garofani per mia madre. Aveva mantenuto l'abitudine di quando erano fidanzati e ogni tanto se ne usciva con un mazzetto, così, perché era contento di qualcosa, o voleva farla contenta. Io non pensavo fosse possibile che lei diventasse contenta per dei fiori, ma vedevo che sorrideva e correva subito a prendere un vaso e riempirlo d'acqua. Le ha sempre regalato solo garofani, mai rose per dire, o margherite o tulipani. Per me sono rimasti i fiori dei miei genitori, il segno di quell'epoca: debiti e garofani. Adesso mi pare non esistano più garofani nel mondo, come fossero passati di moda o non so cosa.

Garofani o no, io non mi lasciavo incantare. Ero arrabbiata. Non capivo cosa cambiava a comprar casa. Non si pagava più l'affitto, d'accordo, ma i debiti non erano ancora peggio? Ero troppo piccola. Guardavo mia madre cucire. Sentivo quella storia di fare sacrifici – "tirare la cinghia" diceva mio padre – e intuivo che era una trappola; mia madre non sarebbe diventata una signora avendo una casa di proprietà, anzi, era il contrario: avrebbe dovuto lavorare il doppio per pagare i debiti, e non comprarsi più niente, rinunciare a tutto. Vedevo quella cinghia che le si avvolgeva al collo e la strozzava. La notte pregavo più che mai, che non morisse.

Decisi di agire. Scelsi, dei miei tre piani, quello di rompere la macchina da cucire. Agii una sera dopo *Carosello*, quando mio padre era già a dormire e mia madre lavava i piatti. Non era facile, non sapevo da che parte cominciare. Presi una pinza e stortai il piede, quello che si abbassa sulla stoffa e in mezzo ci passa l'ago. Nel dubbio che non bastasse, svitai anche due viti che tenevano unito non so bene cosa. Il giorno dopo, quando tornai da scuola, trovai mia madre che cuciva a macchina, come sempre. Possibile che il piano non avesse funzionato? Non sapevo che fare, non potevo certo chiederle: «Come va con la macchina da cucire, non è che s'è per caso rotta?».

Fu durante il pranzo, mentre mangiavamo la pasta al sugo, che mia madre raccontò che la macchina s'era guastata e lei aveva dovuto chiamare un tecnico. Allibii. Esistevano dunque i tecnici delle macchine da cucire? In due minuti le aveva cambiato il pezzo, non capiva il piede d'acciaio come si fosse stortato, non aveva mai visto un guasto simile. E insomma «mi è costato bello caro» concluse mia madre. Quando rivelò quanto, la cifra ci cadde nei piatti come un sasso. Arrossii di vergogna. Avevo fatto spendere io tutti quei soldi a mia madre, altro che aiutarla. Adesso avrebbe dovuto lavorare ancora di più.

Lo straordinario

Negli anni dei debiti, mio padre cercava di fare più straordinari possibile. Voleva dire lavorare anche il sabato e trovarsi qualche soldo in più in busta paga. Ma non era facile: dipendeva dal capufficio, che glielo diceva all'ultimo, la sera del venerdì, e solo se gli girava di fargli un piacere, o perché era stufo di mio padre che gli faceva una testa così tutta la settimana, a chiedergli quelle ore in più.

I venerdì fortunati sentivamo squillare il telefono, e lo capivamo subito, che gli avevano dato lo straordinario. Allora scendevo a comprargli la mortadella. C'era quest'equazione straordinario-mortadella, perché tirava a lavorare fino alle due, e come pranzo voleva sempre pane e mortadella. Facevo già le elementari, e avevamo traslocato da via Nizza; andavo alla salumeria Magallo di corso Sebastopoli, facevo la coda perché era sempre pienissimo, e certe volte riuscivo a non farmi passare davanti nessuno.

Andargli a prendere quella mortadella per me era una festa. Voleva dire poter stare da sola con mia madre anche il sabato mattina, senza quel padre che mi girava per casa. Non ho mai pensato che fosse un sacrificio per lui, né che portasse un contributo importante all'economia familiare.

Ci furono periodi in cui il capufficio gli negava lo straordinario; anche una sola ora, non gliela faceva fare. Ne soffriva, e se lo concedeva a un collega ancora peggio, temeva che il capufficio non lo stimasse abbastanza e preferisse altri. Lo pensavo anch'io, che non fosse così apprezzato sul lavoro, che avesse qualche difetto, che insomma fosse per una sua mancanza che il capufficio non gli faceva fare lo straordinario. Ed ero solo preoccupata per mia madre, perché senza quelle ore supplementari toccava a lei guadagnare di più.

Amò tantissimo la Fiat, mio padre, questa è la verità. Per esempio gli piaceva da morire quando al telegiornale appariva Agnelli, o Valletta, o qualcosa che riguardava la Fiat. Si emozionava: «Vedete? Quello è il mio capo». Oppure: «Io lavoro lì...». Grondava orgoglio. Quando in tivù parlavano di scioperi e facevano vedere gli operai in piazza con le bandiere e il pugno alzato, diventava scuro. Diceva: «Ma si può sapere cosa vogliono?». Non capiva, lui che veniva dalla campagna, aveva pascolato pecore e, studiando per anni tutte le sere, era riuscito a entrare alla Fiat; non capiva perché gli operai protestassero contro il padrone, secondo lui dovevano solo ringraziare. Non ha mai fatto sciopero. E ogni settimana era lì a sperare che il capufficio gli facesse fare lo straordinario.

Ma fu un amore non ricambiato. La Fiat lo fece sempre soffrire. Con la carriera, per esempio. Un'altra cosa che sperava era di fare carriera, ma non ci riuscì. L'avanzamento non arrivò mai. "Passare di categoria", questa era l'espressione. La prima o la seconda, non ricordo in quale categoria mio padre sognava di passare; avrebbe significato un aumento fisso di stipendio, ma mi sembrava non fosse solo per i soldi: era l'orgoglio di venir promosso, di progredire. Si rabbuiava, diceva che per uno come lui non c'era possibilità, già tanto esser stato assunto. *Uno come lui* voleva dire sordo e meridionale. Forse non lo passavano di categoria perché era sordo o perché era meridionale, o tutt'e due insieme. Così pensava, nelle giornate buie. Ma lo disse poche volte, a voce bassa, solo una specie di brontolio tra sé e poi taceva, perché gli dispiaceva parlar male della Fiat. Festeggiava ogni volta che gli davano lo straordinario, ecco, gli bastava questo. Apriva il vino e si faceva il solito brindisi.

Questa storia dei brindisi. Sì, brindava quasi tutte le sere, mio padre. Anche se non faceva lo straordinario e non faceva carriera. Anche se non c'era una ragione precisa, per lui c'era sempre un motivo di brindare, ed era sempre lo stesso: era felice di quel che aveva. Ce lo diceva ogni giorno quanto era felice, di essere venuto a Torino, di aver sposato mia madre, di lavorare alla Fiat e di avere una figlia brava e bella come me, e anche una casa tutta nostra. Così diceva, tutti i giorni, sorbendosi il suo vino e fumando una sigaretta dietro l'altra, almeno un pacchetto al giorno di Nazionali. Era un pacchetto verde, molle, con un veliero disegnato sopra. Lo apriva solo in un angolino e di lì tirava fuori le sigarette, una dopo l'altra. I debiti pazienza, bisognava solo lavorare e grazie a Dio che c'era il lavoro. «Ma ci pensi da dove vengo?» Ce lo ripeteva tutte le sere, e a me nella mente si disegnava la campagna riarsa di Pizzocolle, le mucche, le galline e tutto quanto.

L'ultimo giorno di lavoro, per la pensione, i colleghi gli regalarono un orologio. Tornò a casa commosso, disse che gli avevano fatto anche una gran festa con le paste e lo spumante. Era contento come un bambino, di quell'orologio.

Ho ritrovato anche lui, nello scatolone dei ricordi. È un

Wyler Vetta in acciaio, il vetro rigato e il quadrante ingiallito. Gli ho cambiato il cinghietto e ogni tanto me lo porto al polso.

Fine dell'Abetone

Ora che avevamo i debiti non andavamo più al ristorante la domenica. Pensavo: se il sogno della casa vuol dire non andare mai più al ristorante, meglio stare in affitto.

Faceva parte del tirare la cinghia. Non mi piaceva la parola cinghia, mi creava una gran confusione, di tipo linguistico direi, tra la cinghia arrotolata delle nostre saracinesche e la cintura dei pantaloni. In più mi veniva, senza che lo volessi, l'assonanza con cinghiale: al solo sentir dire "tirare la cinghia" mi sembrava che ci tirassero contro un grosso animalaccio cattivo e ispido, che ci sbarrava il passo, e noi tre davanti immobilizzati.

Prima dei debiti, qualche domenica a pranzo papà ci portava all'Abetone, raramente ma ci portava. Era un grande ristorante in corso Dante, con le tovaglie bianche e in primavera i tavoli fuori, racchiusi da una siepe. Chissà perché Abetone: mai visto nessun grosso abete. Mi piaceva, incontravamo altre famiglie del quartiere, quelle che abitavano in case lussuose e avevano vestiti eleganti. Io la pensavo così, che gli altri abitassero in case lussuose e che i loro abiti fossero eleganti, poi non so se fosse vero. Oggi, elegante è una parola che m'intristisce. Quando andavamo all'Abetone pensavo: se siamo qui vuol dire che siamo anche noi eleganti e lussuosi. Ci portavano il menù e io prendevo ogni volta agnolotti al sugo, cotoletta alla milanese, patatine fritte e torta Saint Honoré. Dieci centimetri in altezza di pasta sfoglia intrisa di panna; per anni Saint Honoré per me ha voluto dire *la* torta, l'unica possibile, non ce n'erano altre.

Quando cominciammo a risparmiare per diventare proprietari, anche la carne sparì da casa nostra: mia madre comprava la fettina solo per me, dal macellaio di cavallo. Siccome il dottore aveva diagnosticato che ero anemica, la carne me la doveva dare, e il cavallo era meglio del vitello perché faceva sangue. E poi costava meno. Il pesce solo una volta a settimana. Non il nasello, che veniva troppo caro, ma il palombo. Anche il pesce era solo per me, al banco pescheria del mercato mia madre ne ordinava una fetta bella spessa, che poi infarinava e faceva friggere in padella. A me piaceva molto il palombo, ma non sopportavo quel privilegio di essere solo io a mangiare la carne e il pesce, e i miei niente. Mi dicevano che loro non ne avevano più bisogno, io invece dovevo crescere. Ne dedussi che una volta adulta anch'io non avrei più mangiato carne e pesce.

Comunque loro non ne pativano. Anzi, mi sembrava ci fosse in casa una certa euforia. Oggi la chiamerei epica del sacrificio. A tavola, davanti a una pasta e a un contorno senza il secondo, mia madre parlava della guerra e di sua madre che andava a comprare la farina al mercato nero. Mio padre tirava fuori anche lui di quand'era piccolo e non avevano niente, ma lui ci parlava di una povertà senza la guerra, ancora peggio, e finiva sempre con la storia dell'acciuga: mammalena che certe sere accendeva il fuoco e tutta allegra faceva la polenta nel paiolo su quel fuoco, la versava fumante sul tagliere in mezzo alla tavola, ma siccome non c'era nient'altro da mangiare, niente da unire alla polenta, lei appendeva in alto sul soffitto un'acciuga con lo spago, e tutti seduti a tavola allungavano il loro pezzo di polenta a quell'acciuga, a prendersi un po' di quel sapore. Non so quante volte ce l'ha raccontato, e io non capivo dove l'appendevano, quella acciuga, ma comunque me la vedevo secca e smilza ciondolare nell'aria scura della cucina dei nonni, appesa come un impiccato puzzolente, e tutte le forchette puntate in alto a toccare il cadavere.

Mio padre, che non diceva mai niente della sua vita, ci raccontava anche dei piatti unti che sua madre conservava nel cassetto. Lo faceva per consolarci del niente che avevamo noi allora, lo so, ma a me veniva tristezza di quel suo passato povero, che un po' era anche il mio. La storia era che mammalena non lavava i piatti dopo mangiato, li ficcava dentro un cassetto della madia ancora pieni di sugo o anche solo con un filo d'olio sul fondo. Era perché con quel goccio d'olio o di sugo ci condiva qualcosa l'indomani. «Nascondeva anche il coltello, che nessuno lo trovasse.» Gli chiedevo cosa c'entrava il coltello. «Così se tornavamo dai campi affamati e ci veniva la voglia di tagliarci un pezzo di pane, non lo potevamo fare senza coltello.» Questo mi voleva dire, che se il pane finiva poi toccava stare senza.

Comunque a me, nel periodo dei debiti, non importava della carne o del pesce; i sacrifici di cosa mangiare o non mangiare non li sentivo. A me mancavano le cose stupide, quelle di cui potevo benissimo fare a meno: un giornalino in più, due pacchetti di figurine invece di uno, il portachiavi col gattino appeso che avevo visto dal tabaccaio. Non è vero che ne possiamo fare a meno, di queste cose. Non è nemmeno vero che sono inutili e stupide. Neanche la pelliccia di mia madre era inutile: l'avrebbe resa felice. Concedersi le cose inutili è come fare un passo laterale e andarsene per viottolini di campagna: certo che si abbandona la strada maestra che ci porterebbe dove dobbiamo andare, ma ne ricaviamo fiori e panorami che non avremmo mai visto. Anche i fiori e i panorami sono inutili? Può darsi.

È un peccato, però, non lasciare mai la strada maestra.

Gita a Portofino

Non so se eravamo poveri o no. Ero confusa. Comprare una casa mal si legava all'idea di povertà, eppure a me sembrava che fossimo diventati di colpo molto poveri. Ricchezza e povertà erano parole che non sapevo usare. E credo che i miei non si siano mai sentiti poveri. Non avevano niente, ma la povertà era un'altra cosa.

D'estate ero convinta che fossimo ricchi: andavamo al mare tutto agosto. Inspiegabile, visti i nostri debiti e sacrifici. Altra cosa che non mi quadra: a me pare che andassimo in vacanza anche a Pizzocolle. Forse non in agosto? Non ricordo quando, né per quanti giorni; nella mia disordinata memoria c'è sia il mare ligure sia l'Abruzzo, in agosto, e non so come conciliarli.

Affittavamo a Riva Trigoso, nella parte di Levante, un piccolo appartamento con le imposte verdi. Mi piacevano perché si aprivano come una porta, non erano come le saracinesche di casa che si srotolavano con la famosa cinghia, e che noi chiamavamo sarande. «Tira giù le sarande!» mi diceva mia madre quando veniva buio. Niente a che fare con le imposte del mare, che chiamavamo persiane. M'era venuta l'idea che ci fossero solo al mare, le persiane verdi. Le ho amate così tanto che ancora oggi, se una casa ha le serrande avvolgibili, non la voglio vedere. Mi piacciono solo le case con le imposte di mare, anche a Torino.

Riva Trigoso era un piccolo paesino solcato da un torrente, vicino a un posto molto alla moda e rinomato, Sestri Levante. A Sestri Levante c'erano le ville con le palme, le lunghe file di ombrelloni e i ristoranti sul mare. A Riva Trigoso c'era il cantiere navale e, alla fine della spiaggia, lo scoglio della Croce.

Almeno una volta andavamo a fare la gita allo Scoglio. Partivamo presto e camminavamo sul bagnasciuga per un'ora buona, passando sotto le navi nere in costruzione, le gru e il rumore del ferro che si salda. Io camminavo cercando le pietruzze verdi, che non sapevo fossero solo pezzi di bottiglia levigati. Mio padre allo Scoglio faceva due cose: raccoglieva ricci di mare che poi si mangiava crudi strizzandogli sopra del limone; e scattava una mitragliata di foto a mia madre, dopo averle imposto di arrampicarsi alla Croce e da lassù sorridere. Lei non ci voleva salire e imprecava che ne aveva abbastanza di quelle foto stupide; poi ci andava, e rimaneva appiattita contro la roccia tenendosi agli spunzoni, con un sorriso stretto e la paura di cadere.

Quando andavamo allo Scoglio mi pareva che fossimo una famiglia uguale alle famiglie fortunate: mio padre faceva fare vacanza a mia madre, non la portava più dai parenti a cucire chiusa nel granaio. Anche quel suo riempirla di foto non mi dispiaceva, perché mia madre in posa mi sembrava una diva.

Mi avvicinavo un po' alla Renata, ecco, a quella sua misteriosa vita in Riviera, mi sentivo bionda anche se io non ero bionda, e Riva Trigoso non so se era la Riviera. Era pur sempre mare. E il mare non era Pizzocolle, il sudore, le stoppie riarse, le mosche ai vetri e l'odore di letame, le galline spiumate e il coniglio morto appeso al muro.

Un giorno andammo in gita a Portofino, e lì ebbi una prova della nostra povertà. Cioè, dell'idea che avevo io di povertà, legata alle cose stupide e inutili.

Capitava che andassimo a Portofino. Non sovente, anzi, era un evento piuttosto raro. Dovevano collimare parecchie circostanze: che fosse una splendida giornata, il mare una tavola d'olio, che avessimo i soldi per il battello e fossimo disposti a spenderli per una gita, e che i miei fossero di buon umore.

Era una splendida giornata. Mare piatto, sole, venticello. Ci vestimmo da gita: mio padre pantaloni corti, sandali coi calzini chiari e camiciotto; mia madre una gonna a pieghe e una maglietta smanicata, gli orecchini di plastica a forma di margherita e la grossa borsa di vimini con la chiusura in ottone a scatto che, siccome la portava solo al mare, per me segnava già da sola la vacanza. Io avevo un paio di pantaloncini blu cortissimi, le scarpine bianche abbottonate di lato e una camicina bianca che mi aveva fatto lei, con le barchette ricamate e scollata a rettangolo, alla marinara. Mi sentivo a posto, vestita così. Forse per via delle barchette.

Il viaggio per mare fu meraviglioso, a parte il fularino in testa, perché si prende troppa aria in battello e mi veniva mal d'orecchi.

Arrivati a Portofino c'inerpicammo per una stradina che saliva al faro e, seduti su un tronco all'ombra, mangiammo i panini che ci eravamo portati. Poi scendemmo a passeggiare tra i bar e i negozietti, mia madre e io ci prendemmo anche un gelato. Percorremmo su e giù tutto il lungomare, la banchina semicircolare del porticciolo, ammirando gli yacht, le barche a vela e i motoscafi ancorati. E io mi fermai sul molo a giocare con un gatto bianco. Lo so perché ho ritrovato una foto, tra le centinaia che mi fece mio padre, dove sto per accarezzarlo, un attimo prima che mi graffi.

Giornata perfetta. Se non che, c'erano le bancarelle per strada che mi attiravano come il miele. Conchiglie enormi, magliette con la scritta PORTOFINO, collane di corallo, scatoline di madreperla con pesciolini applicati, borsellini, ghirlande di fiori secchi, cappelli, carillon, braccialettini dorati... A un certo punto mi attrasse un oggetto che pendeva da una bancarella di stoffe, tovaglie, asciugamani, pizzi. Era una specie di bambolina: c'era una testa, sferica, leggerissima, che sembrava di legno; ed era anche una specie di borsetta, o a me così parve perché, avendo una cordicella, si poteva portare a tracolla. In realtà era una noce di cocco dipinta, con due occhioni verdi, la bocca a cuore, le narici gialle e una chioma rosso fuoco, di rafia. E non so proprio a cosa potesse servire. A niente. Forse ad appenderla in casa per bellezza.

Non avevo mai fatto un capriccio, ma quella testa di cocco la volevo. Mio padre s'era scostato di qualche passo per fare le foto al panorama. Mia madre mi disse di lasciar perdere, ma io la costrinsi a passare e ripassare davanti alla bancarella finché cedette e me la comprò. Mi parve che fosse contenta, di comprarmela. Ma mio padre ci raggiunse come una furia, la faccia terrea, mi strattonò via e ne disse quattro a mia madre, proprio in mezzo alla piazzetta di Portofino gremita di turisti: cosa le era preso, di spendere tutti quei soldi per una cosa così inutile?

Riprendemmo il battello. Portavo al braccio la testa di bambola che avevo tanto desiderato e non osavo nemmeno guardarla. La odiavo. Mi odiavo. Come avevo potuto chiedere che me la comprassero, che bambina viziata ero?

Niente, la giornata era stata perfetta e io devo aver pensato che possedere una cosa così bella e inutile facesse parte di quella perfezione, che mi fosse concesso, ecco tutto. Una frivolezza. Era come le pellicce di visone e i portachiavi col gattino, era perdersi nei viottoli, era l'assaggio di tutte le giornate perfette che avrei voluto nella vita: io, con i miei genitori, a Portofino, in gita, belli, spensierati, ricchi, su un battello che solcava il mare.

Così spensierati e ricchi da comprare una stupida noce di cocco dipinta, con uno stupido ciuffo di rafia in testa.

6

L'anno del sussidiario

La maestra con la veletta

Per fortuna cominciarono ad aprirsi degli spiragli. Personali. Spiragli mirati alla mia personale salvezza. Non so come si produssero. Forse qualcuno dall'alto mi voleva bene e non gli andava di vedermi annaspare a quel modo, non riesco a trovare altre spiegazioni. Il vaso di Pandora nessuno l'avrebbe mai richiuso, i mali erano saltati fuori e ormai era fatta, ma c'era quel qualcuno che si premurava di lanciarmi ogni tanto un salvagente.

Il primo salvagente in realtà non me lo lanciò nessuno, lo trovai da me, in casa: i foglietti color crema della Fiat, che mio padre usava per fare i conti. Li spiavo da tempo di nascosto, impilati sopra il frigo, come se contenessero un segreto che mi era precluso. Vedevo quando mio padre li portava a casa dall'ufficio, ancora con il cappotto addosso ne estraeva una manciata dalle tasche e andava a riporli insieme agli altri. Non ho mai pensato che fosse un furto, ma lo era, anche se piccolo. E non so se era quella scritta FIAT a rendermeli così preziosi e proibiti, o perché altra carta in casa non ne trovavo. Cominciai a prendermene uno ogni tanto, e mentre mia madre cuciva mi mettevo in un angolo del tavolo e scrivevo. La penna ci scivolava sopra che era una meraviglia, per via della patina sdrucciola.

In realtà non sapevo scrivere, ero piccola. Fingevo. Facevo ghirigori e scarabocchi, ma bene allineati, da destra a sinistra e una riga sotto l'altra, come mi sembrava che si dovesse fare per scrivere. Dicevo che scrivevo lettere ai fornitori, come mio padre. Non sapevo cos'altro si potesse scrivere, sui fogli. Mi sarebbe piaciuto avere anche una scrivania, una lampada, il passamano e i timbri, come gli impiegati; ma mi facevo bastare quei foglietti e me ne stavo a scrivere sul marmo freddo, accanto a mia madre che cuciva.

Era solo un pallido spiraglio; nulla a confronto della maestra con la veletta e del bambino con i pantaloni all'inglese, che arrivarono di lì a poco. Avevo cinque anni, e con loro due la mia vita cominciò lentamente, come una nave al largo, a virare.

La signora Gandisio, la moglie dell'avvocato Gandisio, quando veniva a misurare si portava dietro la mamma e qualche volta anche il figlio.

La mamma della signora Gandisio era una signora molto anziana dal portamento nobile e un pallore cereo solcato da rughe minutissime. Era stata maestra alle elementari, e mia madre la chiamava "la maestra" anche se non lo era più.

Le scendeva, dal cappellino, un tulle nero trasparente, cosparso di pallini neri in velluto che le puntinavano il viso. Non vidi mai che lo sollevasse, quel velo. E non capivo perché lo portasse, che scopo avesse; non avevo visto mai nessuno starsene con la veletta sugli occhi. Mia madre mi disse che la portavano le signore eleganti. E per me fu per sempre "la maestra con la veletta".

Quando la Gandisio veniva con lei, subito mia madre mi chiamava a salutare. Forse perché nella sua testa univa il fatto che io passavo le ore a scrivere sui foglietti Fiat col fatto che quella signora fosse stata una maestra. In qualche modo ci vedeva un legame, che io ero ben lontana dal capire. Entravo e salutavo, come dovevo. Lei era seduta al tavolo, rigida e composta. Non so se fosse la veletta o la sua postura impettita o il pensiero che fosse una maestra, o perché avevo indosso il solito grembiulino da casa, quello rosso smanicato, e non riuscivo mai a togliermelo per tempo, ma succedeva che ogni volta ero intimorita e imbarazzata: in soggezione, si diceva allora. Me lo diceva sempre mia madre: «Non stare in soggezione».

La maestra con la veletta mi salutava senza muoversi e senza sorridere, da sotto l'ombra della veletta. E cominciava a tenermi discorsi lunghi e complicati, ma con una voce piana, le parole lente, scandite, e il velo che a ogni fiato palpitava un po'. Mi parlava seria, con gli occhi severi. Come se anch'io fossi adulta, o fossimo in classe e io una sua allieva. Poi taceva. Aspettava che a mia volta parlassi anch'io, dicessi qualcosa e quando finalmente lo facevo, qualche frasetta spezzata o poco più, mi ascoltava senza mai interrompermi. Non mi giudicava, né per quel che dicevo, né per il grembiulino che indossavo, né per quel che ero, la figlia della sarta. Mi ascoltava prendendomi molto sul serio. E a me passava la soggezione, le parole mi sgorgavano fluide. Mi sembrava che cadessero giuste, in un posto dov'erano bene accolte.

Un giorno mi portò in regalo un sussidiario. Disse che era per me, che me lo meritavo. Sentivo la parola sussidiario per la prima volta e mi fece effetto. Lei lo teneva aperto davanti a me, sul piano del tavolo, e lo sfogliava; arrivavo a malapena al bordo, ma riuscivo a scorgere le pagine patinate e illustrate mentre venivano voltate. Non mi era chiaro cosa me ne sarei mai fatta di quell'oggetto, ma ero contenta fosse per me, mi dava una fierezza, e mi piaceva il suono della parola, con quelle "s" sibilanti che finivano in una specie di lago ampio e calmo: su-sss-si-diaaa-rio.

Mi risolse lei il dubbio di che farmene, dicendomi: «Lo devi copiare tutto». Siccome la guardavo e non sapevo cosa dire, lei mi spiegò: «Prendi un quaderno a righe e ricopi le lettere così come sono scritte, le vedi le lettere? Segui bene la forma e le disegni uguali, una dopo l'altra. E quando c'è uno spazio bianco, lasci uno spazio bianco. Ti piace disegnare? Ebbene, Donata, scrivere è disegnare. Disegnare parole, null'altro. Lettera dopo lettera, parola dopo parola, pagina dopo pagina: si crea una corrente, e tu non devi far altro che seguirla. Leggere, scrivere... è solo seguire una corrente. Un fiume. Ti piacciono i fiumi, i torrentelli di montagna? Allora, vedrai che scrivere ti piacerà».

Quando se ne andò, rimasi sola col sussidiario. Io e lui. Il mio torrentello. Non osavo toccarlo. Poi ci passai le giornate intere. Non facevo altro. Era la prima volta che qualcosa mi assorbiva a quel modo. E fu allora che cominciai ad avvertire un sottile senso di colpa. Verso mia madre. Il sussidiario mi portava via da lei. Non era giusto. Mi staccavo e, rintanandomi in quella tana nuova, la aiutavo meno; per esempio quando mi diceva: «Donata, li hai bagnati i gerani?» io m'accorgevo di non averlo fatto e mi precipitavo fuori a bagnarli. Mi dimenticavo dei gerani. Vinceva sempre il sussidiario.

Arrivai a ricopiarlo tutto. Non so quanto tempo mi ci volle, mi pare un anno buono, giusto prima di entrare alle elementari. Non so quanti quaderni riempii (ne ho ritrovato solo uno). Forse feci apposta ad andar piano perché mi durasse di più, così stavo nella tana più a lungo. Scrivevo a matita. Ricopiavo e basta, nient'altro. Volessi farne un racconto, lo intitolerei *La bambina che ricopiò il sussidiario.* Imparavo le lettere. Le imparavo senza conoscerle, attraverso le parole. Mi accorsi che bastava cambiare una lettera e cambiava il mondo: se scrivevo "gatto" o se scrivevo "getto" era tutta un'altra storia. "Campo" o "lampo". "Latitudine" o "solitudine".

Mia madre era contenta che imparassi a scrivere; non capì che stava iniziando la mia lenta fuga da lei, e che poi sarebbe diventata un fiume vorticoso e inarrestabile. Ogni tanto smetteva di cucire e veniva a dirmi brava, a farmi una carezza.

Stavo imparando a scrivere copiando le parole come un pappagallo, senza conoscere l'alfabeto. Me lo insegnò mio padre, una lettera per volta. Lui era più tecnico. Mi disegnava certi schemi su fogli grandi e mi dava il compito di fare una pagina di "a", di "b", "c", "d"... Mi annoiavo molto con lui, non vedevo l'ora di tornare al mio sussidiario, che aveva dentro le storie e le figure. Per esempio *Lucciola*:

Un bocciolo diceva alla rosa: «Mamma cara, la notte ho sempre paura. È troppo buio».
«Chi ti fa paura?»

«Il verme nero nero, che sale sui fiori.»
«Calmati, mio piccolo, io ne farò una lampadina» disse la rosa. «Questo verme manderà nella notte vividi sprazzi di luce. Guarda.» E la rosa accese il bruno animaletto, che diventò... la lucciola.

A un certo punto, sui foglietti Fiat scivolosi color crema, cominciai a scrivere per davvero. Scrivevo le parole che avevo imparato, e anche il mio nome. Riempii decine e decine di foglietti col mio nome ripetuto cento volte. La finzione degli scarabocchi era finita. Anche se quel piacere, di far scivolare la matita sul foglio, di stare china a seguire le lettere riga per riga, alla fin fine era lo stesso. Non importava se scarabocchiavo o scrivevo, e cosa scrivevo. Scrivere è prima di tutto il piacere di un gesto. E mi faceva sentire al mio posto. Ero il principe spodestato che torna e riprende possesso del suo regno.

La lavatrice

Il fatto che ricopiassi interamente un sussidiario valeva moltissimo, ma valeva per me, nell'ambito ristretto della mia piccola esistenza. Non espandeva alcun riverbero di luce su mia madre. Quel che salvava me, non salvava lei. La lavatrice invece sì: le migliorò la vita.

Arrivò in casa nostra un pomeriggio d'inverno. Non so dire di quale anno, non è facile seguire la linea del tempo. I pezzi del passato stanno nella scatola tutti sparsi e li prendiamo a caso, li montiamo un po' come ci viene. Certo, attaccandoli in un modo o in un altro, cambia tutto. Ma ogni racconto è così: arbitrario, dunque falso.

Mia madre stava tagliando una gonna, era tutta intenta a pensare al taglio. E io stavo facendo merenda con pane burro e marmellata. Suonano alla porta ed ecco che arriva la lavatrice. Due uomini la spingono su un carrello, chiedono dove metterla, la scaricano e cominciano a lavorare per sistemarla. Dovranno fare quattro buchi nel pavimento per fissarla, perché non è una lavatrice come le altre: è una Constructa, una lavatrice speciale, tedesca, la più buona che c'è sul mercato, così pesante e potente che deve essere fissata al pavimento con dei bulloni. Il pavimento del bagno resterà bucato, ma pazienza. Mio padre aveva scelto quella marca. Mio padre sceglieva sempre le marche migliori, le più care. Pensava che le cose fossero migliori perché più care, quindi comprava quelle. Diceva che, siccome erano di marca ottima, duravano di più e alla fine si risparmiava.

I due uomini azionano la lavatrice per provare se funziona. Funziona e loro ci salutano. Noi restiamo lì, con la lavatrice che va. Mia madre dopo un po' torna a tagliare la gonna, io rimango. Mi prendo la panchetta e mi siedo davanti all'oblò. Guardo imbambolata la lavatrice che lava. Fa andare la roba tutta avanti per qualche giro, e poi tutta indietro per altrettanti giri. Mentre gira, la roba che c'è dentro non si distingue più, il cestello sembra vuoto perché ruota molto in fretta, cinque chili di biancheria sporca che frullano prima a destra poi a sinistra per due ore. Ogni tanto di colpo parte una furia scatenata che fa vorticare la biancheria e non si vede più niente dall'oblò, la lavatrice manda un rumore violento e balla tutta, vibra che sembra debba volar via. Ecco perché l'hanno fissata a terra.

Dopo due ore mia madre tira fuori la roba: pulita, strizzata, basta stenderla sui fili del balcone ed è tutto fatto. Allora mi è chiaro il miracolo: non la vedrò più ogni sabato pomeriggio in bagno, in ginocchio, china sulla vasca a sfregare lenzuola sull'asse da lavare, insaponarle e sciacquarle cambiando l'acqua dieci volte. Sono infinitamente grata alla lavatrice. Lei è riuscita dove io ho fallito.

Il bambino con i pantaloni all'inglese

La maestra con la veletta mi teneva d'occhio. Ogni volta che veniva ad accompagnare la figlia, mi faceva chiamare: voleva vedere a che punto ero con la copiatura del sussidiario. Io entravo dove mia madre misurava e lei era seduta al tavolo, con la veletta a pois che le scendeva a metà naso. Aprivo il quaderno e lei controllava sul libro che non avessi fatto errori. Se ne trovava uno, lo correggeva e mi spiegava che cosa avevo sbagliato.

A volte veniva anche suo nipote, il bambino con i pantaloni all'inglese. Non c'entrava niente con il sussidiario, ma in qualche modo finì che io lo associai a quella fortuna di aver imparato a scrivere. Venne parecchie volte, in quegli anni. Si chiamava Guido. Guido Gandisio, il figlio dell'avvocato. Aveva sempre in testa un berretto di velluto blu con la visiera, mi sembra che non se lo togliesse per tutto il tempo e che lo portò per anni; da dietro gli vedevo spuntare i capelli corti, ben tagliati e dritti, lucenti, che si posavano ordinatamente sul collo. Era serio. Non mi guardava neanche. Io invece lo guardavo molto, senza farmi accorgere. Non ricordo che mi abbia mai parlato né sorriso. Era immoto. Un bambino-statua. Bellissimo.

I pantaloni all'inglese non li portava nessuno dei bambini che conoscevo. Guido Gandisio sì. Corti al ginocchio, di lana scozzese con una fila di tre bottoncini al fondo, di fianco. E i calzettoni blu, traforati. Tra l'orlo dei pantaloni e il calzettone si apriva la nudità del ginocchio. Aveva delle ginocchia perfette. Bianche e magre, un po' nodose. Mi attaccai a quei pantaloni, cioè al bambino che li portava, come a uno di quei salvagenti che qualcuno mi lanciava al largo: mi piacevano talmente che a quella sola vista mi sentivo sollevare, galleggiavo, sottratta al peso dei macigni familiari.

Arrivava sua madre a misurare, e io speravo e non speravo che ci fosse anche lui. A volte c'era, a volte no. Quando c'era mi sentivo bene e male insieme: bene perché avevo la fortuna di rivederlo, e male perché lui se ne stava lì impassibile e io avevo la sensazione che nemmeno registrasse la mia presenza. Quando non c'era, non mi sentivo né bene né male. Mi sembrava di non esistere.

Se non lo vedevo, lo pensavo. Ma ogni volta che lo vedevo, era come se lo avessi pensato sempre. Un pensiero di cui mi accorgevo solo quando era davanti a me in carne e ossa, quando non era un puro pensiero, ecco. Lui esisteva nel momento in cui lo vedevo. Ma quel momento riempiva tutti i momenti. *Accadeva*. Non si poteva più cancellare: ormai io sapevo che un bambino come lui abitava nel mondo.

Mi piaceva anche solo il nome, Guido. Me lo facevo risuonare nella testa: Guido, Guido... Quando a un certo punto desiderai un fratellino, scrissi una lettera a Gesù Bambino pregandolo di mandarmi un fratellino che si chiamasse Guido. Gli feci un disegnino di come volevo il fratellino e scrissi sotto il nome in stampatello, perché Gesù non si sbagliasse. Il nome Guido divenne il desiderio del fratello che non ebbi mai. Divenne il nome di tutte le persone che avrei voluto amare. E, per quanto mi è stato possibile, ho amato tutti i Guido che ho incontrato, anche soltanto sfiorato nella vita. Un droghiere, un professore di teatro, il direttore di un museo, un compagno di università che d'estate faceva il bagnino... Nessuno assomigliava al nipote della maestra con la veletta, ma che si chiamasse Guido mi bastava.

Non posso dire che m'innamorai di quel bambino. Non userei mai la categoria dell'innamoramento per una bambina di cinque anni. Però di certo decisi allora – mi sento di dire che fu una vera decisione – che un giorno mi sarei innamorata di un bambino con i pantaloni all'inglese. Sapevo, in modo oscuro e confuso, che un bambino così non era per me, non apparteneva al mio mondo, ma sentivo che mi era in qualche modo destinato. Non ero in grado di considerare temporalmente le cose, avrei dovuto parlare di un uomo che da bambino aveva portato i pantaloni all'inglese... Ma all'età in cui mi trovavo allora, tutto era meravigliosamente contemporaneo, racchiuso in un unico punto. Il tempo, il doloroso svolgersi delle cose nel tempo, è qualcosa che venne dopo.

E poi c'era il fatto, non meno misterioso, che mi ero sentita attratta dal bambino coi pantaloni all'inglese nel momento stesso in cui avevo imparato a scrivere. Non poteva essere casuale. C'era un legame, senza dubbio. Amore e scrittura si legavano.

Scrivere era come sentirsi tirati da una corda, in cima alla quale c'era una pagina da riempire di parole e, dietro la pagina, quasi come premio, una persona da amare. Qualcosa del genere.

Incredibile come un nonnulla possa intervenire a vanificare l'azione salvifica dei nostri appigli. Cos'è mai un nonnulla? Può essere tutto, per esempio un momento sbagliato, l'errore di una coincidenza spaziale o temporale che era meglio se non si verificava. Siamo costellati di momenti sbagliati, che minano continuamente quella che potrebbe essere la perfezione. Il salvagente-Guido mi fu rovinato, e per ben due volte, proprio da queste mine vaganti.

Un giorno Guido arrivò nell'istante in cui mio padre, appena tornato dall'Abruzzo, stava aprendo, sul tavolo della cucina, la valigia di cartone piena di cibo. E questa fu la prima mina.

La signora Gandisio era venuta a misurare e lo aveva portato con sé, così il bambino dai pantaloni all'inglese capitò nella mia casa in un momento che non poteva essere più sbagliato. Mi fu chiaro subito, quanto fosse sbagliato. Per prima cosa, non avevo fatto in tempo a togliermi il grembiulino, che quella volta era a quadretti azzurri con i tasconi blu e i volant sulle spalline, e andai di là che sembravo Maria Stuarda al patibolo. Guido non alzò neanche gli occhi, li tenne bassi sul cristallo del tavolo da pranzo, dove, col dito, faceva certi ghirigori. Ma io mi sentii guardata. Ed è strano, perché lo vedevo che non mi guardava, e avrei dovuto saltare di gioia, invece ero piena di vergogna lo stesso. Segno che la vergogna non dipende da come ti guardano gli altri, ma ce l'hai dentro tu e basta, e forse la appiccichi tu allo sguardo degli altri.

L'altra cosa terribile fu che, quando andai in salotto a salutare, mi accorsi che l'odore della valigia di mio padre arrivava fin lì, un odore misto di formaggi e fegatazzi. La vergogna per il grembiulino si mescolò al tanfo della valigia, fu un tutt'uno. Bofonchiai qualche saluto e, ficcandomi i pugni nei tasconi blu come a volerli sfondare, me ne tornai svelta in cucina dove mio padre stava accomodando una per una, sulla tovaglia, le pezze unte di pecorino.

Italia '61 e il sogno della monorotaia

La seconda mina non è legata a un evento reale, quanto piuttosto a una mia personale immaginazione, una specie di sogno che mi capitò di fare a occhi aperti. Quindi tutto sommato, a ben considerare, fu colpa mia; e non si produsse nulla di grave, se non nella mia testa.

Una domenica i miei mi dissero: «Andiamo a Italia '61». E sarebbe stato tutto perfetto se non fosse che una gonna – o meglio, come la chiamava mia madre, la "gonnellina" – rovinò tutto.

Italia '61 è uno dei pochi riferimenti storici precisi che riesco a fare, sebbene a cinque anni non sapessi che si trattava del centenario dell'Unità d'Italia. Anche dopo, da grande, non riuscii a *inquadrare*, o meglio non m'interessò sistemare quell'evento nell'ordinato *quadro* della Storia: per me Italia '61 è solo un luogo dove andai una certa domenica, e un giorno in cui purtroppo bisognava vestirsi bene. Fu quel giorno che mia madre mi mise la gonnellina, determinando così che per me l'Unità d'Italia fosse per sempre quella vergogna, nient'altro.

Non me l'aveva fatta lei, l'aveva vista nella vetrina di una grande boutique per bambini e non aveva resistito, anche se costava carissima. Come poteva conciliarsi quella spesa con tutti i debiti che avevamo da pagare? Semplice, lei mi disse: «È così bella... Per una volta ho pensato che anche tu dovevi avere una cosa bella!».

Io odiavo le gonne e tutti i vestitini, ma quella superava i limiti, era la gonna più gonna di tutte le gonne del mondo: ampia, per metà bianca e per metà rossa, di una tela rigida che rimaneva larga e tesa come le vesti delle bambole dell'Ottocento, e arricciata in vita, con un elastico che mi andava sempre su e mi faceva la pancia. Camminando, mi guardavo quella pancia che promineva. Diventavo prominente.

Ma la cosa più terribile erano le bamboline. Sui due grossi tasconi erano applicate due bamboline di pezza, una per tascone, uguali, gemelle, con tanto di vestitino ampio e arricciato in vita tale e quale la mia gonna, con cappellino, borsetta, braccine ignude e due gambine penzole che finivano in due scarpine nere di vernice. Due bamboline sulla gonna, vere! Attaccate lì, che sembravano due impiccate. Io, proprio io, dovevo uscire conciata a quel modo. Non sapevo come camminare, a ogni passo la gonna mi ballonzolava attorno e m'impacciava. Anche le braccia non sapevo dove tenerle perché, se le lasciavo cadere giù lungo il corpo com'era naturale, s'ingolfavano nell'ampiezza tesa di quella gonna, cominciavano a ondeggiare, e mi finivano sulle orrende bamboline appese.

Mi sentivo io stessa una bambola. Una bambola stupida con due bamboline attaccate al vestito. Ma soprattutto, con quella gonna mi sentivo una bambina. Non so come fosse successo ma era intollerabile, perché io non ero una bambina. Ero certa di non esserlo. Non ero neanche un maschio, ormai l'avevo capito bene. Ma bambina no, si vedeva che non lo ero, c'erano le prove: mi davano fastidio le gonne, le bambole, le scarpine di vernice, le maniche a sbuffo, i volant, i pon pon, ogni sorta di nastrini e fiocchetti, e la coda di cavallo. Volevo i capelli corti e ispidi, gli scarponi pieni di fango, i pantaloni di velluto a coste, e possibilmente una pistola alla cintola. Non so cos'ero. Ero una cosa a sé, un'entità astratta, neutra, che spesso faceva l'agente segreto, il principe, il soldato o il cowboy, e aveva come compagno di avventure un orso di pezza. Come poteva mia madre non saperlo? Perché mi infliggeva questo sgarbo di vestirmi da bambina?

Italia '61 era lontana, in un punto del Valentino dove non andavamo mai, o forse oltre. Si doveva prendere il tram. Avevano messo delle corse in più perché c'era tantissima gente. A me parvero migliaia, forse milioni di persone, che si muovevano appena, tanto erano numerose, ondeggiavano come un'onda, assiepate come siepi, brulicanti come il brulicare di un formicaio. C'erano palazzi altissimi di ferro e vetro che non avevo mai visto, un laghetto che sembrava vero ed era spuntato non so come in mezzo alle strade, una costruzione strana che chiamavano Palazzo a Vela e a me non sembrava avesse la forma di una vela. E la monorotaia. Su in alto, sospesa per aria. Una vera rotaia dove passava un trenino bellissimo, proprio sopra le nostre teste. Scivolava via su quella rotaia solitaria, volava nel vuoto.

Non so descriverlo bene perché non l'ho mai più rivisto. La monorotaia fu subito abbandonata e poi rimossa, e il convoglio distrutto in un incendio appiccato da sconosciuti. Oggi non resta più niente, se non un moncone, qualche decina di metri di cemento sospeso per aria. Quando passo da quelle parti, filando in auto verso l'autostrada, non riesco a rivedermi nulla di quel giorno così importante per l'Italia.

Credo che ci salimmo e facemmo un giro, sul trenino. Non ricordo dove andammo, dove finiva quel trenino, cosa facemmo poi. Ma nella mia testa ci salii davvero, e mi parve di volare sopra le cose del mondo, e di non essere più io. È lì che mi venne il sogno a occhi aperti: sognai di essere sulla monorotaia con Guido Gandisio. Sfrecciavo lassù per aria, vedevo le cose in basso farsi piccoline, avevo accanto il bambino dai pantaloni all'inglese e lui era felice di stare tutti e due sospesi nel cielo, finalmente posava gli occhi su di me e mi rivolgeva anche, ogni tanto, qualche rara parola. Ma avevo indosso la ridicola gonna! Nel sogno me ne ricordai all'improvviso e cercai, con tutta la forza che avevo, di strapparmi via quelle due insulse pupattole. Mi divincolai talmente sul sedile, che precipitai dal trenino, affogai nel laghetto, e persi Guido per sempre.

7

Traslochi

Il condominio azzurro

Poi la vita, quando vuole assomigliare a un vento, ci porta via. Ci sposta. Un giorno arrivò il camion dei traslochi. Enorme. Ingombrò per metà la via, tanto che le macchine dovevano mettere la freccia e sorpassare. Lo guardavo mentre si mangiava la nostra mobilia, e mi faceva sentire importante che un camion così grosso, con la scala che arrivava fino al balcone, fosse lì per noi.

Mia madre chiese di caricare per prima cosa il ficus, che era in cima ai suoi pensieri e sempre più gigante. Infilò nel vaso qualche canna di bambù, a cui legò bene i rami e le foglie perché non si spampanassero durante il viaggio; lo affidò all'uomo del trasloco e lo guardò scendere dalla scala, con apprensione. Per seconda cosa, fece caricare i gerani che teneva sul balcone. Amava moltissimo anche i gerani. Mia madre amava tutte le piante e i fiori. Ma i gerani erano anche il suo passatempo: ci passava ore sul balcone a spiumarli dalle foglie secche, o non so che altro; lo faceva persino quando fuori si gelava, e non c'era verso che rientrasse in casa.

Proprio un momento prima di salire sul grosso camion, corse in bagno a mettersi il rossetto. Impiegò uno sproposito di tempo, con noi che la aspettavamo in ingresso, il cappotto addosso e le valigie.

Il rossetto è importante. Non ne ho ancora parlato con la dovuta profondità, perché non lo so collocare in un punto; ci sono cose che non sono puntiformi ma lineari: si stendono, non accadono. Sono sparse nel lago del tempo. Mia madre si metteva il rossetto sempre, ecco, non usciva mai senza; se lo metteva anche solo per scendere un minuto a comprare il pane. A me piaceva quella madre che si metteva il rossetto, stavo in bagno a guardarla tutto il tempo. Faceva la bocca a cuore per passarsi avanti e indietro lo stick, e poi la allargava come se sorridesse, ma non sorrideva, era solo perché il rossetto si distendesse bene sulle labbra. Poi si passava la cipria. Prendeva uno scatolino dorato tondo e col batuffolo che c'era dentro si impolverava le guance e la fronte con un gesto circolare continuo, come un gatto quando si lava il muso. Infine con un dito bagnato di saliva si lisciava le sopracciglia perché la cipria non doveva rimanere sui peli. Ne usciva una mamma-diva, che non sembrava più la mia mamma-sarta. Anche per questo volevo sempre uscire con lei, per vedere come si trasfigurava.

Andammo ad abitare nella casa nuova nel settembre del 1962, quasi allo scoccare del mio sesto anno di vita. A Santa Rita, un quartiere periferico che si stava allargando allora, a ridosso delle ultime case del centro. Nel condominio azzurro, rivestito di minuscole piastrelline azzurre, così piccole che sembrava un mosaico. Un palazzo-mosaico. Quell'azzurro, riflettendo la luce, splendeva o, come diceva mia madre, sberluccicava. Era come il cielo all'inizio del mattino quando è ancora madreperla. Si vedeva già da lontano, l'unico condominio che si riconoscesse così a distanza. Ero fiera che proprio lui fosse la mia casa, che lo potessi indicare dalla strada a chi mi chiedeva dove abitavo. «Vedi quel condominio azzurro? Io abito lì.» Pensavo a quando sarebbe venuto Guido, con la nonna maestra e la madre moglie dell'avvocato. Pensavo che gli sarebbero piaciute quelle mattonelline celesti che sembravano preziose: perfette, per un bambino coi pantaloni all'inglese.

Era il più bel caseggiato del quartiere anche perché faceva angolo: stava su via Basilio ma girava, il suo bello era che continuava su via Panicatti, e sull'angolo dell'edificio c'erano i bovindi di marmo bianco. Una casa azzurra, angolare, con i bovindi bianchi. Una casa color cielo-con-nuvole. Cosa potevo volere di più? Di più sarebbe stato abitare in un bovindo; ma bisognava comprare uno degli appartamenti grandi, col salone, per avere il bovindo.

L'unica preoccupazione era che in quella nuova casa Guido Gandisio non venisse, che per qualche ragione non sapessero che la sarta Bertino aveva cambiato indirizzo. Avrei voluto chiedere a mia madre: «Gliel'hai detto alla signora Gandisio?». Ma avevo paura di tradirmi.

I mobili della camera da letto dei miei rimasero quelli, tali e quali, furono solo trasportati dalla casa vecchia alla nuova. Così come il piccolo comò tutto istoriato con scene di battaglie a cavallo: fu messo in ingresso, com'era prima, a tenerci posato il telefono. Sembra antico, ma non è vero. È uno dei pochi mobili dei miei genitori che ho tenuto, forse per quel suo sembrare ciò che non è. Invece per la sala da pranzo – avevamo finalmente una sala da pranzo – i miei aspettarono che ci fosse la Fiera del Mobile a Torino Esposizioni e andarono a comprare dei mobili nuovi. Scelsero una sala da pranzo in stile. Lo stile era un barocco piemontese intarsiato (dissero così, e lo ripetevano a ogni persona che entrava in quella sala: "barocco piemontese intarsiato"). Era fatta di tre pezzi giganteschi: una credenza per mettere i bicchieri di cristallo, che aveva gli specchi interni, così quando si apriva sembrava di avere il doppio di bicchieri; una controcredenza sormontata da un'enorme specchiera dorata a riccioli; e un tavolo per sei persone, a cui mia madre fece fare subito un piano di vetro perché non si rigasse spostandogli gli oggetti sopra.

In quella sala barocco piemontese intarsiato mia madre misurava le clienti. Sebbene ci fossero troppi mobili e troppo grandi, riuscì a trovare il posto anche al ficus. E lo specchio lungo fino ai piedi lo infilò tra la finestra e il tavolo gigante che, per misurare, tirava un po' indietro, altrimenti le clienti non potevano passare, figuriamoci specchiarsi.

Non avevamo più la cucina, ma il tinello e il cucinino. Capivo, dalle parole dei miei, che era un progresso. Le case nuove non avevano la cucina. Avere la cucina era una cosa vecchia e da poveri. Oggi lo so che suona incomprensibile; oggi abbiamo il soggiorno, e nel soggiorno mettiamo l'angolo cottura e l'angolo salotto; chi può, chi ha una casa grande, ha anche la cucina, e la sala da pranzo a parte. Comunque allora tinello e cucinino voleva dire non dover più mangiare nello stesso luogo dove si cucina, come la povera gente. Per questo, credo, i miei lo ritenevano un progresso.

Avendo per la prima volta nella vita un tinello, ci sembrò brutto (cioè sembrò brutto ai miei) metterci i mobili della vecchia cucina. Sarebbe stato vanificare il progresso. Quindi chiamarono il falegname. Volevano dei mobili su misura. Il falegname era un uomo piccolo e nerboruto, con i capelli impolverati di segatura, non capivo se biondi o grigi. Capelli legnosi, comunque. Veniva in casa, si sedeva al tavolo e ci riempiva di chiacchiere, di grandi fogli pieni di mobili disegnati a matita col righello, e di prezzi carissimi davanti ai quali i miei dicevano subito di no, e poi di sì.

Il tavolo di marmo finì in cantina, e al suo posto i miei si fecero fare un tavolo in rovere, coperto da una formica che imitava il color rovere: così sembrava che anche il piano fosse di legno, ma si poteva lavare col sapone.

Ordinarono anche una piattaia (inutile, perché non avevamo piatti preziosi da esporre) e un mobile-libreria, diviso in due parti. Lo volle mio padre. La parte alta era destinata all'enciclopedia che stava comprando a rate per me, per quando avrei fatto il liceo, venti grossi volumi rilegati che per il momento tenevamo impilati su due sedie. La parte bassa era un piano che si ribaltava, tipo secrétaire. Così, non avevo una stanza tutta mia, ma avevo una specie di scrivania: aprivo la ribaltina e ci facevo i compiti. Nel vano interno ci misi quaderni, penne, inchiostri, cartelline e anche timbri. Mi piaceva da pazzi timbrare. Timbravo qualsiasi pezzo di carta e sopra ci mettevo la mia firma. Fu grazie a quel mobile, che mi cominciò il sogno di diventare impiegata e lavorare otto ore al giorno in un ufficio.

Non so dove trovassimo i soldi per comprare enciclopedie a rate, mobili intarsiati alla Fiera del Mobile, e armadi e piattaie dal falegname dai capelli legnosi, visto che avevamo i debiti e vivevamo tirando la cinghia. Ma forse si annidava proprio in quella cinghia tirata, la spiegazione: eravamo poveri perché risparmiavamo privandoci di tante cose, ma risparmiavamo per poterci comprare tante altre cose, per esempio case e mobili. Dunque non eravamo poveri. Detto in altro modo, i miei si autoimposero una povertà, ma solo per riuscire a soddisfare le loro alte ambizioni, tavoli barocco, condomini azzurri, venti volumi di enciclopedia, lavatrici marca Constructa, lampadari di bronzo con le gocce di cristallo e non so che altro. Ma non pellicce di visone. E non portachiavi col gattino appeso, o noci di cocco dipinte a bambolina. Quello era il "di più", di cui si poteva fare a meno. I mazzolini di garofani che mio padre ogni tanto regalava a mia madre, non lo so, sfuggivano a ogni logica. Forse c'entravano con i misteri dell'amore, la galanteria, e il padre che non ho saputo vedere.

Restava la Necchi. Con tutta quella valanga di mobilia nuova, mia madre riuscì a trovarle posto solo in tinello, tra la piattaia inutile e il frigo, che nel cucinino non ci entrava perché quel cucinino non era una stanza, era un buco. Un buco senza termosifone che diventava gelido d'inverno e quindi si lasciava sempre chiuso, così che non mandasse il gelo in tinello; vi si entrava solo per cucinare e lavare i piatti, e per lavare i piatti si faceva bollire una pentola d'acqua, così non si accendeva il boiler sprecando la corrente elettrica, e intanto dal vapore di quella pentola veniva un po' di caldo.

«Due piccioni con una fava, eh?» diceva mio padre, strizzandoci l'occhio. «Laviamo i piatti e intanto ci riscaldiamo.»

Prima elementare

Avevo lasciato per sempre i giardini sotto casa, i tram che ronzavano intorno, le passeggiate nella tristezza di via Nizza, la signora Terzori del piano di sotto che mi sentiva parlare all'orso. Ma non so se ero triste. Forse lo ero ma non me ne accorsi, perché ero presa dalla vera novità: iniziavo la scuola.

Abitare in una casa nuova passò in secondo piano, ai miei occhi era solo una conseguenza: andavo a scuola, quindi abitavo in una casa nuova. Cioè, mi sembrò che in quella casa nuova ci fossimo andati proprio per consentire a me di iniziare la scuola. Il vero trasloco era passare da una vita senza scuola a una vita con la scuola. E la casa nuova andò a ficcarsi proprio sul confine, decretò il taglio netto, il passaggio irreversibile, l'inizio del viaggio. Non so come dire. Se dovessi trovare un'immagine, mi verrebbe la piccola capsula spaziale quando si sgancia dal razzo che l'ha portata fin lì. C'è un punto in cui deve farlo, di sganciarsi. Be', io ero in quel punto, lo stavo giusto oltrepassando. E, certo, avevo nostalgia del mio razzo perduto chissà dove, fluttuante per l'eternità nello spazio nero; ma ero anche proiettata verso l'infinito delle stelle ignote.

Insomma, ancora una volta l'universo mi si allargava. Non era più solo la cucina, il balcone e il giardino sotto casa, i fili e i bottoni, la Necchi a pedale, le suore e le clienti. Ora mi arrivavano dentro la vita altri luoghi, altre persone e altre cose: avevo un banco, i compagni, i quaderni, una classe, la maestra.

Avevo soprattutto un portapenne. Lo comprammo di pelle, rosso. Aprivo la cerniera e mi si spalancava una meravigliosa sfilza di anelli elastici che trattenevano le matite colorate, il temperino, la gomma, la penna da intingere e un piccolo cilindro portapennini. Passavo il tempo a sfilare e rinfilare i pastelli, la gomma, la penna. In seconda elementare ebbi anche una penna stilografica, una Pelikan a stantuffo, nera e verde, mentre le mie compagne avevano tutte l'Auretta a cartucce, in tinta unita, verdina o grigetta.

Ma non erano solo gli oggetti. Entrarono nella mia vita anche le persone: maestra Giordasio, le compagne. E il cartolaio. Mi ci accompagnava mia madre ogni volta che avevo bisogno di qualcosa. Non vedevo l'ora di aver bisogno di qualcosa, e imparai presto a moltiplicare le visite diluendo gli acquisti, fingendo d'essermi dimenticata ogni volta di qualcosa: una gomma per matita, poi una gomma per matita e penna, un album da disegno, un righello... Per i pennini ci stavo anche mezz'ora, il cartolaio mi apriva una serie di scatoline e io sceglievo: il pennino a forma di manina col dito alzato, a forma di Tour Eiffel, a forma di cuore, con la punta fine, la punta grossa, la punta tagliata di sbieco.

Grazie alla maestra con la veletta, sapevo già leggere e scrivere. Mi dava sicurezza. La bambina più sbagliata del mondo, che non ne faceva mai una giusta, adesso si sentiva a posto, addirittura avanti. Un po' come nella storia di Achille e la tartaruga: non daremmo un soldo per la tartaruga, e invece... Basta che parta per prima, e non importa più se è lenta e Achille milioni di volte più veloce: lei manterrà sempre un vantaggio su di lui. Incredibile ma vero. Complicato, lo so, c'entra il calcolo infinitesimale. Non lo capii mai bene, neanche da grande. Dovetti aspettare Borges, che in un passo lo spiega in modo incomparabile: «Achille, simbolo di rapidità, deve raggiungere la tartaruga, simbolo di lentezza. Achille corre dieci volte più svelto della tartaruga e le concede dieci metri di vantaggio. Achille corre quei dieci metri e la tartaruga percorre un metro; Achille percorre quel metro, la tartaruga percorre un decimetro; Achille percorre quel decimetro, la tartaruga percorre un centimetro; Achille percorre quel centimetro, la tartaruga percorre un millimetro; Achille percorre quel millimetro, la tartaruga percorre un decimo di millimetro, e così via all'infinito; di modo che Achille può correre per sempre senza raggiungerla».

Non so se abbia ragione Borges, però. Continuo a capirci poco. Secondo me vince Achille, e non c'è modo per cui potrebbe non essere così. Borges è solo per dire che io ero la tartaruga, in prima elementare: ecco perché vincevo.

Il fatto che io sapessi già leggere e scrivere implicava che mi annoiassi a morte, quando la maestra ci faceva riempire pagine di aste e spiegava e rispiegava l'alfabeto. Non lo sapeva che scrivevo già. Lo scoprì di colpo un giorno che mi mandò alla lavagna a fare una riga di "c" e io, per non cadere nella solita noia a morte, scrissi tutte le parole che mi venivano in mente con la "c": chiesa, cammello, cattedrale, cornacchia. Sembrava lo facessi apposta a scegliere le parole più difficili. Quando finii la riga, c'era un silenzio tombale. La maestra si alzò, venne da me, mi posò una mano sulla testa e disse: «E così, Mancasciulla, tu sai già scrivere!».

Diventai rossa come un peperone. Come avevo potuto? La maestra aveva la faccia seria, non capivo se era contenta o infastidita. Mi fece voltare verso la classe intera, mi mise una mano sulla spalla e, come presentandomi per la prima volta alle altre, disse: «Ecco la vostra brava compagna, così brava che sa già scrivere. Dovete tutti prendere esempio da lei».

Lo disse senza convinzione. Per dovere, direi; non credo fosse davvero fiera di me. Per essere fiera avrebbe dovuto volermi bene, e io non sentivo il suo bene. Non lo sentii mai. Avvertii, per tutti e cinque gli anni, una freddezza. Era una maestra molto brava, ma con me era un pezzo di ghiaccio.

Siccome ero abbastanza alta di statura, mi toccarono gli ultimi banchi, quelli in legno. Davanti c'erano i banchetti moderni, di formica verde, e solo da metà classe in poi si ergevano i grossi vecchi banchi in legno, con la predella e i due sedili uniti, che sembravano barche senza remi posate su un mare senza acqua. Insomma, mi toccò una classe che conteneva i due universi, quello passato che se ne stava andando e quello nuovo che stava arrivando a tutta velocità.

Il mio banco era il penultimo, non proprio l'ultimo perché non ero la più alta. Ero media. La più alta era Tania Valtellino, che aveva le gambe lunghe come i fenicotteri. Detto per inciso, era lei la preferita della maestra. I banchi in legno avevano una cosa in più: il buco per l'inchiostro. Veniva la bidella a riempirlo una volta a settimana. Scrivevamo con il pennino, infilato nella penna in legno che non so se aveva un nome. Io ne avevo due, una verde e una marmorizzata. L'anno dopo sparirono i banchi col buco per l'inchiostro. O sparì l'inchiostro. O la bidella non veniva più a portarcelo, chissà. Fu lì che mi arrivò la Pelikan a stantuffo verde e nera.

Bisognava stare attenti a non fare le macchie sul quaderno. Margheritina ne faceva un mucchio e la maestra la sgridava. Ma lo capii dopo il motivo per cui solo lei faceva le macchie: perché era una bambina del patronato. Venivano quelli del patronato a darle i quaderni e i libri gratuiti, ma i quaderni erano di carta scadente, non fine, una carta che assorbiva troppo. Così, appena Margheritina poggiava giù il pennino, ecco che si faceva un lago blu d'inchiostro sulla pagina, e la doveva strappare. Poi la maestra vedeva la pagina strappata, lo capiva dai bordi sfilacciati che restavano, e la sgridava anche per aver strappato la pagina. Non si doveva. Era uno spreco di carta e faceva disordine. Se uno sbagliava, guai a strappare la pagina, doveva andare incontro ai suoi errori. Risponderne. Cioè tirare una grossa riga sull'errore, e prendersi un brutto voto.

Margheritina era l'unica che chiamavamo per nome. Tutte noi ci chiamavamo per cognome. Baldinetti, Carpacci, Migliachiara, Valpiano, De Nobile, Finelli... La mia compagna di banco si chiamava Cartagno e io per anni pensai fosse un maschio. Il suo cognome finiva per "o", aveva i capelli cortissimi e il grembiule lungo e piatto, non arricciato in vita: quindi era un maschio. Per anni mi chiesi perché a me come vicino era toccato l'unico compagno maschio, un compagno-cartagno. Perché soltanto a me.

Portavamo tutte il grembiule bianco con un grande fiocco blu legato al collo. Ma ognuna aveva il suo grembiule, e si vedeva chi aveva il più bello, meglio confezionato, di stoffa più fine, chi l'aveva bordato di pizzo, chi con la martingala, i bottoni di madreperla, il fiocco in seta anziché in cotone. Io avevo un bel grembiule perché me lo faceva mia madre, si notava che era confezionato su misura; quindi io rappresentavo un inganno: sembravo ricca e non lo ero. Ma i più belli in assoluto erano in due ad averli, Evelina Cherubini ed Elena De Nobile: i loro grembiuli erano inamidati. Entrambe bionde, magre, eteree: le più belle della classe, nobili e cherubiniche come i loro cognomi.

Avrei dato qualsiasi cosa perché mia madre mi inamidasse il grembiule, e anche per chiamarmi come loro: Elena o Evelina. Quando la maestra doveva uscire un attimo, nominava sempre una delle due come capoclasse, o la Cherubini o la De Nobile.

Margheritina faceva Grecomanno, di cognome. Stava al primo banco perché era la più piccola. Era di famiglia meridionale, si sentiva il dialetto quando parlava. Io avevo solo il cognome, di meridionale, l'accento no; per fortuna non si sentiva che ero figlia di un non-piemontese: potevo vergognarmi solo del cognome e non, anche, di come parlavo. Magrissima e piccolissima, Margheritina sembrava un giunco sul punto di spezzarsi. O un topolino. La maestra la chiamava topolino, a volte. Aveva i capelli neri e corti, perennemente unti; sembrava che gocciassero olio. Li teneva pinzati sulla frangia con un becco d'oca in alluminio. E non aveva i denti davanti, si vedeva un lungo buco orizzontale, frangiato di marrone: era la carie che s'era ingoiata i denti. E il suo grembiule bianco non era più bianco, forse non lo era mai stato: era di un giallino grigio frusto.

Fosse adesso, andrei a darle un mio quaderno, uno di quelli che compravo dal cartolaio, sui quali era facile scrivere senza le macchie perché la penna ci scivolava bene. Se ci avessi pensato gliene avrei regalato volentieri uno. Ma non ci pensai, che c'entrava la qualità della carta, credevo che facesse tante macchie perché non era capace a non farle. E poi non eravamo così in confidenza; non si usava, allora, essere in confidenza tra compagni di classe. Ognuno si teneva i quaderni che aveva e basta. Io mi tenni i miei. E Margheritina l'anno dopo non la vedemmo più. Forse l'avevano bocciata perché faceva troppe macchie.

Le lavoranti e la teoria del rospo

Mio padre aveva uno stipendio fisso; mia madre invece, lavorando in proprio, poteva decidere lei quanto guadagnare; sul piano logico non faceva una piega: ovvio che per pagare i debiti toccasse a lei lavorare di più. Mi sentivo perduta, e ne incolpavo mio padre; non sapevo cosa avrebbe potuto fare, ma non si stava inventando nulla (a parte gli smilzi straordinari) perché le cose andassero diversamente.

Mia madre prese così tanto lavoro che fu costretta ad assumere una lavorante. Non mi è chiaro come facesse a guadagnare di più, visto che doveva dare lo stipendio alla lavorante. L'unica cosa certa è che lavorava il doppio di prima; la lavorante se ne andava terminato il suo orario, mia madre invece non finiva mai.

Io facevo quel che potevo. Lavavo i piatti nel cucinino gelido facendo bollire la pentola d'acqua, e poi li asciugavo, uno per volta. Li avrei lasciati volentieri sul piano del lavello, secondo me si asciugavano da soli; ma mia madre diceva che restava la macchia delle gocce, dovevo quindi prendere l'asciugamano di tela e asciugare per bene piatti, posate, pentole e bicchieri. Pelavo anche le patate e sbucciavo i piselli. E stiravo. Imparai a stirare, ma solo i fazzoletti, i tovaglioli e gli asciugamani: tutto ciò che era quadrato e rettangolare, non grosso e complicato. Niente lenzuola e niente camicie, per dire. Che stirassi o pelassi patate faceva lo stesso, l'importante era aiutarla. Ma ancora di più stare vicina a lei, attaccata. Eravamo le due valve di un fagiolo. Tanto che mio padre ci guardava di sbieco e diceva: «Ma dovete stare sempre così appiccicate?».

Le lavoranti interruppero quella nostra simbiosi. Tornavo da scuola e non avevo più i pomeriggi io sola con lei, in un certo senso traslocai in una vita nuova: madre e figlia *con lavorante*.

Ne conobbi parecchie, perché a un certo punto se ne andavano; o si sposavano o trovavano un altro lavoro. Con ognuna era diverso, e anche quello ogni volta era un trasloco. Ognuna mi portava con sé in un altro mondo, e che fosse allegro o triste, gioioso o lugubre, dipendeva dalla simpatia che scattava o non scattava tra di noi, e dal loro carattere, se erano taciturne e ombrose, ridanciane o scorbutiche. Arrivavano alle otto di mattina, lasciavano i cappotti in bagno e venivano a sedersi in tinello, dove cucivano per ore, loro da una parte del tavolo e mia madre dall'altra. Io, se dovevo fare i compiti, ribaltavo il piano della libreria e, dentro quel mio ufficio, li facevo accanto a loro. Così ascoltavo le chiacchiere e i silenzi, il fruscio delle stoffe, il taglio delle forbici, il ronzio della Necchi.

Carmelina era bassa e magrissima, i capelli color pece lucidi e la carnagione scura. Veniva da un paesino delle Puglie con uno strano nome che c'entrava con la luce. Era taciturna, lo sguardo triste, il viso triangolare che le si spegneva sul mento. Non aveva né fidanzati né amiche, sognava solo di tornare giù al suo paese, dai genitori e dalle sorelle. Si vestiva di nero, a volte con qualcosa di bianco, tipo la gonna nera e la camicetta bianca, che a me faceva pensare a un cameriere.

La punzecchiavo. Mi divertivo a punzecchiarla, in senso letterale. Aspettavo che mia madre andasse di là a misurare, prendevo uno spillo e, mentre lei cuciva e non mi vedeva, all'improvviso le piombavo alle spalle e la pungevo. Sulle braccia, sulle gambe, sui fianchi. Per un po' mi lasciava fare continuando a cucire, ma io non la smettevo. Le saltellavo intorno punzecchiandola fino a che lei, sempre china sui punti, sbuffava e mi alzava addosso uno sguardo nero pece triste, scuro, come tutto in lei era scuro e nero e triste, mi implorava di lasciarla in pace, che doveva lavorare, che se mia madre tornava e vedeva che non aveva finito la sgridava e magari la licenziava. Le venivano tre rughe dritte verticali sulla fronte, che partivano dal naso a raggera. Le venivano quelle rughe al posto delle lacrime, e lo penso perché non la vidi mai piangere, ma si capiva che ne aveva voglia.

Non so perché mi comportassi in quel modo; l'unica spiegazione che mi viene è la teoria del rospo: quando nel bosco incontravo un rospo, lui si fermava e s'irrigidiva, non mi aggrediva ma nemmeno scappava, e quella sua immobilità mi contrariava. Perché stava fermo e buono? Allora, per smuoverlo, cominciavo a lanciargli sassolini addosso, perché reagisse; poi pietre sempre più grandi; ma lui si prendeva i colpi e continuava a star fermo. Più non reagiva, più io infierivo. Ma non so se questa è una spiegazione. Forse era solo un modo di giocare con lei. Un altro gioco che facevo era di spaventarla. Mentre stirava, era lì in piedi che faceva andare il ferro avanti e indietro sull'asse, mi dava le spalle, io le arrivavo dietro di colpo e le urlavo: «Buuh!». Lei faceva un salto, si teneva il cuore e doveva sedersi dallo spavento. Una volta lasciò il ferro sulla stoffa e ci mancò poco che non bruciasse il vestito.

Quando mia madre tornava, era tutto normale. Carmelina cuciva, io facevo i compiti. Nulla lasciava immaginare quel che s'era prodotto tra noi due in quella mezz'ora. Ogni volta avevo paura che venisse fuori, che lei dicesse a mia madre tutto l'orrore di cui ero capace; ma non parlò mai, non le uscì neanche una parola che mi accusasse. Oppure avevo paura che mia madre s'accorgesse che aveva lavorato poco, il vestito non era pronto, l'orlo non imbastito o la camicetta semibruciata; che la sgridasse, addirittura che la licenziasse. Allora avrei confessato le mie colpe, e l'avrei salvata. Ma non successe mai nulla. Rimanevo impunita, e tutto il male di cui ero capace stava nascosto, acquattato come dietro una siepe.

La prima comunione

Anche quando cominciai catechismo continuai a punzecchiare Carmelina. Ero diligente, andavo a lezione in parrocchia una volta a settimana, ascoltavo il prete, studiavo il libretto dove c'era scritto di essere buoni, eppure rimanevo cattiva. Non riuscivo a non tormentare quella povera ragazza.

Il prete era tutto vestito di nero, dai piedi fino al collo, stretto in una tunica da cui gli uscivano solo cinque cose: una testa rubiconda e pelata, due mani tozze e due lunghe scarpe nere allacciate, come quelle che portava mio padre. Mi sembrava strano che un prete le avesse uguali, visto che non andava a lavorare e non era un padre.

Ci teneva lezione in una stanza semibuia, lunghe lezioni con la voce cupa e monocorde. Eravamo una decina, poco più. Recitava le frasi da imparare, che Dio è unico e perfettissimo, che però è tre persone, che ci ha messi nel paradiso terrestre ma poi ci ha cacciati. Quando finiva di fare lezione, ci interrogava. Dovevamo essere preparati perché mi pare ci fosse un esame finale; se non lo passavamo non potevamo fare la prima comunione, e tantomeno la cresima. Alle domande bisognava rispondere precisi, senza cambiare o saltare una parola. Per esempio se ti chiedeva chi è Gesù, non potevi dire: «Gesù è il figlio di Dio», dovevi dire: «Gesù è il figlio di Dio e della Madonna, il Re del cielo e della terra». Oppure alla domanda: «C'è un solo Dio?» non potevi rispondere: «Sì». Dovevi dire: «C'è un solo Dio, ma in tre Persone: il Padre, il Figliuolo e lo Spirito Santo». Io avrei preferito dire Figlio, non Figliuolo, ma non osavo.

Quando ci spiegava la comunione, mi faceva paura. Diceva che per la prima volta avremmo ricevuto Gesù vivo. Diceva così, e anche che poi Lui un giorno ci avrebbe portato a vivere in eterno in paradiso. Non so cosa mi faceva più paura, se ricevere nello stomaco Gesù vivo o essere portata via, avrei almeno chiesto se mia madre poteva venire via con me. Ci diceva anche che prima della comunione non dovevamo mangiare né bere nessuna bevanda, tipo aranciata o orzata, solo acqua. Le medicine invece potevamo prenderle. E se l'ostia si attaccava al palato, la potevamo staccare, ma solo con la lingua, non mettendoci le mani in bocca. Certo, io non l'avrei mai fatto: se l'ostia era il corpo di Gesù, io di sicuro non lo andavo a toccare con le mani, e nemmeno con la lingua; speravo che scivolasse giù da solo.

La cresima invece mi piaceva: voleva dire diventare soldato di Gesù. Ero molto fiera di fare il soldato, finalmente non mi trattavano più da femmina. Il prete ci spiegò che, se il demonio ci tentava, noi dovevamo resistergli: questo voleva dire diventare soldati. Il giorno della cerimonia, il vescovo in persona sarebbe venuto a cresimarci. Ci avrebbe dato l'unzione, cioè un segno sulla fronte con una specie di olio; e anche uno schiaffetto, per dirci che dovevamo essere pronti a tutto e coraggiosi.

Preferivo leggermi il libro del catechismo da sola a casa, piuttosto che ascoltare il prete. Per via di quella sua voce troppo cavernosa, e dello stanzone cupo, e di tutto quel tempo lunghissimo che ci metteva a farci lezione e noi sempre zitti. Mi piacevano le figure di quel libro. Tranne la pagina dei cuori. Un'intera pagina di cuori disegnati, che mi spaventava a morte: cuori rossi sporcati da macchioline nere piccole per i peccati veniali, e macchioline nere grosse per i peccati mortali. Che cosa era mortale e che cosa era solo veniale? E veniale voleva dire che non conta? Comunque, se facevi una buona confessione, le macchie nere sparivano e il cuore ritornava bello rosso; se però omettevi di confessare un peccato, a quella macchiolina se ne aggiungeva una più grossa ancora: perché il peccato più grave era non confessarli tutti, i peccati, anche i più brutti e vergognosi. Se no come faceva Gesù a perdonarci?

Mi preparavo con grande trepidazione alla mia prima confessione. Passai quei mesi nel terrore che il mio cuore diventasse nero. E mi durò per anni; ogni volta quando andavo a confessarmi mi facevo l'elenco dei peccati e me li imparavo a memoria, per non dimenticarne nemmeno uno. Ma siccome mi sembravano sempre troppo pochi, me ne inventavo qualcuno in più. Non era facile capire cos'era un peccato. Punzecchiare Carmelina lo era. Di sicuro anche non prestare la penna alla mia compagna di banco per paura che me la rompesse. Ma desiderare una merenda al cioccolato? Fare arrabbiare la mamma, per esempio se non salutavo una cliente? Non mangiare il minestrone che mi faceva venire il vomito? Bastavano, come peccati?

Uno me lo ricordo molto bene. Nella mia memoria rappresenta l'azione più brutta che ho mai compiuto nella vita, peggio di un peccato mortale. Ma ero più piccola, non andavo ancora al catechismo, quindi non lo confessai mai, perché non si potevano confessare i peccati degli anni prima. Avevo appena iniziato la prima elementare. La maestra ci aveva detto che, se trovavamo un oggetto che non apparteneva a nessuno, dovevamo metterlo sul davanzale, così il proprietario l'avrebbe visto e se lo sarebbe ripreso. Era il davanzale degli oggetti perduti. Un giorno nell'intervallo mi avvicinai e vidi un meraviglioso temperino. Su un lato aveva una figurina semovente: un cowboy che andava a cavallo. Se lo agitavi un po' a destra e un po' a sinistra, vedevi proprio il cavallo muoversi. Aspettai qualche giorno, andavo sempre a rimirarlo. Non lo prendeva nessuno, allora me lo presi io. Tanto se ne stava lì a far niente, su quel davanzale, mentre per me era bellissimo averlo. Me lo misi in tasca. E a pranzo lo tirai fuori per mostrarlo ai miei. Ero così felice di quell'oggetto che volevo condividere con loro quella felicità. Stavamo mangiando la pastasciutta. Calò un gelo. Mio padre si alzò di scatto dalla sedia e, attraverso il tavolo, mi sferrò un ceffone potente. Mi chiamò ladra. Mi disse che avevo rubato, e di non farlo mai più. Mai più, hai capito?

Per sfortuna, non so perché, aveva usato la mano sinistra, quella della fede, così per una decina di giorni andai a scuola con l'occhio nero; mi lavavo i denti, mangiavo, dormivo, camminavo, facevo i compiti, mi allacciavo le scarpe, sempre con quell'occhio che mi ricordava chi ero: una ladra. Non avesse usato la mano con la fede per colpirmi, avesse usato l'altra, avrei potuto dimenticarmi di quel peccato mortale. Così invece non mi fu possibile.

Non mi ricordo niente della prima comunione e cresima. Niente della funzione in chiesa, dell'ostia che si scioglie in bocca o rimane attaccata al palato; nemmeno lo schiaffo del vescovo, che poi era uno schiaffo finto, solo un buffetto.

Mi ricordo l'abito, però. C'era la regola di vestirci uguali a santa Rita, visto che eravamo della parrocchia di Santa Rita. Ma com'era vestita la santa? La statua in chiesa era d'argento, quindi non si capiva; andai a guardarmi l'immaginetta che mia madre si teneva nel portamonete e scoprii che portava una tonaca nera. Non mi piaceva il nero. Non volevo assomigliare a una suora. Poi invece ci diedero una tonaca di lanetta bianca, chissà perché. Non proprio bianchissima, direi un color crema spenta, con una croce gigante cucita sul petto, ma andava bene: il giorno della prima comunione, in chiesa, eravamo tante sante Rite chiare. Erano stati gentili a fare quella magia.

Così addobbata, dopo la cerimonia, andai a fare il rinfresco. E questa è la seconda cosa che mi ricordo. Anche mia madre si era addobbata. S'era fatta un soprabito turchese e aveva comprato un cappello a larghe tese color terra, con un mazzolino di fiorellini bianchi finti appuntato da una parte. Aveva comprato anche i guanti traforati e una borsetta, che teneva stretta a sé piegando il braccio. Era bellissima.

I miei avevano riservato la sala da biliardo di un bar in corso Orbassano, e avevano invitato la nonna, gli zii con mio cugino, la mia madrina con suo marito, e anche una vecchia zia di mia madre, Rosina. Di lei ricordo solo che stava in centro, in una casa antica tutta buia dove qualche volta andavamo a prendere il tè. Anche dalla mia madrina andavamo certe domeniche. Abitava lontano e non aveva figli. Era diventata mia madrina di cresima perché suo marito era un compaesano di mio padre, e la cosa più incredibile era il cognome: Pendicascioli. Si chiamava Franco Pendicascioli, e lei Luisa; ma li chiamavamo solo Franco e Luisa e li nominavamo sempre in coppia: «Andiamo da Franco e Luisa», «Hanno telefonato Franco e Luisa». A ogni compleanno mi regalavano un lenzuolo per il mio corredo. Io non avevo neanche voglia di spacchettare il regalo, ma mia madre mi diceva di ringraziare, e che un giorno sarei stata ben contenta. E io ringraziavo.

Entrammo nel bar addobbato a festa e ci sedemmo tutti intorno al tavolo da biliardo, che non sembrava più un tavolo da biliardo perché era ricoperto da una tovaglia bianca. Restavano le stecche appese al muro, e il pallottoliere che serviva per segnare i punti. C'era un'aria triste, ma non so se per via del biliardo sotterrato sotto la tovaglia o cos'altro.

Portarono una grande torta bianca, tutta cosparsa di perline argentate. Poi lo spumante. E lì seduti attorno facemmo il brindisi alla mia prima comunione. Mia madre non si era tolta né il soprabito né l'enorme cappello; fece il brindisi così, bevendo sotto le grandi tese che le facevano un po' ombra. Sorrideva, lo vedevo che era contenta. Io non pensavo di aver fatto niente di così importante da meritare addirittura un ricevimento, ma vederla sorridente mi fece piacere. Mangiai la mia fetta di torta piena di panna, sperando che non mi facesse venire mal di pancia.

La sera ci misi molto ad addormentarmi. Ora che avevo ricevuto Gesù in me, tutta vestita da santa Rita, avrei dovuto planare in un altro universo. Ma il trasloco fallì. Non riuscivo a sentirmi così cambiata.

8

I diseredati

I nonni si spengono

Nonnalena morì per prima, non ricordo quando. E non mi pare che ne soffrii. Mi dispiaceva non vederla più, questo sì, perché mi metteva allegria. Ma l'avevo vista troppo poco, una volta l'anno, e per pochi fugaci istanti quando sull'aia mi sollevava in alto o mi stringeva contro la stoffa a fiorellini dei suoi vestiti. Non c'erano stati né parole né giochi, tra di noi. Rimase la nonna di campagna, di una campagna sperduta in una geografia a me aliena. Una nonna astratta, di cui mi rimanevano immagini slegate, più che ricordi veri e propri, lampi di lei che i miei occhi avevano registrato: oggetti, o gesti, e anche odori. Immagini ferme come nature morte.

Per esempio i mozziconi di candela. Quando una candela finiva non la buttava. C'erano dei momenti che la casa era piena di quei monconi smoccolati, li trovavi ovunque sparsi. Quando ne aveva radunati un bel po', li faceva sciogliere tutti insieme per farne una candela nuova, e in mezzo ci infilava una corda che faceva da stoppino. Ecco perché c'era sempre puzza di petrolio, olio rancido o non so che cosa. E poi gli intrugli. Stava sempre a trafficare con qualche intruglio, grandi secchi in cui girava qualche brodaglia ignota; le galline intorno, le papere, i cani, le mosche a ronzare. Faceva il caglio, lo seppi dopo anni. Il caglio si fa con le budella dell'agnello, si lasciano a macerare e poi, di quella specie di pasta, se ne mette un cucchiaio nel latte appena munto. Quando il caglio s'è rappreso si cuoce sul fuoco lento e si trasferisce dentro un cestello di midollino tutto intrecciato, fatto di rametti di salice. Da lì nasce il formaggio. Sulla superficie gli rimane tutto il ricamo dei rametti intrecciati, e un gusto amarognolo di salice. Mi ricordo le forme tonde, la superficie zigrinata dall'intreccio dei rametti. Ma allora non sapevo nulla dei contenitori di midollino, pensavo che il formaggio in Abruzzo nascesse già così, ricamato.

Negli ultimi tempi nonnalena non faceva più niente di tutto ciò, passava le giornate seduta all'ombra. C'era una nicchia, nel muro fuori casa sotto le scale, sormontata da un arco di pietra. Lei stava lì seduta, sul panchetto che serviva a mungere. Era come se non ci fosse più. Solo quando mi vedeva tornava quella di una volta, agitava le braccia e apriva la bocca sdentata. Ma non le uscivano più parole. Sembrava una statua dentro la cornice. Mi faceva effetto, me la ricordavo prima, quando andava al pozzo a prendere l'acqua e ritornava ondeggiando le anche con la conca sulla testa in bilico, senza mai farne cadere una goccia, e rideva, rideva, facendo la strada con le comari. Poi quella conca la metteva in cucina, il mestolo di rame accanto, che tutti potessero bere. E io ci andavo tutti i momenti, a bere l'acqua che sapeva di rame.

Chissà se prendiamo qualcosa dai nonni. Chissà cosa rimane in me, della nonna abruzzese. Forse la voglia di pazziare, questa inclinazione che da bambina non avevo e ora sì, di prendere le cose in scherzo, e far festa per un niente.

Poi morì nonno Saverio, e anche della sua morte non mi ricordo, non so nemmeno se andammo tutti e tre al funerale, se c'ero anch'io. Negli ultimi tempi rimaneva seduto tutto il giorno, sulla seggiola di paglia, proprio in mezzo all'aia, che se passava una macchina doveva spostarsi. Anche di lui mi restano solo i gesti. Tosava le pecore con le cesoie enormi, lavava la lana e la metteva ad asciugare al sole, tornava dai campi col rastrello sulle spalle, i denti di legno puntati in basso che gli facevano ombra sulla schiena. E quando mi dava una pacca sui capelli, il sorriso dentro i baffi che gli scovavo. Poi non si mosse più. Ma non se ne stava a casa, meno che mai a letto. Era sempre fuori sull'aia, seduto con le gambe leggermente divaricate, e il bastone nodoso in mezzo per appoggiarci le mani, incrociate. Lo stesso bastone con il quale rincorreva mio padre bambino che perdeva le pecore? Chissà. Veniva sera, e la sua figura si scuriva, insieme al cielo.

Vissero per un bel po' fermi, tutti e due. Finché morirono, a poca distanza l'uno dall'altra, come si fossero intesi di aspettarsi. Ricordo che i miei me lo dissero così: «I nonni si sono spenti». Immaginai le loro figurine immobili, stagliate contro la casa, che si facevano candele fioche.

La terra è terra

Fu quando morì nonno Saverio che il ciclone si abbatté sulla nave della mia famiglia. Mio padre ricevette un'eredità così scarna che non era niente: solo terreni ripidi e lontani, che non si potevano nemmeno coltivare ed era meglio se non glieli lasciavano, diceva, che anche a volerli vendere nessuno se li prendeva.

Ne fece una malattia, non era più lui. Si aggirava per casa come una bestia in gabbia, fino a che non ce la faceva più e partiva. Andava giù al paese apposta per litigare. Ci andava da solo, o certe volte con noi, se era estate, ma solo qualche giorno; di un agosto tutto intero non si parlava più. Litigava con tutti, specie col fratello Domenico e sua moglie Assunta, la zia Assunta che si soffiava il naso nella mano. Litigava anche con il nipote Feruccio, che aveva quel nome irto, inerpicato e pietrigno, insomma tagliato su misura per lui così nero di capelli, gli occhi spiritati e una voce secca che lasciava uscire di rado, ma quando gli usciva tagliava l'aria. Mi faceva paura da sempre, mio cugino Feru', già solo a sentirne il nome. Capii solo tanti anni dopo che era un uomo buono, gran lavoratore, che amava molto i figli, la moglie, la famiglia. Ma non riuscivo del tutto a far combaciare le due figure, per molto tempo mi restarono separate: da una parte il Feruccio che mi impauriva, dall'altra il Feruccio buono.

Erano stati loro secondo mio padre, il fratello e i nipoti, a montare il vecchio fino a convincerlo a non lasciare niente a lui, il figlio che se n'era andato da giovane e al paese non era più tornato, s'era fatto un'altra vita, faceva il signore al Nord e adesso cosa pretendeva. Erano rimasti loro a lavorarla, la terra, quindi a loro apparteneva. Questo gli dicevano. Chi se ne va se ne va. Era la legge. La legge mai scritta del mondo contadino. Se te ne vai a studiare perdi la terra. Se rimani, se non ti metti grilli in testa di fare chissà cosa, allora la terra ti resta per sempre, ti sta attaccata ai calli delle mani, e non importa se il lavoro è duro, ti guadagni quella terra che è tua fino alla fine dei tempi e guai a chi te la tocca.

Mio padre si aspettava le campagne di Orsogna, in eredità, le campagne che erano appartenute a sua madre ragazza quando stava a Feuduccio, dove i suoi s'erano visti la prima volta da giovani e si erano promessi. Se l'era sognate anni, quelle terre. Erano sue da sempre, nella testa. E invece gliele avevano sottratte, e ora a lui non restava che prendersi di notte un treno e andare giù al paese come una furia a litigare tutto il tempo. Si metteva a urlare in mezzo all'aia, e continuava con i pugni alzati a tavola, nella casa dei suoi che ora era di suo fratello Domenico. Quando era stanco di fare tutti quei litigi, se ne andava con la camicia bianca e la giacca sulle spalle allo spaccio di Brillantina e lì si sfogava, bevendo birra e giocando a carte raccontava a tutti quell'ingiustizia, e più ne parlava più gli cresceva il male.

Solo sua sorella lo sapeva prendere. Con lei era tutto facile, anche la questione dell'eredità. Sembrava che lei non c'entrasse, eppure era figlia di Saverio come gli altri due. Ma era femmina, e le femmine allora era normale che avessero poco o niente. Non so se le spettava qualcosa e se l'avesse ricevuto, comunque non si lamentava. Mio padre andava lì a leccarsi le ferite. Lei lo faceva sedere in cucina e continuava a trafficare con il fuoco, le pentole, la verdura o il pollo da cucinare, e intanto lo lasciava parlare, parlare. Poi, quando lo aveva ben ascoltato, si sedeva davanti a lui, le braccia sode allungate sul tavolo, lo guardava negli occhi e gli sapeva dire qualcosa che lo calmava. Oppure non gli diceva niente, e quel guardarlo negli occhi bastava.

C'era un legame speciale, tra loro. Quand'erano ragazzi, la sera per esempio. Vincenzo tornava così stanco che, finiti i lavori nei campi, le pecore, le mucche da mungere, non mangiava neanche. S'arrampicava sulla scala a pioli e si andava a buttare sul pagliaccio, se ne stava un po' a guardare le stelle dalle tegole sconnesse e poi si metteva a studiare. Studiava finché gli occhi non gli si chiudevano, e nel sonno conservava la luce delle stelle. Ma, prima di salire, non si scordava mai di salutare sua sorella Pacetta, che dormiva con tutti gli altri nella stanza da letto:

Pace', tu dormi dormi, che colla lumicella mo' io me ne vado a studiare. La lumicella, la lumicella, tara tarà tatà, lo vedi quant'è bella!

Me la canticchia Rossella, la cantilena, una delle volte che ci rivediamo, in questi ultimi anni. Mi dice anche che mio padre, da ragazzo, s'era costruito una specie di tamburello, con quattro rametti tenuti da una corda, una pezza di pelle secca e dei tondelli di latta; per pazzia', per far ridere la sorella. Gli piaceva costruirsi sempre qualcosa, con quel che raccattava in giro. Anche lo zufolo: svuotava una canna e le faceva i buchi in fila uno sotto l'altro, poi ci soffiava dentro per ore, pascolando le pecore.

Amava molto sua sorella, la proteggeva come una figlia, come una fidanzatina; e lei glielo ricambiava, tutto quel bene, era il fratello preferito, perché era bello e bravo, il suo Vince', che andava alla scola e travagliava il doppio degli altri, e in più la faceva ridere e la portava a correre nei campi. Anche a ballare, quando in piazza mettevano il ballo col parquet, e lei era fiera perché suo fratello era cullù che ballava meglio e lo volevano tutte. Rossella ride, ammicca, quando mi racconta questo. Mi fa capire che da giovane a mio padre piacevano molto le donne, e lui piaceva a loro. Ci sapeva fare, teneva un fascino. E io mi perdo a pensare a quel padre che non mi sembra il mio, un padre che in piena notte balla la tarantella, studia sotto le stelle, dorme sulle pannocchie e piace alle donne.

Nessuna era come sua sorella, però. Anche dopo, quando era già sposato e se ne stava a Torino e io non c'ero ancora, mio padre scriveva lettere di continuo a Pacetta, e lei passava tutto l'anno a mettergli da parte cose buone, le riponeva al fondo della dispensa per dargliele quando tornava al paese, fargliele riportare nella valigia, e se Lentino gliele scopriva doveva dirglielo, che erano per quando a revé Vincenzo. Lentino lo vedeva, quel legame speciale, quasi fosse geloso di quel cognato che viveva al Nord: «A Pace', sti sempre a penza' a cullù!».

Con suo fratello Domenico invece i rapporti erano difficili. Domenico era quello che era rimasto a fare il contadino, mentre mio padre se n'era andato e s'era fatto un'altra vita. C'era questo macigno, tra di loro.

Io l'ho conosciuto poco, zio Domenico, non gli ho parlato mai. Ma i macigni dei padri si riversano sui figli, nessuno li sposta più. C'è una cosa però che devo dire: quando mio padre si ammalò, quel fratello venne a Torino. Lui e Pacetta, fratello e sorella insieme partirono, si sobbarcarono quella fatica di prendere un treno per il Nord, loro che non si spostavano mai e di viaggi veri neanche a parlarne. Arrivarono a casa nostra con le valigie vecchie, vecchi anche loro, zio Domenico vestito da città, con la giacca e la camicia, la cravatta per storto. Faceva strano vederlo senza la canottiera di lana spessa e ispida, mi sembrava sbagliato e sperso. Mio padre era molto malato, e lo sapevano che non c'era speranza. Vollero fare quel viaggio per salutarlo un'ultima volta. Solo allora, quando li vidi tutti e tre insieme a casa nostra, tutti e tre spostati dal loro paese, fuori posto, mi accorsi che non c'era più nessuna eredità a far ombra; non c'era stata cattiveria, ingiustizia, avidità; era solo quella legge spietata del mondo contadino, a chi se ne va non spetta niente. Non so se fosse giusto o ingiusto, e mi spiace che mio padre ne abbia tanto sofferto. So che quel giorno loro tre erano fratelli, il resto non contava più.

Ma allora per mio padre era un'ingiustizia, quindi io ci vedevo solo un'ingiustizia. Gli bruciava, la chiamava "la fregatura". Mi hanno dato una bella fregatura, 'sti fetenti. Così diceva. Tornava scuro dai suoi brevi viaggi a Pizzocolle, stanco dei litigi e con la valigia vuota: non c'era più mammalena a mettere da parte le salvistre per quel figlio lontano. Tornava e se ne stava in casa muto, con lo sguardo perduto per aria. Ogni tanto sbottava in certe tempeste di rancore e insulti. Per anni si rose il fegato. Gli venne mal di stomaco e non si coricava mai senza un bicchiere di bicarbonato. Si sentiva tradito, umiliato. Lui era uno di loro, cosa c'entrava se aveva studiato? La terra è terra, lui apparteneva a quella terra e voleva la sua parte.

Mia madre soffiava sul fuoco: «Hai visto? Bei parenti che hai! Io cosa ti ho sempre detto?». E litigavano fra di loro. Lui urlava e lei tirava giù un broncio, il triangolo degli occhi le si allungava sul cucito.

Io non m'intromettevo, cercavo di scavarmi un angolo, che nessuno mi vedesse. Ma sapevo mostrare da che parte stavo: mai dalla sua. Non ci riuscivo, non capivo. Riempivo mia madre di carezze, baci, le saltavo continuamente in braccio. E quando mio padre mi si avvicinava lo respingevo, gli dicevo: «Va' via». Non lo volevo intorno, non sopportavo nessun abbraccio, neanche un suo tocco sulla guancia: sarebbe stato tradire mia madre, abbassare la guardia. Mio padre, per quanto bastonato dalla sorte, continuava a essere il nemico. Non la capivo quella storia dell'eredità, perché ci tenesse tanto; però sentivo l'aria cupa, e ne facevo una colpa a lui. Non gli rivolgevo la parola. Se mi chiedeva qualcosa, rispondevo con un sì o con un no, nient'altro.

La legittima

Morì anche nonno Gigi, più o meno nello stesso periodo. E la storia si ripeté tale e quale, anche lui fu il padre che non lasciò niente a uno dei suoi figli: a mia madre. Soltanto quattro magazzini marci in fondo al cortile; tutto il resto, la casa e i soldi, andarono dritti dritti al figlio maschio, zio Bartu.

Capitò a entrambi i miei, uno dopo l'altro tagliati fuori dall'eredità e rosi dalla stessa rabbia. Strana combinazione. Non poteva essere una legge universale quella di venir tagliati fuori, visto che c'erano figli che l'eredità la ricevevano. Toccava solo ai figli sbagliati? Quindi avevo come genitori due figli sbagliati?

La storia di quando mio nonno Gigi non lasciò niente a mia madre me la ricordo poco. Ero troppo piccola quando morì. Mi vedo solo quella scena di me all'obitorio che bacio il nonno morto, gelido come il marmo. E al funerale non mi portano. Mi lasciano da una vicina, che lava il pavimento e io devo stare seduta sul divano attenta a non posare i piedi, per non sporcare. Un tempo che non mi passa più, la casa di un'estranea: il primo funerale di cui ho memoria rimane per sempre quello a cui non andai, e la morte fu per lungo tempo un pavimento bagnato che butta odor di detersivo, io coi piedi per aria. Non dico che l'immagine mi duri ancora oggi, non dico che a sentir odor di detersivo mi torni il funerale di mio nonno. Ma quel non poter passare su un pavimento appena lavato, quel tempo di sospensione, quel divieto, sì, mi dà l'idea di un limite, di un varco. È il confine che un giorno ci verrà detto di oltrepassare, con l'ordine di non poggiare mai più i piedi per terra.

Lo Zeus Poseidon mi guarda, poggiato sulla scrivania. Lui lo sa. È un dio. Non saprò mai quale dio, ma fa lo stesso. Lui è il solo a sapere di quel confine, e saprebbe anche dirmi dove si trova esattamente. A me capitò tanti anni fa, forse, di arrivare a vederlo, o più che altro intuirlo. Mi presi il lusso di una vacanza in Grecia, con amici, facemmo il giro del Peloponneso e a un certo punto, al fondo di non so quale dito, arrivammo in un paesino piccolo e sperduto. Cenammo in una trattoria sul bordo del mare, due o tre tavolini sulla spiaggia e nient'altro. Avevamo l'acqua a un palmo e vedevamo i pesci. Non so cosa fu: forse l'estensione piatta di quel territorio senza colline e senza alberi, quella brullità del mondo, il cielo che declinava nei colori di una sera mai così tersa... Non so, ma su quel lembo di penisola che finiva e che sapevo essere l'estremo del Peloponneso, percepii tanto la fine della terra quanto la fine della vita. Intuii che quello fosse il posto esatto, l'entrata dell'aldilà. E mi tornava che fosse una penisola, il punto dove andremo a dire addio alle cose. Ripartendo, lessi il cartello col nome del paese che all'andata non avevo visto, e seppi di averci azzeccato: in greco quel nome significa limite, confine.

Fu in quel viaggio in Grecia che mi comprai lo Zeus Poseidon. Lo volli a tutti i costi anche se pesava molto, essendo in bronzo. È la riproduzione della statua al Museo di Atene, solo che lì è tutta intera e il dio ha le braccia tese a lanciare chissà che; ed è da quelle braccia vuote, che hanno perso l'oggetto del lancio, che si perpetua l'ambiguità: lancia un fulmine o tiene in mano il tridente, è il dio del mare o del cielo? Mi perseguita, questa domanda. Ma è perché c'è dentro una domanda, che ho voluto portarmi a casa questo dio. Io ho solo la testa, che mi poggia sulla scrivania: le braccia non gliele vedo. Quindi, quel vuoto di risposta me lo posso anche dimenticare.

A mia madre toccò solo la "legittima". È una parola che ricordo bene, in casa non si parlò d'altro per un bel pezzo, e la associai per sempre a qualcosa di orribile. "Legittima" voleva dire che mio nonno era obbligato per legge a lasciarle quel poco, ma se avesse potuto non le avrebbe lasciato niente. E niente erano, di fatto, quei magazzini marci. Ancora peggio delle terre scoscese che erano toccate a mio padre.

Non capivo. Nulla sapevo di cosa fosse un'eredità. Non mi era chiaro perché i miei ci tenessero così tanto, e fossero così disperati di non averla ricevuta. Vivevamo in una grande città, una casa ce l'avevamo e mio padre faceva il ragioniere alla Fiat: cosa se ne faceva mia madre di una casa a Valtinesio e mio padre delle terre a Pizzocolle? Ma loro ci stavano male. Anche se per me eredità era solo una parola, vedevo il dolore che portava con sé. Mi venne a un certo punto un'immagine, quella di un serpente che aveva punto i miei iniettando loro un veleno micidiale. Non avevo visto il serpente, ma vedevo il male che ai miei era entrato nelle vene e non se ne andava più. Un veleno che non fa morire, ma non si diluisce mai nel sangue, non sparisce. Solo col tempo avrei capito che c'entrava l'amore. Era il sentirsi più o meno amati dai genitori: l'eredità, per qualche strana ragione che mi sfuggiva, diventava il segno tangibile di quell'amore. Un amore che però così, mescolandosi diabolicamente con le case e i soldi, s'intorbidava. Privati dell'eredità, i miei si sentirono figli non amati, o amati meno degli altri.

A me pareva più pesante la condizione di mia madre. Non so perché facessi quella differenza, non so nemmeno se anche per mio padre si fosse trattato di "legittima": è una parola che, per qualche ragione ignota, associavo solo alle vicende ereditarie di mia madre. Forse perché era lei che vedevo piangere, la sera, quando guardavamo insieme un po' di tivù e lei pensava che il suo pianto non si vedesse. Mio padre si sfogava con le sue sfuriate, era solo arrabbiato. Lei era intrisa di dolore.

Mi vennero tre idee, tutte e tre molto stupide. La prima era di andare a scoperchiare mio nonno morto e dirgliene quattro. La seconda era di dire a mio zio Bartu che lui aveva avuto troppo, e chiedergli di cedere a mia madre qualcosa; e se non mi ascoltava, parlarne con mio cugino Toiu, che secondo me mi voleva bene e qualcosa avrebbe fatto per aiutarci. La terza idea era la migliore: bruciare sia la casa di Valtinesio sia i magazzini, così nessuno avrebbe avuto niente, né mia madre né mio zio. Ma non so se erano idee tanto precise; più che altro erano una rabbia grigia, una specie di acquitrino melmoso in cui un po' galleggiavo e un po' sprofondavo.

I quattro magazzini marci non li volle nessuno. Mia madre li dovette vendere a mio zio, che era l'unico a cui potevano interessare, essendo adiacenti alla casa che aveva ereditato. Meglio così, diceva, che abbia pure tutto lui e finiamola. Ma io lo vedevo che non finiva, che quel male le restava dentro.

Per via dell'eredità-serpente che aveva morso mia madre, passammo un lungo periodo senza vederci, con i parenti piemontesi. Poi zio Bartu ci invitò una domenica come niente fosse, e le rotelle di quell'ingranaggio che chiamiamo famiglia ripresero a girare. Tutto ricominciava: noi tre in processione a casa loro, e poi loro in processione da noi. Quasi ogni domenica. Pasticcini, bottiglia di Barbera, bicchieri a calice, vassoi di peltro, sedie attorno al tavolo, tovagliolini ricamati, due orette di chiacchiere, saluti e baci.

Mia madre non se l'era sentita di rompere con suo fratello. «È pur sempre mio fratello» diceva. Ma in realtà era con sua mamma che non sarebbe mai riuscita a rompere: non le veniva nemmeno, il pensiero di non rivederla più. Quindi, visto che sua madre abitava col figlio, tornammo a far visita a zio Bartu.

Certe domeniche ci regalava qualche pesce, di quelli che pescava nel Po. Apriva il frigo e prendeva due o tre trote, le faceva gocciolare un po' nel lavandino, io guardavo l'acquerugiola rossastra di sangue che usciva dalle pance aperte, la coda viscida, il luccicore delle scaglie, e ce le dava avvolte in una carta, che subito s'inumidiva e colava, bisognava stare attenti che non sporcasse ovunque. Erano grossi pesci grigi, con la pancia gonfia, che sapevano di terra. Mia madre li cucinava subito, forse era contenta che suo fratello ce li regalasse.

Bartolomeo Bertino, mio zio Bartu, faceva l'idraulico. Parlava solo piemontese, e la domenica giocava a bocce o se ne andava a pescare sul Po. Sua moglie era Giusi Mariato, che aveva il diploma e faceva l'impiegata. Lei parlava italiano, mai piemontese; e portava sempre un giro di perle al collo. Avevano un figlio solo, quel mio cugino Vittorio che chiamavamo Toiu e aveva due anni più di me, gli occhi azzurri e i capelli biondi. A volte quei pomeriggi non stavamo in casa, uscivamo tutti a passeggio e io, se ci riuscivo, andavo mano nella mano con quel mio cugino bellissimo, e non mi pareva vero di camminare al suo fianco.

D'estate mia nonna si trasferiva per tre mesi a Valtinesio, portando con sé Toiu. Una volta invitò anche me, per tre giorni di vacanza. Mia madre la chiamò così, vacanza.

Non so perché mi ci mandò. Provai a sottrarmi, ma ci stava male se non andavo. Forse era contenta, un po' come per i pesci di suo fratello; le dava sollievo che mia nonna tenesse qualche giorno anche me, visto che ero pur sempre sua nipote anch'io. Sollievo da tutto quel male che si teneva dentro, credo.

Così mi toccò andare proprio nella casa che non le avevano lasciato in eredità, e proprio dalla donna che la picchiava quand'era piccola. Non sapevo come comportarmi. Non potevo dire niente, protestare, accusare, nemmeno chiedere spiegazioni di un passato in cui io non c'ero: mia madre mi aveva raccomandato di fare la brava, essere gentile con la nonna che mi faceva il regalo di ospitarmi.

Feci la brava. Stavo zitta e buona. E credo che fui anche gentile. Ma non sapevo cosa fare tutto il giorno e mi mancava mia madre. Già il posto m'intristiva, stare in quella casa. Il balcone stretto, i vicini sempre affacciati a impicciarsi, la ringhiera in ferro arrugginito. Il cortile quadrato dove non arrivava luce. Il pavimento di legno che scricchiolava in tutte le stanze, il letto gonfio e alto che ci si doveva arrampicare per dormirci, tale e quale al letto dei nonni abruzzesi. La pendola che batteva un suono cupo. L'odore di muffa e pipì, o non so che odore. Ma soprattutto mia nonna non mi parlava, non faceva niente per me. Si dedicava solo all'altro nipote. Toiu che si alzava a mezzogiorno e lei che lo lavava: lo metteva seduto sul tavolo, lui lungo e allampanato, la tinozza d'acqua calda per terra. Lo strofinava con la spugna, sembrava lo strigliasse come un cavallo, vedevo le sue gambe diventare rosse, e Toiu che urlava appena la spugna lo raspava troppo e si divincolava facendo rovesciare l'acqua. Io stavo a guardare mentre mi mangiavo la zuppa di pane e latte, seduta all'altro capo del tavolo. Poi la nonna lo vestiva, gli allacciava anche le scarpe mettendosi in ginocchio, gli preparava la zuppa di latte caldo, uguale a quella che io mi ero fatta da sola, e appena finita colazione Toiu se ne andava con gli amici e spariva tutto il giorno. Giocava a calcio, girava in bici, non so. Ricompariva solo per pranzo e per cena. Con me non giocava, mi pare, forse perché ero una femmina.

Il primo giorno lo passai chiusa in casa, con la nonna che mi diceva: «Vai a giocare con le altre bambine, devi solo prendere confidenza». Il secondo giorno presi confidenza. Per disperazione. Uscii sul balcone e mi feci vedere. Le bambine erano le figlie dei vicini, giocavano in cortile e quando mi videro mi chiamarono subito e io scesi. Gentili. Mi fecero giocare con loro, a palla prigioniera e a pallamuro, nel quadrato del cortile, che era fatto di ciottoli tondeggianti e lucidi, tanto erano lisci. La palla rimbalzava male. Il terzo giorno stessa cosa, giocai a palla. Mi spinsi anche con le bambine a fare il giro dell'isolato, le accompagnai a fare la spesa dal droghiere e dal panettiere.

Poi venne il momento di andar via. I tre giorni erano passati. E lì, non so come, mi venne una specie di tristezza. Non ci ero voluta andare e non mi era piaciuto starci, eppure adesso ci pativo ad andar via. Forse era che Toiu rimaneva tutta l'estate e io no. Lui era il nipote, io una specie di estranea che chissà perché avevano ammesso un attimo in casa loro. Vedevo quel posto come una vita in cui io non c'ero: la *loro* vita, la vita di mia nonna insieme a loro, non insieme a noi.

Bartu era l'unico figlio maschio che le era rimasto. Il suo figlio prediletto era l'ultimo, Armando, ma l'aveva perso in guerra. Morto sotto un bombardamento che aveva solo vent'anni. Lavorava alla RIV. Quel giorno si vide da lontano un grande fumo provenire dalla parte sud di Torino. Sta' a vedere che hanno bombardato la RIV, dissero tutti. Mia nonna si precipitò fuori e fece tutta la strada di corsa. C'erano solo macerie e fumo. Spuntavano i morti tra le pietre, nella polvere. Il primo che mia nonna vide fu un morto con le calze verdi. Si ricordò per sempre, di quelle calze verdi. Suo figlio invece lo riconobbe dalla mano. Nessuno aveva mani così fini, quasi femminili. Armando aveva tutti i lineamenti fini, la carnagione chiara, la pelle quasi trasparente, grandi occhi celesti aperti sul mondo.

Era un ragazzo elegante nei modi e nell'animo, gentile, un po' timido. Mia madre mi raccontò che sembrava sempre spaurito, come se la vita ogni volta lo sorprendesse, come se non ci facesse l'abitudine, a vivere. Mi sarebbe piaciuto, uno zio così.

Armando se ne stava morto disteso con metà faccia scarnificata, e teneva un pugno ancora chiuso: glielo aprirono e trovarono una scatola di fiammiferi. Doveva essere uscito dalla fabbrica per andarsi a comprare quei fiammiferi, e la bomba era caduta proprio in quel momento. Aveva addosso il paletot, e nel portafoglio una foto di mia madre. Per lei Armando era stato più che un fratello. L'unico in famiglia che le volesse un po' di bene. Mi raccontò che quella sua foto da ragazza la portava sempre con sé, ma non diceva che era sua sorella: «Diceva a tutti che ero la sua fidanzata».

Mia nonna conservò il paletot insanguinato, nell'armadio, avvolto nella carta da pacchi. Nessuno osò mai chiederle per quanti anni. Portò il lutto per sempre, ecco perché era vestita sempre di nero. Si trascinò quel dolore tutta la vita, come un masso appeso al collo. Sapere questo di lei avrebbe dovuto indurmi a una pietà; non dico perdonarla, ma almeno provare un briciolo di compassione. Invece niente, non è successo. Rimasi dura come una pietra, fino alla fine.

Credo che la mia vacanza a Valtinesio sia stata un'occasione mancata. Ci penso adesso. Avrei potuto essere diversa, in quei tre giorni, tentare di affezionarmi a quella nonna, fare in modo che lei si attaccasse un po' a me, che mi volesse bene, o almeno cominciasse a farlo. Avrei dovuto metterci pazienza, o un altro sguardo. Ma io non ce l'avevo, un altro sguardo, guardavo tutto con gli occhi di mia madre. Ero intrisa dei suoi racconti, e mia nonna la vedevo attraverso il vetro delle storie terribili che lei, cucendo, mi aveva raccontato. Oggi mi chiedo se quel vetro non fosse come la casa degli specchi del luna park, dove vediamo tutto deformato. Avrei dovuto parlare a mia nonna prima che morisse, chiederle se era vero che picchiava mia madre bambina, perché lo faceva, se veramente non le voleva bene, e com'era possibile che una madre non voglia bene a una figlia. Forse, se le avessi parlato, sarebbe diventata meno nera, la mia nonna nera. Ma non l'ho fatto. C'era una porta, che io non ho aperto. E la questione delle porte che apriamo o non apriamo è davvero intricata. «Eco di passi nella memoria giù per il corridoio / che non prendemmo verso la porta / che non aprimmo mai.» Sono versi di Eliot, in quel *Primo* dei *Quattro quartetti*, che da anni mi chiedo se ho capito o frainteso e che inizia così:

Tempo presente e tempo passato
sono forse entrambi presenti
nel tempo futuro e il tempo futuro
è contenuto nel tempo passato. Se tutto il tempo
è eternamente presente
tutto il tempo è irredimibile.

C'è dentro un'idea oscura del concetto di tempo, misteriosa. Il passato contenuto nel futuro e viceversa. Ogni volta che rileggo i versi mi colpisce un aggettivo: *irredimibile*. Non possiamo correggere il tempo. Non possiamo redimerci, e forse nemmeno perdonare. Se siamo quel che saremo, e saremo quel che già siamo stati, ovvio che non ci sia niente da fare. Eppure andiamo e veniamo attraverso il tempo, passiamo la vita continuamente a chiederci come sarebbe andata se avessimo fatto questo, se avessimo detto quest'altro. Un inutile andirivieni, dove proviamo a rifare il passato come fosse il presente. Pensiamo sempre di aver sbagliato. E invece non possiamo aver sbagliato un bel niente, perché non esiste un "eravamo", così come non esiste un "saremo". Siamo ogni volta in un presente che contiene tutti i tempi, e in ogni presente facciamo quel che ci sembra giusto fare, o quel che non riusciamo a non fare. Quindi non c'è mai sbaglio. E non c'è redenzione. Ci sono porte che potevamo aprire, sì, può darsi. Ma se non le abbiamo aperte, significa che la possibilità di aprirle non è mai veramente esistita.

9

Cavalli alati

La tenda verde

Di tutta la casa nuova, il posto più mio era il balcone. Mi trasferivo lì da giugno, quando mia madre metteva la tenda, e ci vivevo fino a settembre quando veniva il momento di toglierla. Era una tenda di un bel verde scuro, quasi smeraldo. Sigillava completamente il balcone, così che non si vedeva più niente davanti, né le case del cortile, né il profilo pallido delle montagne lontane, né il cielo. Neanche uno spicchio, di cielo.

Mia madre la appendeva ogni estate per ripararci dal sole, perché il caldo non entrasse in casa e c'infuocasse le giornate. Veniva il giorno che diceva: «Bisogna mettere la tenda», e si arrampicava sulla scala, la agganciava agli anelli di ferro in alto e io avevo paura che cadesse dal quinto piano. Poi la legava alla ringhiera con delle fettucce, facendo dei piccoli nodini, così che non svolazzasse.

Tutti mettevano le tende, in estate. E le tende da sole erano verdi. Tutti i condomini tappezzati di tende verdi, sul lato cortile.

Finita la scuola avevo ben poco da fare. Al mattino c'era più fresco e me ne stavo con mia madre in tinello ad ascoltare alla radio le commedie a puntate. Il pomeriggio mi spostavo sul balcone. Era la mia estate, quella tenda. Mi riparava dalla sfilza dei giorni vuoti senza scuola. Scatola, tana nel bosco, tenda degli indiani, grotta. Nessuno immaginava che io fossi lì dietro, nessuno poteva prendermi. C'ero, ma diventavo invisibile. A parte i colpi di vento: pur essendo legata alla ringhiera, non era vero che la tenda non svolazzava. Sul fondo non era fissata e se veniva un alito, anche solo una bava di vento, poteva sollevarsi, svelandomi di colpo al mondo, esponendomi a occhi indiscreti che immaginavo sempre in agguato. Mi sentivo svelata, quando succedeva.

Ma a parte aliti e bave che non potevo governare, fu lì che cominciai a leggere. Leggevo «Topolino». Aspettavo il giorno settimanale di uscita e correvo in edicola a comprarlo.

Leggere voleva dire mettermi fuori, sedermi sulla panchetta e rimanere inscatolata nell'anfratto verde scavato al quinto piano del nostro condominio. Secondo me non avrei mai cominciato, senza tenda verde, senza quell'involucro intorno ai miei giorni vuoti. Per leggere ci vogliono nascondigli, e giorni vuoti.

Ammassavo i «Topolino» una settimana dopo l'altra nell'armadietto di ferro delle scope e detersivi, che stava sul balcone accanto allo sportellino della pattumiera. Ne presi un piano tutto per me, svuotandolo per far posto ai giornalini. Non solo «Topolino», anche il «Corriere dei Piccoli», «Tiramolla», il «Gatto Felix», «Braccio di Ferro», «L'Intrepido». Li accumulavo tutta l'estate, e l'estate dopo li ritrovavo; quando aprivo l'armadietto di ferro, mi venivano addosso tutte quelle centinaia di giornaletti accumulati. Me li rileggevo uno per uno, tanto le storie me l'ero completamente dimenticate e ogni volta era come fosse un giornalino nuovo.

Leggere mi consolava. Lo so che è un verbo strano. Non sapevo di cosa, ma sentivo che di qualcosa dovevo essere consolata.

Il principe con le maniche a sbuffo

La prima a regalarmi un libro fu la cliente di mia madre che aveva una farmacia, e che infatti chiamavamo "la farmacista". Quando mi regalò il mio primo libro capii che non era la stessa cosa leggere un libro o un giornalino. S'intitolava *Il libro delle fiabe*, sulla copertina c'era un cavallo bianco alato che portava in cielo un principe biondo con le maniche a sbuffo. I giornalini non ti sollevano in cielo, i libri sì. Ecco che cosa capii.

Per molto tempo associai la farmacista al cavallo alato, chiedendomi quale legame misterioso potesse mai unirli. La copertina mi rimase stampata dentro e negli anni mi lavorò i pensieri, tanto che quando arrivai a studiare Ariosto mi risultò perfettamente ovvio che sulla luna Astolfo ci andasse su un cavallo alato. La letteratura, per come l'ho studiata io, è esattamente questo: inventare cavalli alati.

L'ho conservato. Mia madre mi ha buttato tutto, giocattoli, libri, senza chiedermi se poteva farlo; le prendeva una furia di pulizia e buttava tutto quel che le veniva per le mani. Il libro delle fiabe dev'essersi salvato dalla furia chissà come. Non credevo di averlo e non l'ho mai cercato, me lo tenevo nella zona immateriale del passato, nell'archivio mentale. Quindi è stata una bella sorpresa rivederlo, su una mensola remota, insieme a libri che non guardo mai. Ha perso il dorso cartonato, ma la copertina ha retto, e c'è proprio il cavallo alato, bianco, che dispiega le ali in un cielo azzurro. In sella però ci trovo due personaggi, non uno: il principe con le maniche a sbuffo e una donna con lunghi capelli biondi. Bellissima. Dev'essere una principessa, e di lei m'ero scordata. Credo che non la presi mai in considerazione: io ero il principe, non c'è dubbio.

Anche altre cose non coincidono col mio ricordo. Il titolo non è *Il libro delle fiabe*, ma *Nel regno delle fate*: molto più bello, meno scontato. E poi non me l'ha affatto regalato la farmacista: trovo una dedica firmata *Venia*. Come può essere? I nostri ricordi sono così ingannevoli? Imprecisi, addirittura sbagliati. Ce li portiamo tutta la vita dentro come se fossero la nostra più profonda verità, li raccontiamo come fossero tesori, e poi? Hanno la stessa sostanza della fantasia. Assomigliano alle storie che c'inventiamo, né più né meno.

Sotto la dedica c'è anche una data: *Pescara, gennaio 1961*. Avevo dunque quattro anni, quando Venia me lo regalò. È chiaro che dovetti aspettare di saper leggere, per leggerlo. Forse per questo la copertina mi si impresse così tanto: perché non avevo altro su cui sognare.

Alla cara Donata
perché, leggendo queste semplici fiabe,
possa trovare in esse la gioia e la felicità
che le auguro l'accompagnino tutta la vita.
Venia

Venia... Appartiene a un passato abruzzese che non so recuperare, ma ricordo che qualche anno fa ricevetti una sua lettera, molto affettuosa, che ora mi metterò a cercare e spero tanto di non aver perso. Peccato che non ricondussi la Venia di quella lettera a colei che mi regalò il libro più importante della mia vita. Peccato che non lo saprà mai.

Apro a caso e leggo l'inizio di una delle fiabe. Mi piace aprire a caso un libro, lo faccio spesso. Ogni volta penso che il brano che mi capita mi dirà qualcosa, spalancherà un varco di luce su quel che sto vivendo, arriverà a indicarmi una soluzione o addirittura ad annunciarmi un evento che deve ancora avverarsi. Quasi una profezia. Di sicuro una guida. È che sono convinta che qualcuno mi guidi, è da quando sono nata che lo penso. Non è un'entità visibile, si maschera, si nasconde, prende gli aspetti più strampalati: può essere anche la frase di un libro scelta a caso.

Apro e trovo una fiaba che s'intitola *La regina dei topi*:

C'era una volta una bambinuccia che aveva una matrigna molto cattiva. Il babbo andava a lavorare lontano; talvolta stava fuori anche settimane e mesi; ma prima di partire non dimenticava mai di dire alla moglie: «Bada a Nunziatina; te la raccomando!».
«Non ci pensare!» rispondeva lei; ma appena il marito era fuori dall'uscio, prendeva un randello e giù botte da orbi alla povera bambina.
La piccina cominciava a piangere e a dire: «Ma io non ho fatto nulla!».

«Appunto! Così quello che farai, lo farai bene!» rispondeva la matrigna, e la metteva davanti a un sacco di farina e le diceva: «Se non mi avrai impastato tutta questa farina prima di sera, avrai un sacco di legnate!» e se ne andava lasciandola sola, davanti alla madia. La bimba impastava farina e lacrime...

La matrigna cattiva, il randello, le botte da orbi... La fiaba che leggevo da piccola è la storia della mia mamma. Com'è possibile? Cosa vuol dire, che quel che mi raccontava di sé mentre cuciva era una fiaba? O che le fiabe sono vere?

Comunque non avrei dovuto ritrovare il libro, era meglio lasciarlo all'oblio della mensola sperduta. Stessa storia dell'orzata calda. Mai fare incontrare oggetto reale e oggetto mentale. Mai verificare l'esattezza dei ricordi.

Verificare... Rendere vero... che idiozia! E poi, verificare che cosa? I ricordi non hanno un'*esattezza*. Sono infiniti, quindi mai esatti. Possono legarsi a qualche cosa di concreto, di materiale, ma la distanza con l'oggetto mentale resta un abisso. I veri ricordi sono i pensieri che abbiamo avuto, che hanno accompagnato le cose. Anche se infondati e bislacchi, sono i pensieri che vanno salvati. Gli oggetti, quelli, possiamo anche buttarli.

I libri veri

Le clienti mi facevano molti regali, non so perché. Per esempio uova di Pasqua, quand'era Pasqua. Ero contenta di tutte quelle uova di cioccolato che mi piovevano e che i miei, dovendo risparmiare, non mi avrebbero mai comprato, nemmeno uno. Del cioccolato non m'importava. Sognavo che arrivasse il giorno di Pasqua per vedere la sorpresina che c'era dentro. Ero ferrea, non le avrei aperte prima neanche morta. Trovavo portachiavi, collanine, braccialettini, pupazzetti. Un giorno ci trovai un regalo da maschio: un piccolo aeroplanino color verde militare. Presi l'abitudine di portarmelo in tasca quando uscivo di corsa con mia madre; me lo stringevo in pugno e non ero più la bambina sola che esce soltanto a far la spesa, ero un ufficiale pilota impegnato in grandi imprese.

Mi regalavano di tutto: peluche, cubetti, bamboline, libriccini. Ero grata e sbalordita. Ma una volta capitò che sentissi una frase. Ero nascosta come sempre in cucina, la cliente stava salutando mia madre in ingresso e sentii che le diceva: «E poi mi sono ricordata: devo prendere qualcosa alla bambina della sarta... E così le ho preso questo... Ecco, glielo dia...». Non so che regalo fosse, non ha importanza, è che per la prima volta sentii come venivo chiamata: "la bambina della sarta". Ecco chi ero. Mi sembrò che di colpo mi avessero cambiata, che non fossi più io, e quella tal bambina della sarta, chiunque fosse, io non la volevo conoscere.

Mi regalavano soprattutto libri, le clienti. *Alice nel paese delle meraviglie*, *I viaggi di Gulliver*, *Pinocchio*, *Robinson Crusoe*. Erano libri illustrati, con poco testo. Mi rimanevano le immagini, più che le parole: Gulliver steso a terra gigantesco, legato con infinite corde dai minuscoli Lillipuziani; Alice che incontra un uovo vestito da uomo; Robinson mezzo nudo con i capelli lunghi che guarda il mare con un binocolo. A lungo desiderai di essere Robinson. Beato lui, che poteva guardare sempre il mare.

I libri veri arrivarono poi, quelli senza illustrazioni, solo parole, solo la storia.

Allora mi accorsi che quel che avevo fatto fino a quel momento era solo intrattenermi, far passare il tempo, distrarmi. Mi accorsi che leggere era il contrario: tempo che non passa, che si ferma. Non si è intrattenuti, quando si legge, ma tenuti. Fermi. Da una corda. E non si è distratti, ma concentratissimi e immersi: come stare dentro un albero cavo, da cui speri che nessuno ti tirerà mai fuori.

Da quel momento cominciò a succedere che non avevo più voglia di scendere di corsa con mia madre a far la spesa. M'interrompeva. Spezzava quella corda. Mi toglieva dall'albero cavo. Non so in che altro modo dirlo, di colpo c'era un *dentro* dove mi piaceva stare, e un *fuori* estraneo, che non c'entrava, e mi dava solo ingombro.

Persino le pile di via Belfiore persero la loro attrattiva. Andavamo in via Belfiore a prendere le pile per mio padre, una volta ogni due o tre mesi. L'apparecchio acustico aveva bisogno di piccole pile, piatte e tonde come minuscole monetine. Senza quelle mio padre non sentiva, quindi bisognava correre a prendergliele prima che finissero, e c'era un posto in via Belfiore che sembrava un ufficio ma non ricordo cosa fosse, dove gliene davano una scorta gratis, in quanto invalido di guerra. Andare a ritirare le pile mi piaceva molto, perché si doveva prendere il tram. Mi covavo il momento, passavo i pomeriggi tra i compiti e la noia di far niente, ma avevo davanti la luce di quel tram. Mi piaceva il bigliettaio, seduto in una mezza gabbia di metallo, che per staccare i biglietti dal blocchetto aveva sul pollice una specie di cuffietta rasposa. Mi piaceva sedermi e guardare fuori. Oppure mettermi in piedi vicino al guidatore e osservarlo manovrare una specie di maniglia in acciaio, che faceva ruotare a destra, a sinistra per restare dentro la linea dei binari. Qualche volta il tram si bloccava e lo vedevo scendere e armeggiare in alto: l'asta s'era sganciata dai fili elettrici e lui doveva riposizionare la rotellina sul filo, se no il tram non ripartiva. C'erano quei fili sospesi in alto ovunque, tutta la città ne era percorsa come da una ragnatela aerea, quasi invisibile. Una volta – il tram era più gremito del solito e non trovammo posto – un signore mi fece sedere sulle sue ginocchia. Ne fui felice, perché era biondo, e io ero attratta da tutte le persone con i capelli biondi. Quando scendemmo mia madre mi sgridò, mi disse che non dovevo andare in braccio agli sconosciuti. Ma era più forte di me. Forse era il biondo della Renata, che mi si era stampato nel cuore e non se ne andava. Infine, mi piaceva scendere dal tram in uno dei grandi corsi del centro, e trovarmi su un pavimento di foglie secche, qualunque stagione fosse; spazzarle via con i piedi e vedere che ritornavano tutte a terra come prima, solo vorticando un po'.

Ebbene, da quando avevo *incontrato* i libri veri, persino il piacere del tram si scoloriva: restava un piacere, ma doveva fare i conti con ciò che perdevo, con le giornate inerti passate a leggere.

Fu un vero incontro, quello con i libri. Non so perché avvenne. Non so perché uno incontra o non incontra i libri. Non potendo far altro d'estate, se non ascoltare la radio, andare a far la spesa o a prendere le pile, mi buttai sui libri? O perché mia madre lavorava troppo e mio padre non faceva niente per aiutarla a venirne fuori, o perché eravamo pieni di debiti e bisognava risparmiare, o perché i miei non avevano avuto l'eredità? Non lo so. Ma era una cosa facile e semplice: non c'è bisogno di niente, per leggere, non chiedi un favore a nessuno e non dai fastidio. Nemmeno devi spostarti, prendere un treno o cosa. Ti serve solo un libro. E fai solo un gesto: lo apri. Diciamo che i libri se ne stavano lì, e io li ho incontrati. Oppure mi son venuti incontro, ed ero io che me ne stavo lì.

Quando compii nove anni, una vicina di casa mi regalò *Le mie prigioni* di Silvio Pellico. La gamba che amputano a Maroncelli; la rosa che lui vede accanto al letto in un bicchiere, e decide di regalare al chirurgo in segno di gratitudine... Se avessi letto quel libro più avanti, non so se mi sarebbe rimasto così impresso. Lo dico perché oggi nessuno lo legge più a nove anni, e a me sembra un peccato.

Erano tutti libri che facevano piangere. *Senza famiglia*, *Il piccolo lord*, *I ragazzi della via Pál*, *Il principe e il povero*, *I miserabili*, *Cuore.* C'era sempre qualcuno che soffriva, era malato, o affamato, o moriva. E moriva sempre il più buono, il più debole, quello che mai avresti voluto morisse. Poi alla fine, per quelli che non morivano, avveniva una specie di giravolta: il nonno cattivo imparava ad amare il nipote, il povero diventava ricco, l'assassino si redimeva, l'orfano trovava una famiglia.

Piangevo soprattutto alle ultime pagine. La fine di certi libri fa sempre piangere, non perché le storie finiscono male ma perché finiscono bene. Per via della giravolta. Ciò che ci fa piangere è che a un certo punto le cose da terribili si giravoltano in meravigliose, e una vita triste diventa felice, l'avaro regala tutto agli altri, il malato guarisce, l'uomo che ami e che credevi morto ritorna, la nave ferma riparte, la burrasca finisce. Piangiamo proprio quando le cose si mettono bene, forse perché si erano messe talmente male che ora non ci possiamo credere. Quando la vita diventa in un attimo bella, da brutta che era: questo ci commuove. Piangiamo per ammirazione. Ci sembra così incredibile quel che vediamo succedere in un libro, che mai saremmo capaci di immaginarlo. E ci viene, come se i libri fossero la vita, un'immensa fiducia verso *la nostra* vita, verso ciò che di inimmaginabile ci può riservare.

Leggevo e piangevo. Le parole a un certo punto mi arrivavano negli occhi annacquate, come avessi passato un lago. Ed era quel leggere piangendo che mi consolava: entravo talmente in quelle storie che uscivo da me. Per piangere meglio, non ero più io. E anche quando poi rientravo, non assomigliavo più alla bambina della sarta. Ero molto di più. Ero stata un'orfana, un naufrago, un principe, una serva, un giovane che perde la gamba, e da tutto ero uscita indenne. Qualsiasi cosa fossi diventata, ora ero invulnerabile. Non poteva succedermi più niente di male.

Per questo parlo di consolazione, quando si legge.

Ma ci vuole una ferita, per leggere.

10

La colonia Fiat

La divisa nel cassetto

Avrei condotto un'esistenza tranquilla e serena, appesa ai miei salvagenti. Avrei potuto farcela a superare tutte le estati chiusa in casa. Avevo il mio mare calmo: la tenda verde, i «Topolino» nell'armadio di ferro, i libri veri. Ma la vita non stava in mio potere. Nessun salvagente mi salvò: a luglio, tutti gli anni, gli implacabili mi mandavano in colonia. Avevano deciso: non andava bene che io passassi l'estate in città, che me ne stessi "sacrificata" solo perché loro lavoravano. I miei pensavano che sarebbe stato un sacrificio per me. Il solito tragico equivoco. Dovevo prendere quella benedetta aria buona, giocare con gli altri bambini, fare passeggiate, ballare e cantare, curarmi la timidezza e tutta la solita tiritera.

Per me fu come andare ai giardini, ma moltiplicato per trenta: i giorni di un mese, cura intensiva. Era la realtà che ancora una volta – e come poi fu sempre – s'insinuava e rompeva gli equilibri: ora che avevo incontrato i libri, la vita vera m'interrompeva la lettura.

La Fiat aveva colonie sia al mare sia in montagna, per i figli dei dipendenti. Se mio padre era molto fiero di lavorarci, era anche per via delle colonie: grazie alla generosità della sua Fiat poteva mandare la figlia in vacanza, al mare o in montagna, come voleva. Era come se la Fiat facesse un particolare regalo a lui. Un po' come il pacco dono che regalavano a Natale a noi figli dei dipendenti: un bel giorno si andava a Torino

Esposizioni, tutti i dipendenti Fiat con moglie e figli, una gran folla, chi entrava e chi usciva col suo pacco sotto il braccio, e poi si andava via felici come se ci avessero conferito un premio per qualcosa di eccezionale che manco sapevamo di aver compiuto.

Per andare in colonia bisognava fare domanda in primavera, una visita medica, infine ritirare la divisa. Quindi era una storia lunga, una sofferenza che iniziava molto prima di partire e durava mesi. Era come se quell'evento inesorabile che si sarebbe poi abbattuto su di me si dilatasse, diluendosi in un tempo infinito. Una tromba marina che si annunciava da lontano e poi ci metteva un secolo ad arrivare, e tu lì a guardare quanto lentamente si avvicinava. Giorni e giorni a pensare di dover partire, al punto che poi, quando arrivava il giorno fatidico, ero ormai talmente stremata dal dolore che la partenza vera e propria non era più niente, anzi, quasi un sollievo. Sparata finalmente in aria dalla tromba marina, e buonanotte.

Alla visita medica stavamo in coda per ore. Quando veniva il mio turno mi chiamavano forte dal corridoio e avrei dato non so cosa per non essere io, per non dovermi alzare dimostrando così d'esser io ad avere quell'orribile cognome. Quasi sempre me lo storpiavano. Maccasciulla, Mannasciulla, o anche Mancasciula, con quella "l" sola che mi sapeva di cipolla, dal momento che cipolla in piemontese si dice siula. Una volta fatta cadere quella "l", arrivavano persino a cambiarmi l'accento: Mancàsciula. Non capivo come poteva succedere una cosa simile. Era così difficile leggere bene e pronunciare giusto? Sprofondavo dalla vergogna. Gli altri si chiamavano in modi semplici e piani: Bernardi, Ferrero, Ferrari, Bianchi, Rinaldi, Rossi... Mi sarebbe piaciuto tanto, un cognome incolore.

Ci consegnavano la divisa nella palestra di via Magenta. Era in centro, e si doveva prendere il tram e scendere in un grande corso con viali alberati e palazzi antichi. Ma non era come andare a prendere le pile in via Belfiore: non mi godevo il tram, guardare fuori dal finestrino, e nemmeno camminare tra le foglie.

Mi ero iscritta alla colonia del mare, il primo anno. Quando i miei avevano dovuto compilare il modulo, avevo ottenuto almeno di poter scegliere il mare. Già la divisa marina era più bella: maglietta bianca, pantaloncini blu e cappellino bianco, ma soprattutto i sandaletti color cuoio al posto degli scarponcini da montagna. Mi piaceva. Non sapevo che poi, arrivati a destinazione, ci avrebbero dato una divisa più triste, color cachi, e quella di via Magenta l'avremmo rimessa solo per tornare a casa, eleganti come eravamo partiti.

Siccome mancavano mesi, mia madre riponeva la divisa in un cassetto. Non vederla mi tranquillizzava, potevo pensare che niente di tragico era ancora successo e niente era certo; che, insomma, anche se la divisa eravamo andate a prenderla, qualcosa alla fine avrebbe cancellato la colonia e io non sarei mai partita per un luogo che s'era eclissato dagli orizzonti. Ero come Gertrude che fino all'ultimo spera di riuscirci, a non diventare la monaca di Monza.

Intanto facevo come nulla fosse. I mesi che avevo davanti provavo a godermeli il più possibile. Ma era come avere un macigno sospeso a una corda, sapendo che qualcuno a un certo punto l'avrebbe tagliata. Il brutto era che la vita di sempre, anche banale e scialba, mi appariva di colpo meravigliosa, pur non contenendo nulla di diverso. Anzi, era proprio quell'immutabilità, quel lento scorrere dei giorni tutti uguali, il fiume tranquillo e benefico delle cose più insignificanti, a rendermi sconsolata. Anche gli oggetti della vita quotidiana diventavano stupendi: le forbici, la scatolina di latta degli spilli, la pentola per la pasta a cui mancava un manico, la fruttiera di vetro rosa, il carrello sghembo della tivù. Tutto ciò che era solito, normale, anche bruttino, assumeva di colpo una preziosità, si circondava di una luce che non avevo mai visto. La luce improvvisa delle cose che siamo costretti a lasciare.

Mi illudevo che ce l'avrei fatta a spostarmi dal macigno, bastava solo parlare, dire con franchezza che io in colonia non ci volevo andare. Mia madre mi avrebbe ascoltata, mi voleva bene. Prendevo coraggio e gliene parlavo. La sera, dopo aver sparecchiato, aspettavo che mio padre posasse l'apparecchio acustico e andasse a dormire con le sue orecchie spente, e ne parlavo a mia madre. Le andavo in braccio, le chiedevo se per piacere non mi mandava via. Sorrideva triste, continuando a cucire: «Donata, vai al mare! A te che piace tanto il mare... Pensa quanti bagni, quanto giocherai con gli altri bambini... Alla fine vedrai che non ci pensi neanche più, alla tua mamma!». Più mi diceva così, più sentivo crescere il bene che provavo per lei, e l'amarezza di non essere come avrebbe voluto: una bambina felice di partire. Allora la smettevo. E non arrivando a ottenere nulla, tornavo a sperare che qualcosa intervenisse a fermare gli eventi. Che io mi ammalassi, per esempio. O che la casa s'incendiasse, o mio padre si rompesse una gamba e io dovessi aiutarlo in casa. Qualcosa dall'esterno, di estremo. Guardavo al telegiornale le immagini di ogni disgrazia, un nubifragio, un crollo, una guerra, anche piccola. Immaginavo devastazioni. Che non avvenivano. Non succedeva mai niente. Inutile anche sperare che il mese di luglio non iniziasse mai, che qualcosa nel corso del tempo s'inceppasse e si andasse di colpo al mese successivo.

Niente. Il giorno della partenza arrivava. L'inesorabile è questo, vuol dire "non ottenibile con preghiere", quindi puoi pregare quanto vuoi ma lui ti piomba addosso. Infilavo i sandaletti di cuoio, la maglietta bianca, i pantaloncini blu, il cappellino con visiera e così vestita prendevo il tram. Mi pareva che la gente mi guardasse con tristezza e pena, che lo capisse dalla divisa, a quale disgrazia andavo incontro. Nella palestra di via Magenta entravamo a grappoli. Tutti bianchi e blu, tutti appesi alla mano di mamme e padri. Quella uniformità avrebbe dovuto consolarmi, ero il dente minuscolo di un ingranaggio gigantesco fatto di denti tutti uguali che ruotavano uno dietro l'altro. Ma non trovavo nessun conforto, a essere uno di quei denti.

Venivano i saluti, i baci, le raccomandazioni, il treno che partiva e noi al finestrino, chi riusciva a guadagnarselo, il finestrino. Io decidevo di starmene accucciata sul sedile, almeno mi evitavo lo strazio di prolungare la vista di mia madre e di vederla poi rimpicciolire, lei ferma al binario e io che mi muovo portata via dal treno. Lo strappo. Non lo sopporto ancora adesso, un treno che parte. All'ultimo però mi pentivo, mi veniva la disperazione di non averla salutata e allora mi alzavo dal sedile, cercavo vanamente uno spiraglio per rubarmi un'ultima inquadratura materna. Troppo tardi, non riuscivo a diradare la calca delle altre bambine che, più lucide di me, s'erano accaparrate il finestrino.

Il treno mi portava via all'istante. Era appena partito e io già mi sentivo dentro un'altra vita, sconosciuta e crudele: una vita senza mamma. Chiusa nello scompartimento con degli estranei, pregavo che ci fosse almeno una, tra le compagne, con cui non dico che sarei diventata amica, ma almeno non mi sarei trovata troppo male. Di amiche non riuscii mai a farmene. Impresa impossibile, per me in colonia. Non me n'è rimasta in mente nemmeno una, delle mie compagne di prigionia, in tanti anni. Dico nemmeno una, dico memorabile anche solo per un minimo dettaglio. Niente. E le spiegazioni sono due: o io ero incapace di memoria, diciamo che la mia memoria selettiva non selezionò mai nessuna, oppure loro erano non-memorabili. Comunque sia, sono scivolate tutte quante nel gorgo informe dell'insignificanza collettiva.

Pregavo anche che mi capitasse la signorina buona. Eravamo divisi in squadre, le femmine da una parte e i maschi dall'altra, ogni squadra con un numero e, a capo, una signorina. A lei bisognava obbedire. Ma c'erano signorine buone e signorine cattive, che non sorridevano mai e urlavano sempre, e se ti capitava una di queste indiavolate eri fritto. Non ho ricordi nemmeno delle mie signorine, ne deduco che mi fu evitato il peggio ma anche il meglio; probabilmente mi toccò una buona e grigia mediocrità.

Dormivamo in cameroni giganteschi, un lettino accanto all'altro, separati da un armadietto di ferro smaltato, che faceva da comodino e anche da posto dove mettere le nostre quattro cose. Io ci mettevo l'orso. Mi serviva per piangere. Tutte le sere, quando si spegneva la luce e avevamo l'ordine di dormire subito, senza parlare, mi stringevo l'orso e piangevo sul suo pelo. Piangevo meglio, avendo lui. Dovevo solo stare attenta a non schiacciargli la pancia, se no suonava e si accorgevano che ero una che dorme con l'orso.

Piangevo anche al mattino, al momento dell'alzabandiera. Non so cos'era, vedere quella bandiera che veniva issata fino in alto, noi tutti fermi e zitti, sull'attenti, il silenzio, la musica dell'inno. Non so, piangevo e basta.

Colonia di mare

A spiaggia ci portavano la mattina, il pomeriggio mai. Avevamo un costume di lana blu con la pettorina che, intriso d'acqua, s'allungava fino alle ginocchia e diventava pesante come il piombo.

Quando vidi quel mare, non lo riconobbi. Per me non era mare. Era un'acquerugiola grigioverde, con le onde basse che non finivano mai di arrivare, nessuna che sbattesse a riva rotolando con sé i ciottoli. Non c'erano ciottoli né pietruzze. Solo una sabbia fine che entrava dappertutto, anche nelle orecchie, e nascondeva conchigline minuscole e perlopiù frantumate.

Il mare lo amavo troppo per odiarlo, ma quel mare non mi piaceva. Non era il mare di Riva Trigoso, non erano le onde giganti che se ci sei in mezzo ti prendono nel vortice e ti pare di annegare. Mi era capitato, una volta. Facevo il bagno col mare grosso, mi piaceva aver paura. Non calcolai bene i tempi e feci il giro dell'onda. Sembrava di essere nella centrifuga della lavatrice, niente da fare, dovevo aspettare che l'onda mi sbattesse sulla riva. Fu un attimo di buio violento, come se qualcosa mi stritolasse. Ne uscii stordita, mi assalì un senso di pericolo scampato, il gusto salato e amarognolo di una fine che poteva essere e per miracolo non era stata, ma che in qualche misura sì, era stata. Mi buttai sulla sabbia in un misto di felicità e angoscia. Salvarci non ci salva dal pensiero che potevamo non salvarci.

In colonia era permesso fare il bagno solo se il mare era calmo. E il mare non era mai calmo. Anche quando era palesemente una tavola levigata, le signorine decretavano che c'era mare mosso e il bagno non si faceva. Dove lo vedevano quel mare mosso? Le rare volte che si poteva entrare in acqua, dovevamo aspettare il fischio. Avevano un fischietto diabolico per darci il via, e solo a quel suono da ambulanza correvamo in massa verso il mare. Sembravamo una mandria inseguita da uno sciame di vespe. Ma durava poco, il bagno doveva essere cortissimo, il fischietto tornava a ululare e dovevamo uscire subito di corsa. Era allora che il costume diventava pesante, ci tirava giù. Poi si asciugava, e la lana tornava a pungere.

Il bagno era l'unica luce. Ma in un mese ben pochi bagni. Frettolosi e brevi, infeltriti e grigioverdi.

All'una tornavamo per il pranzo, ci lavavamo i denti, ma era vietato bere ai rubinetti del bagno. Era vietato bere anche a tavola, fino a che non veniva servito il secondo. Mentre si mangiava il primo, pastasciutta o minestra, non era concesso neanche un sorso. Le signorine sorvegliavano, fischiavano a chi sgarrava. Una sete disumana ci attanagliava. Mi è rimasta. Da allora quando mangio il primo, pastasciutta o minestra, bevo. Bevo anche se non ne ho nessuna voglia.

Il morbillo segreto

Quel primo anno di colonia presi il morbillo. Mi ammalai quasi subito, così a spiaggia ci andai solo i primi giorni e il resto del mese lo passai in infermeria.

Non era tanto di perdermi il mare e i giochi con le altre, era che mia madre non ne sapeva niente. Io ero malata, e lei lo ignorava. Di sicuro sarebbe venuta di corsa a prendermi se solo avesse saputo, o avrebbe chiesto di vivere lì con me, seduta al mio capezzale tutto il giorno, toccandomi ogni tanto la fronte e facendomi la spremuta.

Ricevevo lettere dai miei, in cui mi scrivevano quanto erano contenti che io mi divertissi e giocassi con gli altri bambini; immaginavano i miei bagni tra le onde, i giochi, le amicizie, e io non potevo informarli che passavo le giornate a letto con la febbre e il viso rosso paonazzo di macchie. Mi faceva soffrire quella discrepanza, tra quanto bene loro pensavano che stessi, e quanto male invece stavo.

A un certo punto guarii. Il mese però era quasi tutto passato. Ero sfebbrata e potei alzarmi dal letto, ma non mi permettevano ancora di lasciare l'infermeria e tornare in squadra con le altre. Le guardavo dalla finestra. Stavo alla finestra il più possibile, e soffrivo.

Soffrii soprattutto quando ci fu la festa finale, una specie di spettacolo teatrale in cui bambini e bambine indossavano il costume da gondolieri veneziani. Forse quella colonia di mare era in Veneto, non ricordo. Oppure non era in Veneto e c'erano lo stesso le gondole, nello spettacolo. O non erano gondole? Guardai la festa dalla finestra. Sentivo i canti, vedevo tutti ballare e recitare. Indossavano magliette a righe, bianche e blu i maschi, bianche e rosse le bambine. Era tutto un ondeggiare di righe. C'erano anche delle grandi gondole di cartone, o quelle che a me sembravano gondole, e sullo sfondo il disegno delle onde che andavano a destra e a sinistra, e fingevano il mare. Io alla finestra, esclusa.

Quando arrivò il giorno della partenza, ero inutilmente sana. La colonia era finita, cosa me ne facevo ormai di stare bene?

Venne mia madre a prendermi e glielo dissi subito, appena scesa dal treno, che avevo avuto il morbillo. Me l'ero tenuto dentro troppo a lungo, e mi uscì come un fiotto di sangue che sgorga da una ferita aperta. Scoppiai anche in un pianto dirotto, mentre glielo dicevo. Camminavamo ancora sotto la pensilina, tra i binari, strette tra due treni fermi. I treni fermi, che mistero! Non si capisce mai se stiano per partire o siano appena arrivati. Sentivo l'odore di ferro di tutte le stazioni. Piangevo per me, per quel che la malattia mi aveva tolto, ma piangevo anche per mia madre, perché non l'aveva saputo, e mi immaginavo che, apprendendo purtroppo solo allora e solo a ritroso quanto ero stata infelice, ne soffrisse più di me. Mi teneva per mano. Si fermò, eravamo ancora sotto la pensilina. Chinò il viso a guardarmi: «Ma Donata... Ma cosa mi dici...!». Forse mi strinse anche di più la mano. Non so. Sta di fatto che tutto quel che fece e disse – non importa cosa fu e cosa ora io ricordo – mi sembrò infinitamente scarso, insufficiente a risarcirmi.

Sperai che con la storia del morbillo segreto non mi avrebbe mai più mandata in colonia, che in qualche modo collegasse il morbillo alla colonia e la eliminasse dalla mia vita, vedendone gli effetti nefasti. Ma non fu così. In colonia mi mandò per sempre, fino a che ne ebbi diritto, ossia al compimento degli undici anni.

Da allora, ogni volta che tornavo piangevo. Ero ancora sul treno e, al solo pensiero di mia madre che m'aspettava al fondo del binario, mi nasceva quel bisogno di piangere, anche se non mi era venuto nessun morbillo e non era successo niente di brutto. Ero stata sola, però, senza di lei: possibile che fosse questa la ragione? Buffo che quella solitudine in cui ero stata per giorni si facesse sentire soltanto quando era finita e, a rigor di logica, non ci fossero più ragioni di soffrirne. Diventavo triste proprio quando avrei dovuto smettere di esserlo... Il ricongiungimento più doloroso della separazione? Mi capita ancora adesso di piangere, quando torno da un viaggio in treno (con l'aereo mi capita meno). Insopportabile un treno che arriva, molto più di un treno che parte. Il treno rallenta per entrare in stazione, scendo dal predellino, percorro la via del binario, e mi viene il groppo. Soprattutto se c'è qualcuno che viene a prendermi. Secondo me c'entra ancora quel morbillo. Inconsciamente, patisco che chi mi viene a prendere non abbia condiviso nulla con me. Come sarebbe, tu mi vuoi bene, eppure non sai niente di quel che ho vissuto? Allora mi viene da piangere, per quell'ignoranza che stona, che mal si collega con l'affetto. Tornare è sempre il morbillo che nessuno ha mai saputo.

Andai dolorosamente alla morte per tutti gli anni delle elementari. Sei estati, sperando ogni volta che fosse l'ultima. E fu tutto inutile: non guarii affatto dalla timidezza. Rimasi timida.

Una cosa non escluse l'altra: direi che la sofferenza dell'andare in colonia si aggiunse alla timidezza, fu un male in più tra tutti i mali del mondo scappati dal solito vaso scoperchiato. D'altronde non credo che la timidezza se ne vada mai. E non credo sia un male. È una patella. È una di quelle conchigliette gentili e ostinate: si attacca a noi alla nascita e non ci molla più. Siamo il suo scoglio. A volte ci sembra, negli anni, che ce l'abbiano strappata via. Ma non è vero, sta solo sonnecchiando all'ombra di qualche alga fluttuante o mucillaggine verdastra. Cova. La timidezza cova sempre. Non dobbiamo ingannarci, e fare i furbi, come se fossimo nati spavaldi. Noi timidi siamo nati timidi. E avremo per sempre una sorta di ritrosia, una predisposizione naturale a non esserci, a rimanercene acquattati e nascosti. Così come avremo sempre un soprassalto, ogni volta che ci scoveranno. Perché alla fine ci scovano sempre. Ci scovano come quando scostano le tende del salotto e scoprono, lì dietro, il ragazzino colpevole che ha rubato i cioccolatini.

Ci sentiremo sempre come se avessero scostato le tende e ci avessero scoperti, noi timidi. Anche se non abbiamo rubato i cioccolatini.

Colonia di montagna

A un certo punto i miei decisero che mi faceva meglio l'aria di montagna e il mare della colonia non lo vidi più. Di diverso c'era che nella palestra di via Magenta ci davano gli scarponcini invece dei sandaletti di cuoio, pantaloncini blu più pesanti e anche una giacca a vento. Per il resto, era tutto uguale: lasciare la mamma, prendere il treno, vivere con sconosciuti, fingere di giocare e cantare, fare merenda sul prato e ogni sera piangere sul pelo dell'orso.

Alla colonia di montagna imparai a odiare la montagna. Ci portavano in passeggiata, dopo la colazione e l'alzabandiera. Uscivamo ordinatamente in fila per due. Sembravamo formiche stanche, a cui comandavano di cantare. Si cantava sempre, in montagna, camminando. Ci insegnavano canzoni che parlavano di alpini, o di cowboy e di whisky, cavalli e casette nella neve. Ce n'era una che mi faceva piangere, il *Walzer delle candele*. Mi faceva piangere già solo il titolo. Non so che storia raccontasse la canzone, quale dolore. C'era qualcuno che partiva, come eravamo partiti noi. E c'era un'idea di abbandono eterno, qualcosa che si rompeva e non si ricomponeva più. E poi quella candela, insopportabile.

Domani tu mi lascerai
e più non tornerai.
Al lume di candela che
già si spegne piano pian.

Non capisco perché ci costringessero a cantare una canzone così triste. Avrebbero dovuto liberarci dalla tristezza, non alimentarla. O *volevano* farci piangere? Pensavano che ci facesse bene? Gli adulti hanno una strana idea di cosa sia bene o male per noi.

Sui sentieri incontravamo altri bambini che andavano come noi in passeggiata. Con una differenza: loro erano con i genitori. Li guardavo con invidia. Anche per com'erano vestiti, tutti diversi, magliette chi di un colore chi di un altro, pantaloni lunghi o corti, ognuno con il suo zaino e il suo berretto. Non come noi vestiti tutti uguali. Loro erano persone libere, noi un gregge incatenato.

Il pomeriggio stavamo in pineta. Sedevamo sugli aghi di pino secchi che ci pungevano le gambe. Vivevamo immersi in quegli aghi, e cantavamo seduti in circolo. O giocavamo in gruppo, per esempio al gioco del fazzoletto: due squadre avversarie, dieci bambine in fila per squadra, e una al centro, equidistante dalle due file, che teneva il fazzoletto, chiamava un numero e le bambine che avevano quel numero partivano. Diceva: «Numero otto!». E le due bambine numero otto, dell'una e dell'altra squadra, correvano a chi per prima afferrava il fazzoletto. Io arrivavo sempre ultima, il braccio proteso a carpire il nulla, e quel fazzoletto che per un pelo l'altra m'aveva soffiato sotto il naso, e s'involava.

Alle cinque arrivava la merenda. Dovrei dire *fluttuava* la merenda. Noi eravamo tutti seduti sul prato a gambe incrociate, con rametti, aghi di pino e formiche che ci entravano nei pantaloncini. Eravamo lì sparsi e fermi e a un tratto scorgevamo da lontano fluttuare leggiadre ragazze vestite di celeste, col grembiulino bianco svolazzante e un grande cesto rettangolare sotto il braccio: era la merenda che planava sul prato. Da una parte, le ragazze che portavano i cesti di pane, certe pagnottine minuscole e glabre, pallidissime, che si chiamavano bocconcini; dall'altra, le ragazze che portavano i cesti con la vera merenda, il companatico, che ogni giorno variava ma a cicli ripetuti: la domenica barrette di cioccolato, il lunedì pere, il martedì la marmellata, il sabato il formaggio, e via così. Più pane e pere che altro, comunque. La settimana scandita dal tipo di merenda. Quando c'era il cioccolato eravamo così contente che qualcuna di noi non lo mangiava subito, se lo teneva per dopo e si sbocconcellava solo il pane senza niente; oppure non lo mangiava proprio, per barattarlo con qualcos'altro. O c'era chi lo mangiava ma si teneva la stagnola, e quando ne aveva accumulata un bel po' faceva braccialetti, collane, anelli, che poi scambiava con altre barrette di cioccolato e via così.

Giocavamo anche a prenderci, al gioco dei quattro cantoni, a palla avvelenata, palla prigioniera; o alla "settimana", tracciando con un bastoncino sul terreno sette quadrati numerati, dentro cui bisognava saltare con un piede solo.

Mi sentivo molto triste quando giocavamo, qualsiasi gioco facessimo. Mi sembravano stupidi tutti i giochi, solo un modo per farci passare il tempo, le giornate, una uguale all'altra. Mi sentivo triste quasi sempre, per l'esattezza. Per il latte rosa del mattino, per esempio; ci davano una scodella piena di un liquido rosato indefinito, forse perché nel latte ci mettevano troppo poco cacao, e quel cacao scarno non ce la faceva a diventare una cioccolata calda, restava solo un'idea di cioccolata. Oppure ero triste per il budino, perché ce lo davano solo la domenica, e sapeva di minestra. Per la verdura lessa, quell'intrico di foglie molli e verdastre senza sale che forse erano costine o non so che cosa. Per la purea flaccida. Per le pagnottine troppo pallide. Oltre agli aghi di pino che ho già detto, le canzoncine melense, l'odore di resina, il pane e pere, la rete di metallo tutt'intorno, andare in fila in passeggiata, e un mucchio di altre cose che sarebbe inutile aggiungere. Mi sembrava di girare sempre in circolo, come un criceto sulla ruota. Forse era perché stavamo in una torre. Tutti noi bambini alloggiati in una grande torre color rosso mattone, che si ergeva sui monti e si vedeva da lontano. Dentro non c'erano scale, ma un percorso piano che saliva girando in tondo a spirale per tutta l'altezza della torre. Stare in colonia era quel girare in tondo, salendo e scendendo di continuo.

Al mattino presto, subito dopo colazione, c'era il momento della posta. La signorina chiamava per cognome chi aveva ricevuto posta. C'era chi ne riceveva tantissima, e chi non ne riceveva mai. A me arrivava qualcosa tutti i giorni perché mio padre mi scriveva di continuo. Lettere o più spesso cartoline, bellissime, con fiori, gattini dentro un cesto, cuccioli di cane, pulcini. A volte cartoline con gli occhi che si muovevano, quelle erano il massimo. Anche cartoline postali, si chiamavano così; erano cartoline giallognole senza immagini, dove si poteva scrivere un lungo testo, come fosse una lettera aperta, senza busta; a mio padre le cartoline postali piacevano molto, le riempiva fitte fitte con la sua grafia minuta e tutta chinata verso destra. Quando sentivo chiamare Mancasciulla, andavo dalla signorina che mi consegnava anche tre o quattro cartoline per volta. Ero felice, ma ci andavo camminando lenta e tenendo la testa bassa perché mi vergognavo di quella fortuna.

C'era una bambina che mi guardava con invidia, o almeno così a me pareva. Si chiamava Ortensia e non riceveva mai posta. Era pallida, zoppicava un po' e nessuno la chiamava a giocare, neanche per i giochi dove non bisognava correre o fare salti, per esempio le partite a carte. Le avrei regalato volentieri qualcuna delle mie cartoline, ma c'erano scritte le frasi dei miei. Cosa se ne faceva Ortensia di quei *Baci e saluti cari* destinati a me?

Riva Trigoso

In agosto arrivava il mare e mi salvava. Il mare vero, quello di Riva Trigoso. Dico arrivava perché non ero io che mi muovevo per andare da lui, era lui che veniva a prendermi. O almeno, a me pareva. Era il gigante buono che mi strappava da tutto e mi portava con sé; sentivo avvicinarsi il suo respiro, il ritmo del fiato. Avevo finalmente la vita che volevo, in agosto, al mare. Dimenticavo persino la missione, perché non ce n'era più bisogno: mia madre smetteva di lavorare e faceva la signora.

Gli ultimi giorni di luglio no, erano ancora un inferno: doveva sbrigarsi a consegnare i vestiti alle clienti che partivano in vacanza. Ma il pomeriggio del 31 luglio andava dalla pettinatrice. E la sera dopo cena, seduta ben sotto il lampadario, si metteva lo smalto sulle unghie, anche sulle unghie dei piedi. Io a vederla bionda, cotonata e con tutte quelle unghie che diventavano conchigliette rosse e luccicanti, mi tranquillizzavo. Potevo mollare la guardia.

Il 31 luglio preparavamo anche le valigie. Io ci pensavo una settimana prima, a cosa portarmi. Facevo il piano. La cuffia e il costume, gli occhiali da sole, gli zoccoletti di legno, il berretto turchese da marinaio e la bussola. Una bussola che sembrava uno di quegli orologi con la catenella da appendere al panciotto. Io ci mettevo un cordino, me la legavo al bottone di una tasca e ogni tanto aprivo il coperchietto di acciaio per consultare il quadrante, come fosse davvero un orologio.

Prendevamo il treno al mattino presto. Alla stazione ci arrivavamo in tram trascinandoci le valigie. Erano treni lenti e affollatissimi, tutti partivano il 1° agosto. C'era caldo e sudore, e bagagli dappertutto che ingombravano il passaggio nei corridoi, la gente si accalcava dove poteva, ma nessuno mangiava panini imbottiti di salame e unti. Il treno per il mare era diverso dal treno faticoso e lugubre che prendevamo per andare in Abruzzo: viaggiava di giorno, era chiaro, luminoso, felice e svelto, in due o tre ore arrivava. Se c'era posto mi sedevo nello scompartimento e aspettavo che il treno lasciasse la pianura. Quando cominciava a percorrere la litoranea, mi mettevo in piedi nel corridoio: volevo guardare il mare e, appena arrivava, non perdermene nemmeno uno spicchio. Quando si riusciva a vederlo, tra una galleria e l'altra. Certi scorci minimi che balenavano un attimo, spiagge che duravano solo mezzo minuto dove carpivo al volo la gente che prendeva il sole o si buttava dagli scogli: assaggi della vita marina che mi aspettava.

Già quel viaggiare poche ore mi cambiava. Mollavo gli ormeggi che mi tenevano bloccata a terra, lasciavo le acque morte del porto e spariva tutto: il cucinino non riscaldato, la casa dei nonni contadini piena di mosche, le parole lavoro, debiti, cinghia e sacrifici. Non ero più la bambina della sarta, né la figlia di un meridionale. Forse ero venuta al mondo per andare al mare. Dimenticavo che era solo una vacanza, e che agosto era solo un mese. Io partivo per sempre. Andavo a conquistare terre sconosciute e a compiere chissà quali imprese avventurose. Mi sentivo Magellano, Cristoforo Colombo, Nembo Kid e Robinson Crusoe.

Il primo giorno era perso, non si andava a spiaggia. Arrivavamo tardi e dopo pranzo bisognava fare il riposino. Avevo l'obbligo anch'io, che non dormivo mai di pomeriggio, figuriamoci al mare, il primo giorno di mare. Stavo sveglia a guardare la luce filtrare dalle persiane verdi, la metà dell'anta che si apre puntando un'asticella di ferro e sembra una palpebra mezza aperta e mezza no. Me ne stavo sveglia in quella penombra e mi anticipavo nella mente il momento del mare che mi viene incontro.

Il mattino dopo compravamo la focaccia, il giornale, un ombrellone e una sdraio, ed eravamo pronti. Andavamo in spiaggia libera, non negli stabilimenti balneari dove si paga. C'era un fiumicello dall'acqua tormentata verde-marrone che spaccava in due il paese, da una parte era Levante e dall'altra era Ponente. Noi abitavamo a Levante ma la spiaggia libera era a Ponente, quindi guadavamo il fiume nel punto dove si buttava in mare ed era alto pochi centimetri, gli zoccoli in mano, borse, thermos, sdraio e ombrellone. Passare il fiume era "andare di là", qualunque cosa volesse dire, buona o cattiva. Bastava scegliere il posto più sgombro, piantarci l'ombrellone infilando il bastone nella sabbia e facendolo roteare con forza finché affondava, e quello era il nostro posto per tutto il mese. Nell'ovale d'ombra mio padre apriva la sdraio per mia madre. Poi se ne andava in giro sul bagnasciuga per conto suo, e tornava dopo ore.

Io aspettavo che arrivassero le undici. Prima di due ore la digestione non era finita e, se avevamo fatto colazione alle nove, le undici erano il minimo. Era una legge ferrea che valeva per tutti, di aspettare due ore. Mia madre se ne stava sulla sdraio a prendere il sole e fare le parole crociate. Era la prima cosa che faceva appena arrivati, di comprarsi la «Settimana Enigmistica». Un anno si portò anche la radiolina portatile, se l'appendeva al bracciolo della sdraio e ascoltava le canzoni dell'estate. Poi quando veniva l'ora si alzava e andava verso riva, si calcava la cuffia di gomma sui riccioli cotonati ed entrava in acqua, solo fino alla cintola, stando ferma, in piedi, a fare due piegamenti e muovere le braccia in circolo, come nuotasse.

A poco a poco ci facemmo delle amicizie, tra i vicini di ombrellone, famiglie come la nostra che venivano da altre città del Nord, con figli della mia età. Si creò una compagnia. Dicevamo: «Abbiamo la compagnia», e d'inverno ci capitava di pensare: chissà come sta la compagnia. Ogni anno si aggiungeva una famiglia. I primi furono i Martellotti, poi arrivarono i Pessotto, i Guaschi, i Berardi. Ognuno piantava il suo ombrellone vicino a quello degli altri e diventavamo una specie di tribù. Quando veniva il vento, abbassavamo gli ombrelloni a terra che ci facessero da riparo; sembrava una tendopoli sghemba e multicolore. Protetti lì sotto, noi bambini stavamo sdraiati a far niente ascoltando il fragore delle onde che si spaccavano a riva. E quando uscivamo da quella specie di tenda, il vento ci investiva e le vedevamo, quelle onde gigantesche e spumeggianti.

Mi piacevano le giornate di burrasca. Erano una pausa, interrompevano la consuetudine del sole e dei bagni. Ma non era solo quello. Era il vento. Quando veniva il vento, diventavo felice. Ancora oggi è così. Il vento mi fa sperare che il mondo cambi, che qualcuno arrivi, che la mia vita non sia più la stessa, fatta di aria stagna e foglie immobili. Quando arrivava il vento a Riva Trigoso, in quelle giornate burrascose, e il mare ci veniva addosso e tutto intorno turbinava, avevo la sensazione di essere nell'universo, che fossimo tutti, ognuno di noi, un elemento tra gli elementi. C'erano i cavalloni, la spuma, il vento, il tuono, le nuvole veloci, e c'eravamo anche noi esseri umani, presi nello stesso vortice.

Non dappertutto il mare fa le onde gigantesche. I mari non sono tutti uguali, in certi posti l'acqua arriva piano, voltolandosi in ondine minute per decine di metri. A Riva Trigoso c'era quella fortuna, che le onde erano spaventose. Le guardavo da lontano abbacinata, ammirata. Durava due o tre giorni, mai meno. Arriva il vento e il mare comincia a montare, raggiunge il massimo e poi a poco a poco decresce. Ma deve seguire il suo corso, non c'è nulla che lo può abbreviare. Mi piaceva quella ineluttabilità, il pensiero che nessuna nostra azione o desiderio potesse interferire. C'è un grande senso di pace, in ciò che non è in nostro potere. I maschi facevano il bagno lo stesso, buttandosi in onde anche altissime. Era il loro gioco, mettersi sotto l'inarcarsi dell'onda e all'ultimo, prima che li travolgesse, fiondarsi nel mezzo a testa in giù, come portieri sulla rete per parare un rigore. Noi bambine li guardavamo esibirsi.

Le donne chiacchieravano da una sdraio all'altra, o sfogliavano riviste con gli occhiali scuri. Gli uomini andavano a cercarsi un pezzo di spiaggia libero dagli ombrelloni e giocavano a bocce. Noi bambini giravamo per bottigliette. Nel momento in cui il sole stava per calare, andavamo a raccattare le gazzose che la gente aveva lasciato nella sabbia, vuote o mezze piene, con la cannuccia ancora inserita o senza. Era per riportarle al chiosco degli stabilimenti, dove ci davano qualche soldo per bottiglia, mi pare dieci lire. Era un gioco, non lo facevamo per i soldi, che subito spendevamo in caramelle e gomme da masticare lunghe e zuccherine. Era sentirsi padroni dell'intera spiaggia quando viene sera, padroni della giornata proprio quando se ne va.

Sognavo di stare a spiaggia tutto il giorno, non perdermi neanche un'ora di mare. Ma non si poteva. Bisognava tornare a casa per il pranzo, pastasciutta al sugo e riposino. Facevano tutti così, era il ritmo naturale delle giornate. Il sole dell'una era troppo forte e il bagno del pomeriggio si faceva solo alle cinque. C'era la storia del rischio congestione, allora la si pensava così. La giornata era tutta un'attesa, le undici al mattino, le cinque al pomeriggio. Il bagno non era un normale bagnarsi in mare, era un desiderio protratto, e poi l'esplodere della felicità. Stavamo bene attenti a non ingerire nulla dopo la colazione del mattino, e a non fare mai merenda, se no scattava un tempo supplementare che ci allontanava ancor di più dall'acqua. Controllavamo gli orologi. Alle ore consentite, allo scoccare preciso, ci lanciavamo in acqua; noi bambine adagio, con la cuffia che ci stringeva i capelli e faceva male, i maschi urlando e tuffandosi di colpo, sollevando spruzzi.

Dopo cena la compagnia si ritrovava. Ci vestivamo bene, per la sera. Gli uomini mettevano i pantaloni lunghi e la camicia, un maglione buttato sulle spalle, le maniche annodate sul davanti. C'era la passeggiata per il paese, da un capo all'altro, fino alla piazza della chiesa. Lì, tra le panchine di pietra, noi bambini giocavamo a prenderci.

Quando pioveva, andavamo a Chiavari a girare sotto i portici. O a Sestri Levante. Prendevamo il pullman in piazza e in mezzoretta arrivavamo. A Sestri bevevamo qualcosa seduti al bar, nei dehor protetti dai tendoni, in mezzo a grossi vasi di palmizi; ammiravo le signore, i portoni degli hotel, le auto lussuose, i bambini vestiti di bianco. C'era sempre una fragranza mista di essenze, crema solare, pelle abbronzata e fiori di oleandro. C'era solo lì, quell'aria densa di profumi, a Riva Trigoso no.

Anche il mare a Sestri Levante era diverso, mai mosso. Tanto che mi nacque l'idea che nel paese dell'eleganza il mare si trattenesse, limitasse le onde per non disturbare, perché tutto fosse perfetto. A Riva Trigoso invece non si faceva scrupolo, montava quanto gli pareva e infrangeva muri d'acqua sugli scogli. Come se anche il mare calmo fosse un segno di distinzione.

Il mese poi finiva. Tutti i mesi finiscono, ma agosto finiva di più. Finiva nel senso che per me lasciare il mare era la fine. I grandi dovevano tornare al lavoro e noi bambini a scuola, era normale. Ma io mi mettevo a pensare che il mare invece restava. Lui non se ne andava, noi sì.

Il vero nodo era chi partiva per primo, quale famiglia. Due o tre giorni facevano la differenza, partire il 28 o il 31. Per una strana legge inderogabile e malvagia, noi andavamo via sempre qualche giorno prima degli altri, mai il 31. A mia madre arrivava già del lavoro, o la Fiat apriva prima, non so cosa fosse ma eravamo sempre noi a iniziare la fine delle vacanze.

C'è qualcosa di tremendo nell'andarsene prima degli altri; la sensazione che il flusso s'interrompa solo per noi, che solo per noi le cose non raggiungano in modo naturale la loro fine; che si venga strappati via. Diventava molto chiaro il giorno dei saluti. Chi va via saluta chi rimane. Ed è proprio lì che si annida il male, la crudeltà. Salutare vuol dire che qualcuno resta, e non sei tu. Agli altri si aprono nuovi bagni, nuotate, gazzose con la cannuccia, burrasche e notti stellate, e a te non si apre più niente. La vita per loro va avanti, mentre tu la devi lasciare.

Per chi va via per primo, il nastro del tempo si blocca. Non c'è più nessuno svolgimento. Persino il mare non fa più le onde. È come se per noi morisse.

E forse anche noi che ce ne andiamo, per lui, moriamo un po'.

11

Bitti

L'amica di ringhiera

Bitti arrivò nella bonaccia della mia solitudine e mi portò il vento. Durò poco, solo tre anni. Ma, a pensarci adesso, invertì per sempre la mia rotta.

Sparì all'improvviso, così com'era apparsa, e diventò la mia amica persa. Gli amici persi, quelli con cui abbiamo stretto un legame molto forte e che poi di colpo svaniscono, per ragioni che non sappiamo o anche senza una ragione al mondo. Sono così diversi dagli altri, dagli amici che si mantengono nel tempo. Hanno qualcosa in più. Forse perché con loro pensavamo di fare un sacco di cose che poi non abbiamo fatto: uscire la sera, fare trekking in montagna, mangiare focaccia su uno scoglio, andare a ballare, crescere i figli, accompagnarci fino alla morte.

Siamo, con gli amici persi, privati di tutto quel che sarebbe stato. Come quando al cinema la pellicola si rompe e sullo schermo resta l'immagine bloccata, il film non va più né avanti né indietro, e per intero non lo vedremo mai. Hanno qualcosa in più perché sono la vita che poteva essere, tutta quella infinita trama di possibilità che avevamo davanti e invece poi s'è sfilacciata, e ora a noi sembra, proprio perché s'è sfilacciata, la vita più bella che potevamo avere. Continuiamo a immaginarla, infiocchettandola sempre di nuovi fiocchi. Forse per questo i nostri amici persi durano di più. Durano all'infinito: lasciano una scia che nessun mare riassorbe.

Era settembre, faceva ancora caldo. Mi preparavo già per la scuola, nonostante fosse presto, per accorciare l'attesa. Per esempio andavo dal cartolaio, temperavo le matite vecchie, foderavo i quaderni. Per il resto, quando non mi preparavo, me ne stavo sul balcone dietro la tenda verde, seduta sulla panchetta.

All'inizio non la vidi. Arrivò e non arrivò. Cioè io non la vidi arrivare, forse abitava accanto a me già da un po' ed ero io la nuova arrivata. Percepii solo una presenza, aerea. Un giorno che c'era vento e la tenda verde si scostò di colpo, colsi sul balcone accanto l'immagine di una figuretta svelta, volante. Non ci feci troppo caso, se non che capitò altre volte, il vento e la tenda che si scostava. Era una bambina come me, questo l'avevo intuito. Riuscii a carpire con gli occhi solo uno spicchio di gonnellina scozzese a pieghe, uno scorcio di ginocchio, calzette bianche, scarpine di vernice. Quelle col bottoncino laterale. Il colpo della tenda, quando veniva, non mi permetteva di vedere altro; e di andare a guardare da vicino, spencolandomi dalla ringhiera, non avevo il coraggio.

La sera a cena i miei ne parlavano, dei nostri vicini. «Una famiglia che sta bene» diceva mia madre. «Lui è un ingegnere, ma poverino è vedovo.»

Il giorno che mi sentii chiamare ero immersa nella lettura di una fiaba, guardavo la figura di un gigante che correva a grandi passi e aveva in mano una corona, o qualcos'altro. Ci misi un po' a capire che la voce veniva dal balcone accanto, una vocina flebile: «Scusa, ci sei?». Non vedevo nessuno, la tenda era tirata e legata con il fiocchetto alla ringhiera. Andai sull'angolo e slegai la tenda. Lei era lì. Se allungavo un braccio la toccavo.

Aveva i codini. Le ballavano a lato delle orecchie, e la frangia era tagliata netta, a un centimetro dagli occhi. Non l'avevo mai vista, una bambina con i codini, mi sembrò una cosa buffa. Sorrideva, e dentro il sorriso mi chiese come mi chiamavo. Io dissi Donata, lei invece partì tutto d'un fiato nome cognome e quanti anni aveva. Si chiamava Bitti Regaldi e aveva otto anni. Uno più di me. Le chiesi che nome era Bitti, se lo avesse inventato lei, quando dalla porta della cucina s'affacciò una signora anziana con una crocchia di capelli grigi: «Bitti, vieni in casa!».

No, non se l'era inventato quel nome. Scappò via dicendomi di scusarla, e per giorni non ricomparve. Io per giorni me ne rimasi seduta dietro la tenda come sempre, ma non era per niente come sempre. Avevo perso la pace: aspettavo lei, che mi ricomparisse.

Ricomparì, a un certo punto. S'affacciò al balcone come se non fosse mai sparita e mi chiamò per nome. Io ero lì, dietro la tenda. Mi alzai a molla dalla panchetta e mi feci vedere. Non avevo più paura. La guardai. Aveva un viso ovale bianco puntinato di lentiggini rosa sotto gli occhi, che le facevano una specie di mascherina. Mi disse: «Aspetta, che mi siedo anch'io». E andò a prendere una minuscola sediolina in vimini con i braccioli. Ci sedemmo ognuna sul suo balcone, attaccate alla ringhiera per essere vicine, lei sulla sua seggiola in vimini, io sulla mia panchetta di legno, e ci parlammo tra le sbarre grigio ferro. Mi svelò che il suo vero nome era Beatrice, ma suo padre aveva cominciato a chiamarla Bitti fin da piccola e alla fine tutti la chiamavano così. Amava molto suo padre, mi disse che faceva "l'ingegnere dell'acciaio". Sua madre invece era morta mettendola al mondo. Aveva gli occhi buoni, quando me lo disse, pieni di una tristezza lontana, che si era raffreddata e sembrava di vetro. Disse proprio: «Mia madre è morta nell'attimo che mi ha messa al mondo». Calcando la voce su "nell'attimo": me lo ricordo perché mi fece effetto, mi diede l'idea della crudeltà, anche se non capivo se era stato l'attimo, crudele, o chi altri.

Bitti viveva con i nonni, con suo padre che era il loro figlio, e con la donna che suo padre aveva sposato e le faceva da matrigna. La chiamò lei matrigna, perché allora si diceva così. Era una donna piccolina e ossuta dallo sguardo triste. Non ricordo che avesse un nome, era solo "la matrigna". Usciva sul balcone per prendere le scope o stendere i panni o scuotere un piumino carico di polvere. Aveva un viso triangolare minuto, pareva un uccellino. Veniva dall'America centrale e aveva un accento che mi sembrava spagnolo. La vidi sempre affaccendarsi con le pulizie di casa. Sembrava più una serva, che la seconda moglie dell'ingegner Regaldi.

Per la particolare conformazione condominiale, i nostri due balconi si guardavano. So che può parere strano che dalla bizzarria fortuita di un'angolatura nasca un'amicizia, eppure mi sembra di poter dire che andò così. Fu un'amicizia di ringhiera.

Il condominio azzurro girava a L (con quei famosi bovindi sull'angolo); diciamo che erano due palazzi uguali e attaccati l'uno all'altro, con due ingressi separati: io abitavo in via Basilio e Bitti in via Panicatti. I nostri due alloggi, entrambi al quinto piano, si trovavano pertanto a essere contigui, *angolarmente* contigui, ma sfalsati: il mio balcone sporgeva, e la sporgenza era tagliata in diagonale, come fosse l'ipotenusa di un triangolo rettangolo inesistente, così che quel tratto della mia ringhiera (non più di ottanta centimetri) si affacciava proprio sul suo balcone creando un ampio angolo ottuso. E questa fu la fortuna: se i nostri balconi fossero stati perfettamente allineati, non avremmo potuto guardarci. Invece quello strano sfalsamento permise che proprio lì ci trovassimo, in quel punto di congiunzione: potevamo giocare insieme, scambiarci oggetti, stringerci le mani e persino, allungandoci un po', toccarci il nastro dei capelli e per scherzo tirarlo via. A proposito dei capelli, lei li aveva lunghi e fini, per questo poteva legarli in due codini o anche farsi una coda di cavallo; io avevo i capelli spessi e ondulati. Mi sarebbe piaciuto avere due codini che mi scodinzolassero ai lati delle orecchie, e una frangetta tagliata dritta e piatta; ma bisognava avere i capelli lisci e dritti come spaghetti, non una matassa di tagliatelle irte.

Al pomeriggio, tornate da scuola, giocavamo da balcone a balcone. Bitti possedeva un mucchio di bambole, di tutte le forme e dimensioni. Bambolotti, bamboline, bambole vestite e bambole nude, con la pancia molle di tela imbottita e gli arti e il viso in plastica. Continuavo a odiarle, le bambole, e le sue non le toccavo nemmeno. Ma non importava, io m'affacciavo con l'orso, lei con i suoi bambolotti. Stavo a vedere come sapeva fare la mamma. Un po' li teneva in braccio e un po' nel passeggino, li cambiava, gli dava il biberon, li cullava. Io cercavo di imitarla e facevo la mamma dell'orso, lo tenevo penzolo per una zampa e fingevo di portarlo a spasso. Ma più che altro ero un collega, un amico, o uno zio lontano che lo aveva adottato.

A forza di osservarla, mi venne da chiedere una bambola a Gesù Bambino, una bambola speciale della Furga che si chiamava Giulietta. Mi arrivò il mattino di Natale in una grossa scatola con su scritto GIULIETTA FA IL BAGNETTO: dentro c'era lei, un accappatoio di spugna, una spazzola di legno rosa, il pannolino da puntare con l'ago da balia, e un completino azzurro. Era una vera bambola. Aveva la faccia smorfiosa, il corpo rosa e duro, e troppi capelli, ondulati e finti. L'avevo voluta solo perché Bitti ne aveva una uguale e mi aveva detto che sarebbe stato bello se ne avessi avuta una anch'io, così avremmo giocato a fare le mamme uguali precise. Avevo ceduto, per amor suo. Speravo che con quella bambola identica io avrei imparato a fare la mamma come lei, e quindi saremmo diventate ancora più amiche.

Ma ci giocai poco, con Giulietta-fa-il-bagnetto. La portavo da Bitti quando andavo a casa sua, e allora copiavo tutti i suoi gesti: la prendevo in braccio e la dondolavo per la nanna, le toglievo il vestitino azzurro, il pannolino, le facevo il bagnetto e le pettinavo i capelli con la spazzola. Sembravo un automa, non imparavo niente e non riuscii mai ad assomigliare a Bitti. Tornavo a casa, e ricacciavo la bambola con un calcio sotto i mobili.

Per fortuna nel condominio abitavano anche due bambini, proprio al piano di sotto. Franchino Gavroglio era mingherlino, con i capelli fini e biondicci, che sua madre gli divideva con una riga netta di lato e poi gli bagnava con le dita piene di saliva. Io la vedevo, sempre lì col pettine a schiacciargli giù quei poveri capelli. Alberto Desio invece era alto, bruno, con due occhi piccoli e infossati, e si dava molte arie, forse perché lo sapeva di essere bello. O forse non se le dava affatto, quelle arie, ero io che davanti a lui provavo soggezione. A volte giocavamo insieme, ma senza incontrarci, ognuno sul suo balcone: si formava, grazie alle angolature del condominio, una specie di quadrilatero monco e sghembo, sfalsato di un piano. Altra geometria vincente.

Giocavamo ai soldatini, da un balcone all'altro. O meglio, loro due giocavano ai soldatini, e invitavano noi femmine a giocarci. Percepivamo una specie di degnazione, un favore che ci riservavano. Bitti non so, ma io ne ero lusingata. Era la mia rivincita sulle bambole, lo chiamavo "il gioco dei quattro balconi". Alberto e Franchino schierano gli eserciti, disponendo i soldatini per terra. Sono indiani o cowboy, ma si chiamano tutti soldatini. La formazione la decidono al momento; soldati a cavallo, a piedi, con l'arco, col fucile o senza armi; e un capo che va avanti e li conduce, un generale o non so. Bitti e io tiriamo dall'alto. Usiamo pallottole di carta o noci, o soldatini che i maschi ci hanno prestato e che, in mano nostra, perdono il loro stato di soldatini per diventare pietre o bombe. Noi che stiamo al quinto piano tiriamo soldatini-bombe sui soldatini-soldati schierati al quarto piano, sui loro rispettivi balconi. Tiriamo incrociando i colpi: lei che sta sopra Franchino non può che tirare addosso ai soldati di Alberto; io invece tiro benissimo sui soldati di entrambi.

Spesso i soldatini-bombe cadono, precipitano dall'alto e Bitti e io li guardiamo sparire nel cortile. A fine giornata andiamo a raccattarli. Li chiamiamo i soldati-morti, ma il giorno dopo li facciamo tornare vivi, per giocare ad altre battaglie.

Lo schiaffo del generale

Quando non potevamo vederci sul balcone, perché era inverno o pioveva, ci trovavamo a casa sua. Andavo sempre io da lei, mai lei da me, perché in tinello ci lavorava mia madre con la lavorante, in sala da pranzo spesso c'erano le clienti a misurare, e una stanza mia io non ce l'avevo. Bitti invece aveva la casa grande, una stanza per sé e un salone enorme, con il bovindo. Bitti stava in uno degli appartamenti fortunati che avevano il bovindo. Lì, sotto il semicerchio di finestre, avevano messo un divano circolare, che circolava tutto intorno: ci si sedeva, e a me sembrava di stare in una capsula spaziale, sparate nel cielo. Quando finiva il pomeriggio e me ne tornavo passando dalla soffitta, casa mia mi sembrava il posto più piccolo del mondo.

Per andare da lei si poteva passare dalla soffitta, senza bisogno di scendere in strada, girare l'angolo, suonare al citofono, entrare nell'androne, prendere l'ascensore. Passando dalla soffitta ci mettevo niente, salivo giusto un piano di scale, aprivo una porticina e camminavo per il sottotetto girando intorno ai due condomini. Potevo non infilarmi il cappotto né le scarpe, andare in pantofole. Ma per me era già partire, conquistare un altro universo. Il sottotetto aveva il pavimento non finito, un battuto di cemento pieno di polvere e di tubi non interrati che fuoriuscivano, sui quali bisognava fare attenzione a non inciampare. C'era anche molto freddo perché da sotto le tegole passava l'aria, e un odore di cantiere edile, calce, macerie, umido. Quando finivamo di giocare era sera, allora il nonno di Bitti mi accompagnava nel buio della soffitta con la pila e mi lasciava all'imbocco delle mie scale; non avevo che da scendere un piano, suonare ed ero a casa.

Il nonno di Bitti era un signore alto con i capelli bianchi e le guance rosse, che era stato generale e a me sembrava ancora un generale, perché ci dava ordini e ci guardava con gli occhi severi. Assomigliava moltissimo a suo figlio, il papà di Bitti, che io vidi poco perché lavorava tutto il giorno in acciaieria. Era un uomo alto con gli occhiali cerchiati di nero, con l'aria più dolce di suo padre. Lo vedevo solo se mi attardavo fino a sera a casa loro, quando rientrava e si sedeva in salotto, mentre la sua moglie straniera e magra si muoveva felpata per la casa, cercando di fare il minimo rumore, rasentando i muri per non essere vista. Sembrava una gatta furtiva e triste.

Bitti cominciò a prendere lezioni d'inglese, e suo padre le offrì anche a me. Veniva un'anziana signorina inglese in casa, si metteva in camera con noi e ci faceva ripetere le parole, i colori, i numeri. Mi piaceva fare inglese con Bitti, sebbene già allora odiassi l'inglese.

Mi piaceva tutto, con Bitti, in particolare quando andavamo a giocare in salone. Capitava poco, soltanto se i nonni non erano in casa e c'era solo la matrigna minuta che tanto se ne stava in cucina a pulire i pensili o pelare le patate, ed era come non ci fosse. I mobili del salone erano neri e lucidi; grandi quadri alle pareti, tappeti; anche il tavolo al centro, ovale, era nero e lucido. Giocavamo sempre alla roulette, in salone, non so perché. Ma mi tornava che lo facessimo lì, in un posto così elegante. A giocare alla roulette mi veniva in mente la Riviera, il Casinò e la Renata. Bastava che Bitti tirasse fuori la grande scatola della roulette e già mi sentivo come la Renata: mi pareva d'aver trovato la vita che volevo. Bitti pensava a tutto, srotolava il tappetino verde con sopra i numeri e le scritte ROUGE e NOIR, PASSE e PAIR, MANQUE e IMPAIR; montava il piccolo rastrello, distribuiva le fiche. E alla fine metteva sul tavolo la grossa ciotola nera concava, la ruota con gli spicchi dei numerini. A turno tiravamo la minuscola pallina bianca, che impazziva a girare in tondo, e ci mettevamo ad aspettare. Io ero certa che la pallina si sarebbe posata sul mio numerino, o sul rosso se avevo puntato rosso, o dispari se avevo puntato dispari. Mi sentivo fortunata, non per niente avevo la fossetta sulla guancia, il bacino che mi aveva dato Gesù prima di mandarmi nel mondo. La pallina girava girava, io la guardavo e cercavo con gli occhi di dirigerla dove volevo. Credevo di avere un potere magico (ero confusa, tra Gesù, fortuna e magia). Fino a che la pallina si fermava, andava a incastonarsi dentro un numerino, ed era fatta. *Les jeux sont faits*. L'inesorabilità di quelle parole, la voce di Bitti che le pronunciava. E la festa dentro di me quando la pallina andava a cadere proprio sulla mia puntata. Non so perché, ma alla roulette vincevo sempre.

Una volta giocammo a palla, in salone. Non si doveva, lo sapevamo. Non si gioca a palla in nessuna casa, anche se è grande. Ma noi eravamo su di giri quel pomeriggio, giocavamo a pallavolo, tirando piano e facendo attenzione. A un certo punto a me venne di rispondere a un tiro basso con un calcio. Non stavamo giocando a calcio, ma chissà perché mi saltò in mente di tirare con i piedi. Presi in pieno un vaso di fiori, che stava poggiato sulla credenza alta. Andò in frantumi facendo un gran rumore di cocci, i fiori caddero sul piano del mobile e l'acqua cominciò a colare sulle antine, formando tanti piccoli rigagnoli che gocciavano in una pozzangherina sul marmo del pavimento.

Non sapevamo che il nonno era in casa. Arrivò come una furia e chiese chi era stata delle due. Dissi: io. E mi diede uno schiaffo. Le guance gli diventarono viola, i pochi capelli bianchi gli si scomposero: alzò il braccio e mi diede quello schiaffo. Non disse più niente. Andò di là e ricomparve con la pila in mano, io capii che dovevo andarmene all'istante. Mi accompagnò a casa come al solito passando dalla soffitta, ma non era come al solito, non mi rivolse la parola, tenne accesa la pila e basta. C'era solo il rumore strascicato delle nostre pantofole nella polvere del cemento, null'altro.

Dal giorno dello schiaffo ci andai col cuore in gola, a giocare da Bitti. Speravo sempre che il nonno non ci fosse, o almeno di non vederlo. Cercai di non commettere più sbagli, e anche di non fare mai rumore; di sembrare, insomma, il più possibile inesistente. Ma mi restava la vergogna d'aver fatto una cosa che non dovevo fare, e d'aver ricevuto una punizione da un signore che conoscevo appena, ma che per me rappresentò per sempre l'autorità.

A parte l'inglese, la roulette, le bambole Furga e i soldatini, dei tre anni che Bitti e io passammo insieme ricordo ben poco altro. Qualche lampo che mi attraversa e rimane sperso, vagabondo; ma in definitiva non so dire di cosa era fatta la nostra amicizia. Non credo importi. Bitti fu la svolta. Prima ero la bambina che fa di no con la testa a tutti i bambini che la invitano a giocare, e se ne sta seduta sulla panchina a guardare. Con lei mi staccai dalla panchina. Anche se non giocavamo, anche se non mi sporgevo dalla ringhiera e non la vedevo, sapevo che c'era. Lei era la possibilità di un'altra vita, fuori da casa mia, fuori dai miei genitori, fuori da me.

«Se tu fossi solo ti divideresti in due, affinché una parte di te formasse l'altro.» È una frase di Elias Canetti. Ecco. Bitti mi permise, per quei tre anni, di non dividermi in due. Lei era l'altro.

La tragedia

Un anno tornai dalle vacanze al mare come sempre, ma non era come sempre: mi aspettava la tragedia. Stavo per compiere nove anni. Era settembre. La malinconica dolcezza di settembre, la percezione che l'estate a poco a poco si disperda, si sfrangi. È un bel verbo, sfrangiare. Come quando mia madre prendeva un pezzo di stoffa e lo sfrangiava: faceva un taglio netto, e si metteva a togliere uno dopo l'altro i fili orizzontali così che restassero solo quelli verticali, una pioggia di filini paralleli che cadono a perpendicolo e fanno frangia. Una stoffa che si disfa, una catena che si smaglia. Si percepisce nell'aria, questa sfrangiatura del tempo estivo. Amavo molto settembre. Eppure fu proprio quel mese che mi tradì.

Sembrava una giornata uguale alle altre, anzi no, era una bella giornata uguale alle altre. Mio padre la sera prima era persino tornato dall'ufficio con un mazzetto di garofani. Screziati. Erano screziati di rosso, quei garofani. E ora stavano lì, in tinello, dentro il vaso di ceramica abruzzese blu col paesaggio giallo, e io non mi ricordavo più perché li avesse portati a mia madre, visto che non era il compleanno e nemmeno l'onomastico. Forse era uno di quei guizzi che venivano a mio padre così, senza motivo.

Non fu una notizia, all'inizio, fu soltanto Bitti sul suo balcone col viso gonfio, un fazzoletto appallottolato sotto il naso, che non la smetteva di piangere. Piangeva e non mi diceva niente, io che continuavo a chiederle cos'hai, cos'è successo, e quel fiume che le scorreva e lei che non parlava. Aveva uno dei suoi vestitini arricciati in vita. I codini e la frangetta tagliata dritta. Tutto che sembrava uguale e invece non lo era.

Uscì la nonna, le circondò le spalle con un braccio e se la portò con sé dentro casa. Me la sottrasse. Ancora una volta. Non sapevo che era la volta definitiva. Anche la nonna non mi disse niente, come se non ci fossi. Avevano ben altro per la testa. Io ignara, impalata, sul mio balcone, nel solito angolo di congiunzione tagliato in diagonale. Attaccata alla ringhiera, il freddo di quel ferro nelle mani. Non piangevo, non avrei saputo per che cosa, e comunque non mi veniva. Ero raggelata dentro, di paura, una paura buia e scoscesa, dirupata. Non sapevo se muovermi e quando, e dove andare. Corsi dentro e mi sedetti, mi tenevo stretta con le mani ai bordi della sedia, guardavo avanti, e avanti c'erano quei garofani screziati. Chiazzati di sangue. Mia madre mi chiese cos'avevo, dissi che era successo qualcosa a Bitti.

«Che cosa?»

«Non lo so, piange.»

Lo seppi qualche ora dopo, e il giorno successivo lo leggemmo sui giornali. Suo padre era bruciato vivo. Sulla «Stampa» c'era scritto: «Incendio in un'acciaieria. Ingegnere torinese trasformato in una torcia ardente».

Era pomeriggio, l'ingegner Regaldi stava facendo un giro per i reparti. A un certo punto qualcosa non funziona, un tubo difettoso o una disattenzione, un liquido oleoso cade e s'infiamma, serpeggia infuocato sul pavimento: in un attimo divampa l'incendio, le fiamme si appiccano ai vestiti, ovunque, due operai si rotolano a terra riuscendo a spegnerle, mentre l'ingegner Regaldi corre fuori a chiedere aiuto, e in corridoio crolla e perde conoscenza.

Finì in ospedale, con ustioni di terzo grado. Bendato. Non aveva più la pelle. Quando Bitti finalmente riuscì a parlarmi, qualche ora dopo di nuovo lì, dalla ringhiera del balcone, mi disse solo questo: «Mio padre non ha più la pelle». Poteva solo piangere, non smetteva. Le erano uscite grosse chiazze rosse sul viso color latte, continuava a tenere il fazzoletto appallottolato in pugno, sempre più fradicio, non poteva più servirle ma lo teneva così, stretto a palla. Era il suo appiglio. Io guardavo quel fazzoletto, non riuscivo a guardare lei.

Suo padre morì due giorni dopo. E Bitti se ne andò. Cambiavano città. In poche settimane prepararono il trasloco e partirono, lei con i suoi nonni, la matrigna sempre più piccola, chiusa in un impermeabile beige troppo largo, con la martingala che stringeva in vita e la faceva ancora più sottile. Fu l'ultima immagine che mi rimase di loro, quello scricciolo di donna, così straniera e sola, la moglie impalpabile, ali di farfalla, subito vedova, un niente, che trottava dietro agli altri, dietro a quelli che mai più sarebbero stati la sua famiglia. Chissà, forse sarebbe tornata al suo paese, nell'altro emisfero. Bitti era al braccio di sua nonna, e non si voltò per salutarmi un'ultima volta; guardava a terra, guardava i suoi passi, che la portavano via.

Li vidi allontanarsi tutti insieme, un gruppo silenzioso per la strada, e sparire dentro il buio, inghiottiti dal cortile che portava al garage. Andavano a vivere dagli zii di Reggio Emilia. Bitti non la vidi più. Proprio settembre, il mese amato, il mese che con la sua bellezza ci consola della fine, me l'aveva presa.

Nei giorni seguenti trovammo nella buca delle lettere un bigliettino color crema bordato di nero; era il "ricordino", con la foto del dottor Regaldi, la data di nascita, la data di morte con la piccola croce accanto, e una frase di Fénelon: «Degnatevi, o Signore, di non separare nel Cielo coloro che avete uniti così strettamente in Terra». Nel cielo d'accordo, ma sulla Terra? Il Signore non s'era degnato di non separare sulla Terra me e Bitti.

Un mese dopo ci arrivò un altro bigliettino bordato di nero. C'era scritto: LA FAMIGLIA RINGRAZIA COMMOSSA E RICONOSCENTE. Non capii di cosa ringraziasse, ma conservai anche quel biglietto, lo misi in una mia scatolina di legno, segreta.

In quei giorni era anche il mio compleanno. Ma non mi arrivarono gli auguri di Bitti. Mi arrivarono l'anno dopo, puntuali, per il 1° ottobre. E da allora, per alcuni anni, a ogni mio compleanno. Me ne rimane uno, di quei biglietti d'auguri, timbrato 1969. Un biglietto con lo sfondo azzurro di un cielo, un cane che vola appeso a tre palloncini colorati che gli fanno da paracadute, e sui palloncini la scritta stampata: CON GLI AUGURI PIÙ AFFETTUOSI. Il biglietto si apre, e nelle pagine interne c'è lo stesso cane, che ora è atterrato e regge un mazzo di fiori, e in mezzo a quei fiori viene fuori un grande cuore rosso in rilievo, con la scritta già stampata: DUE FIORI E TUTTO IL MIO CUORE! Firmato in basso, in piccolo, con inchiostro blu: Bitti.

Il mare grosso delle parole

Era novembre. Bitti non c'era più da due mesi e io di notte facevo un incubo, sempre lo stesso: mi sognavo il mare grosso di Riva Trigoso. Non altri mari, solo quello, che sapeva essere così mostruoso. Il sogno era questo: l'onda gigante che mi viene incontro come una montagna, orizzontale e lunga, s'innalza mostrandomi una parete cupa, color petrolio, arriva fino a coprire il sole, sta sospesa un attimo e in quell'attimo da lassù incombe, ferma, mi sovrasta, io dal basso la vedo che s'increspa e di colpo si decide, comincia a cadere giù in picchiata, e si sfracella al suolo, rompendosi in una cascata spaventosa, e poi plana, in un velo d'acqua che si spegne e subito sparisce, la sabbia se la assorbe. E niente, poi non succede niente. Ma quell'attimo c'è stato, l'attimo in cui l'onda si fa muro e mi si erge altissima davanti, spaventosa. E tutto s'è compiuto anche se non s'è mai compiuto: io ci sono per davvero caduta dentro in quell'onda, il vortice mi ha preso, e una massa d'acqua immensa mi ha scavalcata, e travolta, e sbattuta contro i sassi. Me lo sono soltanto immaginato, ma in qualche parte di me è successo.

Bitti mi aveva lasciata sola.

Era successo.

Tornavo da scuola e andavo a sedermi sul balcone. I primi giorni non feci altro che starmene davanti alle sbarre grigie. Faceva freddo ormai ma non sapevo dove andare, non c'era un altro posto, nessun altro spazio da prendermi, per vivere. Solo quel balcone. Il posto dove era normale vedere Bitti, dove lei era la mia amica: l'angolo preciso in cui i nostri balconi si toccavano, angolo un po' ottuso, sbagliato. Solo in quell'errore di geometria, che aveva segnato il nostro destino, trovavo pace.

Le tende verdi erano state tolte, fino all'estate successiva non mi avrebbero fatto da protezione. Ero indifesa. Esposta. Ancora una volta, svelata. Vedevo, da lì seduta, tutto il caseggiato, il balcone di Alberto Desio e uno spicchio di quello di Franchino Gavroglio; arrivavo anche a vedere il balcone del terzo piano, dove abitavano i vecchi coniugi Ballardi, senza figli, tutti e due grassi e rubicondi, lui pelato con la pancia prominente, lei obesa, che ogni tanto usciva sul balcone con la camicia da notte, i calzini bianchi corti dentro le pantofole e un fiocco in testa come una bambina di due anni. Guardavo quei balconi, come cadevano a precipizio verso il cortile, e il punto dove lo spigolo del mio balcone incrociava lo spigolo di Bitti: al di là di quello spigolo non si muoveva più nessuno, nessuna gonna a pieghe volteggiava, nessun codino. Le imposte chiuse. Qualche cartaccia a terra sul suo balcone rotolava all'aria. E polvere, molta polvere.

Intanto dagli alberi del cortile cominciavano a staccarsi le foglie, e volavano su altri cortili scavalcando muri, fermandosi in qualche angolo dove si ammucchiavano e dove poi, a volte, un colpo di vento arrivava a farli mulinare: mucchi secchi che lo aspettavano, quel vento, che restituisse loro un po' di vita avvoltolandoli lontano insieme, chissà dove. Beate quelle foglie. Mi sedevo sul panchettino, dietro la ringhiera, proprio nell'angolo di contatto dei due balconi, e piangevo.

Rimanevo a piangere per ore, in quei primi giorni senza Bitti, finché mia madre non veniva a prendermi, imprecando che prendevo freddo, che non potevo continuare così. Imprecando con una dolcezza che mi faceva ancor più male. Nessuno sapeva consolarmi, anche lei non trovava le parole. Non riusciva a dirmi: «Non è niente, vedrai che tornerà, che passerà». Lo sapeva che Bitti non sarebbe tornata e che a me non sarebbe mai passata. Lo sapeva e non le veniva da dirmi niente. L'unica cosa che riusciva a fare era portarmi dentro e darmi la merenda, una barretta di Ciocorì o pane burro e zucchero, qualcosa che fosse dolce, che mi alleviasse almeno un po' la pena.

Passai tre giorni interi a piangere sul balcone, seduta sulla panchetta.

Il quarto giorno smisi.

Il quarto giorno, finito il pranzo con i miei, mio padre che tornava in ufficio, mia madre che lavava i piatti nel cucinino gelido, io andai ancora una volta sul balcone a piangere. Ma durò poco. Ci fu come uno schiocco, un ordine nell'aria. Mi alzai, rientrai in casa. Sentivo che il tempo di piangere era finito. Come se un'improvvisa chiarezza m'avesse attraversata, mi diressi verso la mensola dove mio padre posava i foglietti scivolosi della Fiat. Ne presi un po', mi trovai un angolo riparato e cominciai a scrivere. Non so se era quello che volevo fare, non lo avevo deciso, ma era il gesto quasi automatico che mi nacque. Scrissi non so per quanto, quel pomeriggio. Non smettevo. Riempivo un foglio dopo l'altro, fitto. Le parole mi venivano giù a cascata, non le pensavo, era come se la penna le buttasse fuori da sola. Un fiotto, un'onda, l'onda gigante del mare grosso che mi travolgeva in sogno. Il tempo non passava più, aveva smesso.

Scrissi ininterrottamente. Riempivo quei foglietti rubati fino al bordo, rimpicciolivo le parole per farne stare il maggior numero possibile: come se fosse lì, nella quantità assiepata di parole, che poteva nascondersi la salvezza. Se finivano quei fogli, mi sarebbe mancato per sempre spazio. Dovevo farci stare tutto, quel tutto che mi usciva chissà da dove e non riuscivo né a misurare né a contenere, ogni volta sbordava, e allora cominciavo un foglio nuovo, e poi un altro. Non so dire cosa scrivessi. Mi sembrava che quella scrittura che fluiva naturale e grondava rabbia e dolore, quel getto continuo che non controllavo e nemmeno mi voltavo a vedere cosa fosse, mi desse sollievo. Se avessi continuato a scrivere, non avrei pianto più. Se invece mi fermavo il mare grosso mi avrebbe sotterrata d'acqua, travolta nel giro dell'onda.

A un certo punto mi fermai. Le parole erano finite. Avevano continuato a uscire e ora il fiotto s'era estinto; ma in modo naturale, senza clamore. Un mare che si calma. Chiusi la penna, allontanai i fogli. Non capivo. Avevo fatto qualcosa che non avevo deciso di fare e non sapevo cosa fosse, ma di colpo ero sollevata, quasi felice; tanto da sentirmi persino in colpa, come se fosse arrivato qualcuno a togliermi la pietra che mi schiacciava e io, senza nemmeno ringraziare, ora me ne andassi via fischiettando per le strade, le mani in tasca. Come se quella pietra non ci fosse mai stata e non avesse mai prodotto tutto il male che invece – tutti lo vedevano – aveva prodotto.

Non posso dire che da allora cominciai a scrivere. Per molto tempo non scrissi più. Ma s'era innescato un desiderio, qualcosa che non si poteva più fermare. Come un sapore che, una volta gustato, si conosce per sempre e si cercherà più volte di riprovare. Scrissi quel giorno solo, è vero, ma imparai che quella possibilità esiste, che la scrittura è una delle tante forme della vita. E sostituisce il pianto.

12

Grigio domenicale

La messa o le pulizie

La mia vita tornò uguale precisa a prima. Semplicemente, dal disegno qualcuno aveva cancellato Bitti, i suoi codini, il balcone ad angolo, le bambole, la roulette, lasciando tutto il resto intatto.

Intatto fino a un certo punto. Risospinta alla casella di partenza, tornai a essere una bambina sola, come se Bitti non ci fosse mai stata; ma c'era stata, e ora in me esisteva il pensiero che la vita avrebbe potuto essere diversa, se lei fosse rimasta. Ora ero una bambina che se ne accorgeva, di essere sola.

Mi divenne chiaro poi, negli anni, che cosa mi fu tolto: non crescemmo insieme. Vuol dire che la nostra amicizia, che avrebbe potuto diventare adulta approfondendosi e complicandosi, rimase bambina, sospesa per sempre in quella specie di nuvola bianca che è l'infanzia. Forse per questo non riesco adesso ad avere ricordi ampi e precisi di quel che facevamo insieme, Bitti e io. Delle amicizie che abbiamo da piccoli, se per qualche ragione s'interrompono, non conserviamo che frammenti di cristallo volteggianti nella nebbia.

Tutto quel che è stato tra di noi s'è perso. Ma è anche, curiosamente, rimasto: si è come condensato, rappreso in un unico, enorme significato. Non so se ho forzato un po', ma io lo vedo chiaro nella costruzione a posteriori della mia vita, che Bitti è stata il mio inizio. Può darsi abbia forzato, sì. Può darsi che il disegno del passato sia in bianco e nero, e noi lo coloriamo con i colori che vogliamo. Ma per me, pensandoci adesso, la cosa più importante è proprio che Bitti sia sparita, che io l'abbia persa. È stato quel dolore. Voglio dire che alla fine non importa cosa facevamo insieme e come fu la nostra amicizia. Fu un'amicizia come le altre, e si sarebbe sviluppata in uno degli innumerevoli modi in cui si sviluppano le amicizie. Invece quel che importa – quel che la rese unica, quel che contò per me – fu che Bitti sparì dalla mia vita. Scrivere è stato il modo di riprendermela.

Anche il fatto che non ci siamo mai più riviste forse ha una ragione. Ci siamo scritte per qualche anno, ma poi ci siamo perse. Io non l'ho cercata, e non ho più saputo niente di lei. È come se avessi voluto preservarla, intatta, in una zona separata e sicura, non intaccata da strati successivi che avrebbero inevitabilmente compromesso la perfezione del disegno. Ho perso una vita con lei. Certo, ho perso molto. Ma ne ho guadagnato un'immagine mentale pura e assoluta, che mi ha fatto da pilastro. Non è poco. Nulla si regge, senza pilastri.

Da quando Bitti se ne andò, tutto assunse un color grigio uniforme, direi domenicale, di quel particolare grigio che solo le domeniche possiedono. Durò all'incirca due anni. Come fosse un'unica e sterminata domenica, che non passa.

In quel periodo domenicale protratto, le singole domeniche aggiungevano ognuna il loro grigiore personale. Erano spaccate in due: le domeniche pomeriggio erano l'abisso fondo e scuro, che mia madre e io cercavamo di camuffare coprendo la voragine di frasche, cioè andando a passeggio; le domeniche mattina invece erano solo una nebbia opaca, direi polverosa.

Quasi sempre dovevo andare a messa. Io da sola. Mia madre credeva in Dio, ma non aveva il tempo di andare in chiesa, diceva che Dio lo sapeva e la perdonava. Mio padre non ho mai capito se credesse o no; di certo aveva, con la chiesa, i preti, il papa e le preghiere, un rapporto difficile; non ne parlava, e quando capitava l'argomento la chiudeva subito con uno sbuffo d'insofferenza, come se scacciasse una mosca. Sul fatto che io invece dovessi andare a messa ogni domenica erano d'accordo entrambi. Avevo fatto comunione e cresima, ero un soldato di Dio.

Anch'io la pensavo così, ci mancava solo che mi sottraessi: mai avrei fatto questo sgarbo a Gesù, mi era molto chiaro che la domenica si dovesse andare a messa visto che era il giorno dedicato a Dio, e mi addolorava che i miei non ci andassero, che vivessero nel peccato.

Non mi piaceva per niente doverci andare senza di loro. Vestirmi bene, fare tutta la strada da sola, stare attenta al semaforo di corso Sebastopoli, e in chiesa nascondermi in un angolo, senza aver nessuno con me. Mia madre mi aveva cucito un soprabitino elegante, che trovava perfetto per andare a messa. Era di una lanetta pelosa e gonfia, di un celeste pastello da bambina piccola e con i bottoni d'oro. Mi obbligava a mettere anche le scarpine di vernice e i calzettoni bianchi, che non mettevo mai durante la settimana perché si sporcavano. Mi sentivo imbalsamata e goffa, una che per uscire la domenica si vestiva da domenica.

Facevo la strada con attenzione, camminando piano e aspettando due o tre semafori, per essere sicura di passare col verde pieno. Mia madre mi guardava dal balcone, che non andassi sotto una macchina, e io mi sentivo addosso il suo sguardo lontano, che m'impacciava.

Intorno mi passava la gente, ed ero convinta che tutti mi guardassero perché ero una bambina sola che andava in chiesa. Secondo me era chiaro che stavo andando in chiesa, e tutti di sicuro si chiedevano perché da sola, se non avevo una famiglia, se i miei erano malati o paralitici o cos'altro.

E poi c'era il tormento del velo. Un velo di pizzo leggero, fatto all'uncinetto, color écru, che dovevo mettermi appena entrata in chiesa e tenere in testa per tutta la durata della messa. Non si poteva andare a messa a capo scoperto, noi donne.

Comunque facevo tutto quel che dovevo, per bene, con diligenza: tenermi quel velo per tutta la messa, bagnarmi la mano nell'acquasantiera per il segno della croce, fingere di cantare insieme agli altri le litanie, durante l'ostensione inginocchiarmi a pregare con la testa china, senza mai guardare verso l'altare perché era peccato, mettermi in fila ordinata a prendere l'ostia, pentirmi dei miei peccati.

Aspettavo la benedizione finale come una liberazione, e svicolavo veloce tra i primi, infilandomi nella tasca il velo appallottolato alla meglio. Uscivo nella piazza irradiata di sole e andavo finalmente a rintanarmi a casa. Mia madre mi trovava il velo in tasca e s'arrabbiava, cos'era tutto quello spiegazzamento, che poi ci passava le ore, a stirarmelo per bene.

Certe volte non mi obbligavano ad andare a messa. Se ne dimenticavano, oppure ritenevano più utile che rimanessi a casa, per aiutare a fare le pulizie. Era un'incombenza che riguardava me e mio padre, mentre mia madre la domenica mattina stirava, lavava a mano quel che c'era da lavare a mano, caricava la lavatrice, stendeva i panni e faceva da mangiare. Cucinava i piatti della domenica, che richiedevano più tempo e negli altri giorni non riusciva a fare, per esempio il bollito col bagnetto verde o le rolatine ripiene di prosciutto, mollica bagnata, prezzemolo e formaggio.

A mio padre toccavano i pavimenti, lavarli, passare la cera e poi la lucidatrice.

A me toccava togliere la polvere. Avrei preferito sgrassare la cucina o scrostare la ruggine dalla ringhiera, lavori più pesanti ma che davano più soddisfazione. Togliere la polvere era il vuoto; passavo lo straccio sui mobili e mi sembrava di non fare niente, svolazzare e basta: c'era una polvere che non si vedeva quasi, quindi non avevo mai la prova di averla tolta. Passavo e ripassavo perché dovevo, e anche un po' per fede, senza vedere mai i segni del mio lavoro. Aver fede è, appunto, credere nell'invisibile. Imparai a far finta. Mi chiudevo nella stanza, passavo sommariamente il panno, e per il resto me ne stavo alla finestra a guardar fuori. Calcolavo più o meno il tempo che avrei dovuto metterci a spolverare per davvero, e dopo quel tempo uscivo dalla stanza.

I prati di Mirafiori o il luna park di piazza d'Armi

La domenica pomeriggio, per camuffare l'abisso, mia madre e io uscivamo. Anche se gli abissi è difficile che si lascino camuffare. Mio padre non veniva mai con noi. Io ero cresciuta e avevamo cambiato casa, era finita l'epoca delle uscite domenicali a tre. E poi diceva che per lui era inutile andare al cinema, tanto non ci sentiva; e se gli dicevamo che non andavamo affatto al cinema, era lo stesso, tirava sempre fuori la storia che era sordo e qualsiasi cosa per lui era sprecata.

In realtà gli piaceva restarsene in casa perché aveva le sue abitudini. Dopo pranzo metteva sul giradischi *Lu cardillo* e ballicchiava un po' in giro per casa. Poi andava a fare il sonnellino. Si toglieva l'apparecchio, lo appoggiava sulla mensola e ritornava sordo. Senza più sentire neanche una mezza sillaba, si avvicinava a noi per darci uno dei suoi baci umidi, si toglieva i pantaloni e li poggiava sulla spalliera della sedia, con la cintura che penzolava. Non so perché si togliesse i pantaloni in tinello, perché non aspettasse di arrivare in camera da letto per toglierseli. Rimaneva un attimo con i suoi mutandoni bianchi, larghi e lunghi fin quasi al ginocchio, che ora chiameremmo boxer ma allora chiamavamo mutande, e poi spariva di là. Dormiva un'oretta, sotto le coperte e con le saracinesche abbassate a fargli un buio totale. Quando si alzava era fresco, riposato e ridente. Si faceva il caffè ancora in mutande e sordo, solo dopo si metteva l'apparecchio acustico e accendeva la radio. Aveva fatto fare dal solito mobiliere (il falegname biondogrigio dai capelli legnosi) un mobile apposta, che contenesse la tivù, e sul ripiano di sotto la grossa radio. Era convinto che fosse brutto lasciare in vista tivù e radio, bisognava nasconderle. Il risultato fu un parallelepipedo di mogano a quattro ante, e su ogni anta un pannello dipinto con nastri e fiorellini. Apriva le ante inferiori e lì, accucciato su un panchetto, con la testa ficcata dentro le ante a due centimetri dalla radio, sorbendosi l'intera macchinetta del caffè nel suo bicchiere e fumandosi una sigaretta dopo l'altra, ascoltava la partita. Guai a chi lo disturbava. A mezz'ora dalla fine, si alzava, si vestiva e usciva di corsa. Andava allo stadio a vedere gli ultimi venti minuti della partita, perché quei venti minuti finali erano gratis, poteva entrare chiunque senza pagare.

Si aprivano due possibilità, per me e mia madre, la domenica pomeriggio: i prati in primavera, il luna park d'inverno.

I prati erano al confine della città, dove finiva il quartiere di Santa Rita e cominciavano i nuovi caseggiati in costruzione. Pachidermi di cemento ancora senza i muri, solo pilastri, e i buchi lasciati per le porte e le finestre. In mezzo c'erano i prati, il ricordo di com'era il mondo prima. Bisognava andare abbastanza lontano, fin quasi a Mirafiori dove c'era l'ufficio di mio padre, fare molti isolati a piedi, costeggiando i grandi condomini di corso Agnelli fino a che sparivano in quei prati. L'erba era alta, scomposta, come se qualche gigante si divertisse a camminarci su; e c'erano ortiche, siepi intricate e arbusti spinosi. Mia madre raccoglieva tutti i fiori che vedeva. Soprattutto le violette, sperdute e quasi invisibili. Le vedeva solo lei; ne faceva mazzettini microscopici e fragili da portarsi a casa e mettere di corsa in un bicchiere d'acqua, perché non svenissero. Certe volte riusciva a riempire anche tre bicchieri, tante viole s'era portata via. Sembrava che vivesse per raccogliere fiori, mia madre; ovunque andasse, per tutta la sua vita, bastava che ci fosse un metro quadro d'erba e si buttava a raccogliere. Ma per le violette aveva un occhio particolare. Anche quando invecchiò e si reggeva male sulle gambe, a fine marzo la sorprendevo spesso nel prato di casa mia, nelle parti più scoscese, inerpicata a raccogliere violette che poi mi metteva in un bicchiere, bene in vista sul piano della cucina.

Io invece fiori non ne raccoglievo. Preferivo andare in giro a cercare cose: rametti contorti dalla forma strana, pietre solcate da qualche segno che a me sembrava magico, tappi sperduti, ferri arrugginiti. Portavo tutto a casa pensando che qualcosa ne avrei fatto, magari avrei inventato un oggetto strano. Mi piaceva l'idea di fare l'inventore. Per i fiori non avevo interesse. Ancora oggi non ne raccolgo. Mi disturba che una volta a casa, nonostante l'acqua, a un certo punto muoiano. Sono fiori, certo: non durano. Ma perché sottopormi alla sofferenza di vederli marcire?

Il luna park arrivava solo dopo Natale, riguardava le domeniche invernali. Lo sistemavano nello slargo di piazza d'Armi, un piazzale largo chilometri, un prato immenso che aveva perso l'erba ed era solo terra battuta e pietre, con buche e affossamenti che se pioveva diventavano crateri di fango. Non so quanto ci mettessero a montarlo, ma da una settimana all'altra il luna park di colpo compariva.

Mi piaceva tirare all'orso. Davano un fucile e si sparava dal banco. L'orso era piccolissimo e lontano, chiuso in una specie di teca di vetro dove, in mezzo a siepi disegnate, lui se ne andava a spasso avanti e indietro. Sulla pancia aveva un oblò di vetro: lì al centro dovevo mirare. Quando lo colpivo, si alzava sulle zampe posteriori e tirava su verso il cielo le zampe anteriori, emettendo un lungo e forte grido di dolore. Una specie di ululato spaventoso, o il verso che fanno gli orsi, che non so come si chiami. Poi si rimetteva giù e riprendeva a camminare. Se riuscivo a centrarlo più volte mentre era in piedi, non si rimetteva mai giù e continuava a ululare. Era bellissimo, quando ci riuscivo.

Oppure andavo al baraccone dei barattoli. Una parete altissima di barattoli, messi a piramide uno sull'altro, che bisognava tirar giù a colpi di palla. Se ne tiravi giù un certo numero ti davano un premio, una pistoletta di plastica, una pallina con l'elastico, uno yo-yo, un piccolo peluche senza pelo. Regali perlopiù da quattro soldi. I peluche grandi e bellissimi che stavano in esposizione sulle mensole più in alto non li vinceva mai nessuno. Mia madre mi diceva: «Stan lì solo di figura, cosa ti credi?».

Ma il centro vero del luna park erano le giostre. Gli aeroplanini, l'autoscontro, i cavalli. Il trenino fantasma. Il pungiball, che se lo colpivi con un pugno, una freccia ti indicava quanta forza avevi. Ci aggiravamo per tutti questi posti, mia madre e io, affondando nel fango, in mezzo alle buche e alle pietre. Stavamo anche un'ora o due a girare, finché mia madre si stancava e a un certo punto diceva: «Adesso, Donata, andiamo a casa, per piacere!». Faceva freddo, veniva buio in fretta. Si vedeva dalla poca luce, che era inverno.

Eravamo due donne sole che, trasgredendo un divieto mai espresso, si permettevano di entrare in un posto che non era il loro. A me piaceva perché mi sembrava un posto da adulti, e da uomini. Sarà stato per via del pungiball, o del tirassegno coi fucili. O l'autoscontro, dove le macchinine scivolanti, bordate di cordoli pneumatici, cozzavano tra loro con violenza.

C'era però anche quella tristezza che hanno solo i luna park e non si capisce cosa sia; un'allegria che non riesce a essere, vien fuori sempre mescolata ad altro, impastoiata, e non si sa come si trasforma in tristezza. Le musichette, le luci delle astronavi finte, i cavallini decorati con gli specchietti. L'odor di zucchero filato. Le caldarroste, che dopo Natale sono vecchie e capita abbiano dentro il verme. Sentivo quell'aria di festa forzata, l'obbligo di divertirsi, quell'impaccio che mi prendeva già da piccolina ai giardini e che ora, essendo cresciuta, si ammantava di una noia sottile che non sapevo cosa fosse. Oppure ero io sbagliata, anche al luna park. Io che non riuscivo mai a entrarci nelle cose, a viverle davvero. Me ne stavo fuori, come se qualcuno fin dalla nascita mi avesse imprigionata in una torre, e io sempre sola a guardar giù tra le sbarre della finestra. Alla fine ci salivo sulle giostre, perché mia madre insisteva, tirava fuori il suo solito argomento: «Cosa ci siamo venute a fare se non ci sali nemmeno, sulle giostre?». Ma non ero mai davvero lì, a volare sugli aeroplanini o sparare all'orso.

Forse ci andavo per mia madre. Ero io che portavo lei, perché si distraesse un po' e per qualche ora si levasse i pensieri dei soldi e del lavoro. La spingevo a sparare al tirassegno, per esempio, e lei non sapeva neanche imbracciare il fucile, faceva partire due o tre colpi sbagliati, rideva e poi restituiva il fucile alla proprietaria, scusandosi di non esser brava. La convinsi anche a salire con me sugli aeroplanini, e le insegnai a sparare con la mitraglietta per colpire l'aeroplanino degli altri: se li colpivi tutti, rimanevi solo tu in alto e gli altri, come tirati da una forza oscura, cadevano giù e alla fine non si rialzavano. L'aeroplanino che rimaneva in alto per ultimo vinceva un'altra corsa. Non vincevamo, cadevamo giù per prime, perché lei si confondeva e non trovava il pulsante per sparare. Le dicevo che non importava, che era bello volare insieme.

Avevo imparato con Alberto Desio, ad andare sugli aeroplanini e mitragliare. Ci andavamo certi pomeriggi dopo la scuola, da soli o con la sua mamma. Vincevamo quasi sempre perché lui sapeva mitragliare così bene che alla fine eravamo noi gli unici che non cadevano. Ero felice di essere con lui in alto, da vincitori. Mi sembrava che solo lì, vincendo, si colmasse il divario incolmabile tra noi, che io gli diventassi quasi pari, pur continuando a essere una femmina.

Tornando a casa, mia madre e io rifacevamo corso Sebastopoli, la stessa strada dell'andata, ma era diventato buio, la nebbia s'addensava intorno ai lampioni ed eravamo stanche. C'era una latteria, all'inizio del corso, ci fermavamo a prenderci un cono di panna. Anche lì, mi piaceva l'idea di essere io a offrire il cono alla mia mamma, non il contrario.

Non sapevo mai chi portava chi, chi faceva un piacere a chi, chi cercava di rendere all'altra la vita più leggera. Non sapevo quale fosse davvero la bambina, tra noi due. Forse lo eravamo entrambe, e facevamo a turno.

Qualche volta mi capitava la fortuna di tornare a casa con un pesce rosso.

C'era sempre il tiro ai pesci rossi, al luna park, un baraccone circolare al centro del quale stava un tavolo pieno di piccole bocce di vetro. In ognuna ci navigava un pesciolino rosso, impazzito a girare in tondo. Noi giocatori dietro una ringhiera, a un metro circa dal tavolo dei pesciolini; ci davano dieci palline da ping pong da tirare e dovevamo cercare di centrare una di quelle bocce. Non facile. L'entrata dei vasetti era stretta, la pallina rimbalzava sui bordi. Se ci riuscivamo, ci regalavano il pesce che avevamo centrato: lo trasferivano dalla boccia, con tutta la sua acqua, in un piccolo sacchetto di plastica trasparente, che aveva due lacciuoli con cui tenerlo in mano e portarlo a casa che sembrava una borsetta.

Era bellissimo tornare a casa con un pesce rosso nel sacchetto. Camminavo per corso Sebastopoli facendo molta attenzione alle buche, a come mettevo i piedi, ai lastroni di ghiaccio; dovevo riuscire a non cadere, e fare anche in modo che il pesce non sballonzolasse troppo. Mi fermavo ogni tanto a sorvegliare che ci fosse, che non fosse saltato fuori, che stesse bene. Gli parlavo anche un po', ogni tanto.

La prima volta comprammo una boccia grande, che servì poi per tutti i pesci rossi, pochi, che riuscii a vincere. Lo trasferivamo subito, perché avesse più spazio, più acqua, e la boccia la tenevamo in tinello, sulla mensola vicino alla finestra. Così aveva luce, poteva anche di tanto in tanto guardare fuori. Gli cambiavo l'acqua e gli davo un pizzichino di mangime ogni mattina, che lui si avventava a ingurgitare prima che si spappolasse nell'acqua.

Quando tornavo da scuola correvo a salutare il mio pesce rosso. Mettevo una sedia accanto e stavo a osservarlo per un po', mentre faceva i suoi giri sempre uguali, come una povera trottola. Ogni tanto si fermava, batteva col muso contro il vetro e mi sembrava che mi guardasse. La sfera di vetro ne deformava i tratti, quando si avvicinava molto diventava un mostro. Un mostro buono con gli occhi enormi schizzati di fuori. Mi affezionavo. Era meglio che guardar girare il cestello della lavatrice.

Ma dopo qualche giorno, ogni volta, il mio pesce rosso moriva.

I fiori del lunedì

Da come la mia famiglia passava le domeniche, dipese che maestra Giordasio non mi volesse bene. L'ho già detto, ora specifico meglio. Il fatto è che preferiva altre mie compagne. C'era una logica: io ero brava a scuola, ma non le portavo i fiori. Studiavo, facevo i compiti, prendevo bei voti. Ero una bambina buona, diligente e gentile. Ma non facevo la gita in campagna la domenica e, non facendo quella gita, non le portavo i fiori la mattina del lunedì. Quindi lei preferiva Fabrizia Grifano che invece i fiori, cascasse il mondo, glieli portava ogni lunedì.

Fabrizia Grifano era una bambina con i capelli ricci tirati indietro e legati da un fiocco. Così tirati che avevo male in testa per lei. Appena era primavera, ecco che partiva sempre la stessa scena, alle otto di ogni benedetto lunedì: lei che arrivava festosa con il mazzo in mano, s'avvicinava alla cattedra e lo porgeva alla maestra. Solo perché lei tutte le domeniche andava a fare la gita in campagna con i suoi e raccoglieva i fiori, bella forza. Io la guardavo. Aveva il grembiulino troppo piccolo, o lei era troppo grossa: la stoffa le tirava in vita, voglio dire che l'arricciatura non cadeva all'altezza giusta, saliva fino al petto; e aveva le maniche troppo corte: finivano con un elastico che la tagliava a metà braccio e faceva venir fuori i polsi cicciotti. Comunque, mentre porgeva il mazzo, faceva anche l'inchino e diceva radiosa: «Questo è per lei, signora maestra!». Così radiosa che i raggi le uscivano dai pori, aguzzi come gli aculei di un istrice. E maestra Giordasio lì a sdilinquirsi e ringraziare di qua e di là quell'istrice, e accarezzarle le setole crostose e crespe.

L'inchino! Una bambina che fa il passetto indietro, piega il ginocchio e stende la gamba dietro, batte il piedino sul pavimento, si prende con le mani la vestina e la allarga a corolla di petali, e china pure il capo... tutto in una frazione di secondo... Ma come si può? Eppure, lo vedevo, la maestra apprezzava molto. Mi fossi anch'io inchinata almeno un po', sarei stata la sua cocca. Non come Tania Valtellino, ma quasi. Tania Valtellino era la più cocca di tutte, forse. Diciamo che il primo posto se lo giocava con Fabrizia Grifano.

Tania Valtellino era una bambina secca e lunga, con una

voce fonda e un'inflessione piemontese larga. Tania era la più alta della classe, come ho già detto; stava all'ultimo banco e ogni tanto, anche nel bel mezzo di una lezione, si alzava dal posto e con le sue falcate da fenicottero raggiungeva la cattedra: andava dritta a parlare con la maestra, se ne infischiava che stesse spiegando; andava a riversarle tutto quel che le passava per la testa. Era la prima della classe, d'accordo. Ma lo era in quel modo tutto suo, che alla maestra doveva piacere molto, un po' come l'inchino di Fabrizia, per intenderci: interrompeva la lezione, per parlare con Tania. E stavano a contarsela fitto fitto anche dieci minuti, mentre noi niente, a bagno in classe come pesci rossi.

Io non avevo mai niente da dire alla maestra, e non avevo i fiori da portarle il lunedì. Forse per queste ragioni, o per una sola delle due, non le piacevo. Comunque anche lei non piaceva a me. Intanto perché si chiamava con un nome che finiva in "ella", e io li trovavo leziosi i nomi in "ella". Arabella Giordasio. Mi ricordava la Clarabella di Topolino, la mucca che stava nella fattoria insieme al cavallo Orazio: anche quella mucca non mi piaceva, quando nel giornalino c'era una storia con lei la saltavo. Poi era per via del filo di bava. Era una maestra col fil di bava: mentre parlava, le si formava un pallino di saliva sul labbro inferiore che s'appiccicava al labbro superiore fino a che si creava, tra le due labbra, un filino bianco che s'accorciava e s'allungava a seconda di come la bocca si muoveva, e non se ne andava più per tutta la mattina. Io restavo a guardare quel filo di bava e mi perdevo il filo delle lezioni. E poi c'era la cartella di pelle rossiccia che lei teneva per il manico e faceva sballonzolare camminando. Per cinque anni, gliel'ho vista sballonzolare. E le due gonne, una estiva e una invernale, soltanto e sempre quelle per cinque anni. E i due golf abbottonati, uno più pesante e uno più leggero, anche quelli solo due, che alternava per il caldo e per il freddo. Infine non mi piaceva perché aveva un marito uguale a lei, e quindi non mi piaceva neanche suo marito, maestro Giordasio, che entrava dalla porta dei maschi, dal momento che insegnava alle classi dei maschi, e aveva anche lui una cartella di pelle rossiccia, e anche lui la faceva dondolare dal manico camminando. Uguale spiccicato a sua moglie. Maestra Giordasio e maestro Giordasio. Orazio e Clarabella.

Ultima cosa, per essere precisi. Noi non andavamo in campagna la domenica perché non avevamo la macchina. Ce l'avevano ormai quasi tutti, ma noi no. Mio padre non aveva preso la patente; era sordo, e pensava che non gliel'avrebbero mai data, che i sordi non potessero guidare un'auto. Meglio, diceva, perché tanto i soldi per comprare un'auto non ce li abbiamo. Andavamo a piedi o prendevamo il tram. Ci sono i tram, diceva, che bisogno c'è?

I fiori il lunedì comunque avrei potuto portarglieli, alla maestra, i fiori che raccoglieva mia madre nei prati incolti dei condomini in costruzione. Ma non ne avevo voglia.

La farinata

È arrivato il momento che io parli della signora Desio, la mamma di Alberto Desio, la mia quasi dirimpettaia del quarto piano. Rivestì un ruolo fondamentale, nel periodo del grigio domenicale, quando facevo la quinta elementare. Avevo perso Bitti e non ero ancora entrata nell'universo fatato della scuola media; avevo solo le domeniche nei prati con mia madre, qualche pesce rosso al luna park, i cavalli alati e le pile di via Belfiore; per il resto stavo con me stessa. La signora Desio non rappresentò un vero e proprio salvagente, ma, ecco, diciamo così: mi aiutò a travestire la solitudine.

Era fissata con le pulizie, e questa è la prima cosa che mi viene da dire di lei. La seconda è che si vestiva di nero o di grigio, compreso il cerchietto che metteva tra i capelli, cosa che le dava un'aria triste. Aveva i capelli neri brizzolati di grigio, la pelle cerea e quel cerchietto. Non lavorava, aveva sposato un commerciante di mobili e stava in casa tutto il giorno a pulire. Quindi alla fine non so dire se faceva la signora o no: puliva casa.

Quando andavo da loro, mi dava i pattini di feltro da mettere sotto le scarpe perché i pavimenti, di marmo nero sempre lustro, dovevano sembrare uno specchio. Passava le giornate a dare la cera e a farla uscire con la lucidatrice. Da casa sentivo il ronzio elettrico che andava e veniva per ore. Ogni tanto usciva sul balcone a scuotere lo strofinaccio, appendere un panno, spazzare le piastrelle e sistemare la scopa nel ripostiglio: la vedevo da una fessura, quand'era estate e io me ne stavo seduta sulla panchetta dietro le tende verdi perché non mi vedesse.

Lei però mi vedeva. Forse riusciva a cogliere un angolo di me, o intuiva che io ci fossi: allora mi chiamava, continuando a ramazzare il balcone, finché non rispondevo o finché alla fine non desisteva e rientrava brontolando. Certe volte telefonava a mia madre per dirle che lei lo sapeva che c'ero, nascosta là dietro, ed ero una bella maleducata perché non rispondevo.

Mi chiamava per invitarmi: o andare a casa sua a giocare col figlio, o uscire con loro. Non ero maleducata, volevo solo non esserci; così, il più delle volte, fingevo di non sentire che mi chiamava, cercavo di acquattarmi quanto più potevo, o rientravo di corsa in casa sperando che non vedesse la mia fuga. Qualche volta invece rispondevo, perché ero stufa di stare lì da sola seduta sul balcone, e mi andava bene che qualcuno mi tirasse via.

Non so perché mi chiamasse così tanto. Me lo sono chiesto spesso. Forse era, da parte sua, un'opera di bene. Le mettevo pena, credo; pensava che io fossi una bambina troppo seria e troppo chiusa in casa. Lo so perché a volte me lo diceva chiaro e tondo. Non dava a me la colpa, secondo lei era mia madre che, col fatto che lavorava tutto il giorno, non si occupava di farmi svagare. E io, di conseguenza, ero diventata seria e solitaria. Oggi si direbbe asociale. Quindi ci doveva pensare lei. Direi che la signora Desio, per scendere un po' di più nel concreto, s'era data il compito di "farmi uscire". Distrarmi. Obbligarmi a fare qualcosa. Così mi chiamava dal balcone e mi portava spesso fuori. Al bar. In pizzeria. Al cinema. Sulle giostre. A giocare a palla nei prati o tirare gli aeroplanini.

D'inverno mi portava a mangiare la farinata. Veniva all'uscita da scuola. Prendeva suo figlio, e prendeva anche me. Io non la aspettavo, non lo sapevo mai che veniva; me la ritrovavo lì in strada, ferma in mezzo alle altre mamme, con quella sua aria impalata, alta sopra la media, il cappottino nero, il cerchietto nero, il pallore. Mi aspettava, e appena mi vedeva mi sorrideva. Ma con tutto quel nero il sorriso si perdeva un po'.

Alberto non faceva una piega, i giorni che sua madre prendeva anche me a scuola. Lei ci faceva andare avanti perché chiacchierassimo. In realtà non chiacchieravamo per niente, Alberto non mi rivolgeva una parola. Forse non mi riteneva degna di camminare al suo fianco, lui, bello com'era. E a me dispiaceva di dovergli trottare accanto perché così voleva sua madre, infliggergli quella pena, di andare per strada con una che non era all'altezza. Potevo essere una valigia, per lui, o un cesto di frutta. Non faceva una piega nemmeno alla proposta della farinata. Forse lui era abituato, e gli era venuta a noia. Forse tutto gli veniva a noia.

Per me invece la farinata era una cosa nuova, quasi come andare sulla luna. Non sapevo cosa fosse, e neanche i miei lo sapevano. Andare a mangiarla addirittura in una pizzeria mi sembrava una cosa eccezionale, esorbitante: nel senso che esorbitava, fuoriusciva dalla normalità della nostra vita, della mia famiglia. Mi faceva sentire in colpa verso i miei, ma anche felice di non tornare subito a casa, di fare qualcosa, di essere anch'io nel mondo. Quella mia seppur altalenante e incerta felicità era segno che lei stava riuscendo nella sua missione di immettermi nel mondo: qualcosa, nella solitudine casalinga in cui dopo Bitti ero ripiombata, nel mio universo di nuovo ristretto alla sola compagnia di mia madre, cominciava a incrinarsi. Le uscite con la signora Desio furono le prime crepe.

In quanto a Alberto, non so che dire. Se non mostrava alcun interesse, né per la farinata né per me, pazienza. Era fatto così. D'altronde io non capivo se a me lui interessava, mi pareva di no. Però a vedere tutta quella sua indifferenza un po' ci stavo male. Mi sentivo brutta, sbagliata, e femmina. Era lui, era la sua indifferenza, che mi faceva sentire *solo* una femmina; forse se fossi stata un maschio mi avrebbe presa in considerazione.

La farinata non mi piaceva, sapeva leggermente di minestra di piselli. Però non dicevo niente. Vinceva il piacere di sedermi a un grosso tavolo di legno senza tovaglia, e ungermi le mani con quella poltiglia gialla, ma soprattutto di trovarmi lì alle cinque del pomeriggio; mi chiedo se una pizzeria era normalmente aperta a quell'ora, o se era la signora Desio che se la faceva aprire apposta per offrirci la farinata a merenda.

Mi dispiaceva solo che mia madre non ci fosse, che non avesse mai mangiato la farinata. Quando tornavo a casa e la trovavo a lavorare come sempre col suo ago che entrava e usciva dalla stoffa, non mi pareva giusto che il mio mondo si allargasse fino a una farinata e il suo rimanesse così piccolo. Cercavo almeno di descriverle il gusto. Ma come si fa con le parole a far provare un gusto?

Le strategie della signora Desio

Non so se la signora Desio ebbe un effetto buono o cattivo su di me. Un po' mi mise voglia di essere come gli altri, andò a pescare la bambina normale che avrei voluto essere. E un po' mi distorse da quel che ero, come se divellesse il mio albero e lo spostasse in terreni aridi e impervi. Forse mi faceva sentire bene e male, tutt'e due insieme. Così continuai per un bel pezzo ad altalenare: mi ritraevo nascondendomi dietro la tenda verde, e mi mostravo, accorrendo felice quando mi sentivo chiamare. Donata! Allora mi alzavo, andavo alla ringhiera e appena mi chiedeva di uscire rispondevo di sì, correvo a vestirmi e mi prendevo quella porzione di vita estranea.

Escogitava un'infinità di occasioni per farmi uscire. Organizzava di continuo passeggiate, gite, partite di pallone nei prati con suo figlio. Voleva ci frequentassimo, che diventassimo amici. O forse vedeva che anche suo figlio era solo, e cercava qualcuno che gli tenesse compagnia. Però non so, Alberto mi sembrava sicuro di sé, estroverso; aveva certi modi anche un po' gradassi. Cosa se ne faceva di me?

A calcio, andavamo a giocare nei prati dietro il condominio, o nello slargo di piazza d'Armi, che quando non c'era il luna park era deserto. Essendo solo noi due, non potevamo fare una vera partita: quindi lui tirava e io stavo in porta. La porta non c'era, nei prati, e nemmeno in piazza d'Armi; dovevo fingere che ci fosse e parare nello spazio che avevamo deciso di limitare con due sassi, o tracciando col piede una linea al suolo. Facevo del mio meglio per non deluderlo, ma non paravo quasi mai, non ci riuscivo, ero lenta, mi muovevo quando il pallone m'era già passato accanto o sopra la testa. Lui mai una parola, a volte un risolino.

Non andava tanto meglio se giocavamo a tirare gli aeroplanini, piccoli velivoli superleggeri, credo di polistirolo, che si attaccavano a una ruota dentata e, caricando la molla, si facevano partire; oppure si tiravano con un elastico e volavano via come la pietra da una fionda. Lui faceva certi tiri così potenti che l'aereo si perdeva in cielo, diventava un puntolino invisibile. I miei aerei duravano niente, facevano un volo stento e subito s'impiantavano nella terra, a testa in giù. Non mi diceva niente, era come se non registrasse la mia presenza. E se qualche volta gli capitava di lasciar cadere quei suoi occhi a feritoia su di me, io sentivo ancor di più la mia nullità.

Ricami

Infine, ricamavo. Diciamo che, se devo trovare un'immagine sola in cui si condensi tutto il senso di quell'intero periodo grigio, mi viene da dire: fu un immenso ricamare.

Secondo mia madre tutte le bambine ricamavano, guai a essere una bambina e sottrarsi alla legge universale. È vero, siamo state una generazione di ricamatrici, noi nate negli anni Cinquanta; ma io non vedevo nessuno intorno, e mi chiedevo dove fossero tutte le altre chine anche loro sul ricamo. Imparai a immaginarmele, per soffrire di meno: schiere di bambine ricamanti chissà dove. Funzionava sì e no. Mi rimaneva la rabbia di non essere nata maschio.

Punto erba, punto pieno, punto croce... Ricamavo dopo i compiti e quando non uscivo con la signora Desio. Avrei preferito leggere, ma mia madre diceva: «Non puoi stare tutto il tempo con quei libri!». Lo diceva così dispiaciuta che alla fine mi rassegnavo. Per lei leggere era perdere tempo. Per me ricamare era a metà tra una punizione e una buona azione obbligatoria, di cui ignoravo sia le ragioni sia il beneficiario. A leggere mi sentivo in colpa e a ricamare mi sentivo buona, ma non sapevo perché, a quale fine era destinata tanta bontà. Ricamavo piccoli inutili tovaglioli, centrini, tovagliette per il tè. Nessuno di noi prendeva il tè. Non ho mai capito a cosa servissero quelle pezze di stoffa da me ricamate con tanta sofferenza, non le ho mai viste usare in casa. Forse esistevano solo perché io le ricamassi. O forse ricamare è una specie di azione intransitiva, che non cade su niente. Ovvero, cade su telami e stoffine che poi impiliamo negli armadi pensando di usarli chissà quando. Finisce lì. È una specie di ipoteca sul futuro, la fede che lo avremo, un futuro: per esempio una casa, e un servizio da tè.

Probabilmente ricamavo per mia madre, perché avere una figlia che ricama la faceva stare bene. Mi costava, stare delle ore a fare una cosa stupida, passare e ripassare un ago su stoffe che potevano anche rimanere senza ricami e non cambiava niente. Ma per la serenità di mia madre si poteva sopportare. E poi c'era il vantaggio di stare insieme e vicine, a fare una cosa che sembrava la stessa, visto che per ricamare tenevo anch'io un ago e della stoffa in mano. Ogni tanto ci dicevamo quel che ci passava per la mente. Io non so cosa, lei qualche pettegolezzo, o di quando c'era la guerra e non avevano da mangiare, ma sua madre un po' di farina gialla la trovava sempre per fare una polenta, e quando c'era la polenta era una festa, se la facevano durare per giorni finché non era secca da buttare.

«Un giorno fa la polenta e mi dice: portala in tavola; io sono piccola, quattro o cinque anni; quando mi trovo sulle braccia quel tagliere non me lo aspetto quanto pesa, e lo faccio cadere, tutta la polenta che se ne va per terra. Allora mia madre mi prende per i capelli e mi fa leccare il pavimento, finché non ne resta un'ombra, di polenta, finché non ho ripulito con la lingua; ma quella polenta è bollente, e io non posso smettere perché mi tiene la testa giù col pugno, e mi fa male, i capelli mi tirano, e allora io lecco, lecco, finché ho la lingua tutta bruciata.»

Non ho mai trovato il modo di fermarla. Di fermarle i racconti, dico. Ho lasciato che quel fiume buio scorresse, e mi allagasse. Alla fine, mi sa che in fondo ne avevo bisogno: quei racconti erano più che mai lei, e se la amavo tanto, mi viene da dire molto più di quanto comunemente si ami una madre, forse era proprio per quelle cose orribili che con me riusciva a buttare fuori. Solo che non è bastato a salvarla dal dolore. Sono stata la figlia che non poteva avere, questo sì. Ma per quanto io abbia fatto, c'era sempre quell'angolo degli occhi che le cadeva. Niente da fare, era stata una figlia non amata, e da una strada così non si va né avanti né indietro: nessuno ti salva da una madre che non ti ha amato. Ci sono mali che non c'è modo di sradicare.

Si usava un cerchietto, per ricamare, fatto di due cerchi concentrici tenuti insieme da una chiusura di metallo che si avvitava e svitava. L'ho ritrovato in un cassetto. È uguale preciso a come me lo ricordavo. Altra prova che non tutti i ricordi sono inventati, e che a volte – anche se non vuol dire niente – oggetto reale e oggetto mentale coincidono. Tra quei due cerchi si pinzava la stoffa, in modo che stesse ferma e ben tesa e si potessero mettere i punti agevolmente. Credo mi sia servito, stare nel cerchio, dentro quella circonferenza riparata come un piccolo lago.

13

Popoff

La scatola del meccano

I ricordi sono oggetti. Cose materiali, su cui da piccoli ci siamo soffermati e dove, per una qualche misteriosa ragione, si è rappresa la memoria, ha fatto grumo. Che poi siano oggetti che con sorpresa ci ritroviamo in casa, come il cerchietto per ricamare, oppure oggetti che non abbiamo conservato, persi per sempre e divenuti pure immagini mentali, come il salvagente della Renata o il sussidiario della maestra con la veletta, poco importa. Possono essere anche solo odori, frasi, gesti. Ma rimangono. *Continuano*. Il pesce rosso continua a guardarmi deformato dalla sfera di vetro, il vaso del litigio dei miei continua a frantumarsi, la parola Riviera a risuonare, il parquet della palestra di via Magenta a scricchiolare, e così pure l'orzata continua ad annebbiarsi nel calice di acqua calda.

O il torrone sciolto sulle dita. Non l'ho mai raccontato, ma il primissimo ricordo che ho è una sensazione tattile. Ho dieci mesi e un pezzo di torrone in mano. Sono nella culla, una culla bordata da una rete alta che somiglia alla rete dei pescatori. È mattina, mia madre non è con me, probabilmente è di là che fa le pulizie con la radio accesa. Io sono sola nella stanza, la porta è chiusa. Devo essermi appena svegliata e lei per tenermi buona mi ha dato quel pezzo di torrone. Poi se ne è andata a fare i lavori di casa. Il torrone comincia a sciogliersi, forse perché lo tengo da troppo tempo. Sento la pasta che si fonde e diventa molle, colano le nocciole a pezzi, un liquido vischioso bianco mi inonda, le dita mi si appiccicano le une alle altre, cerco di liberarmi dal torrone sfatto con l'altra mano, ma non faccio che spalmarlo ovunque, sul tubo di acciaio che borda la mia culla, sul vestito, sulla faccia, sui capelli. Mi sento presa in una morsa liquefatta. Comincio a piangere, chiamo la mamma, chiamo sempre più forte ma non mi sente. Quando finalmente arriva e mi pulisce dalla colla del torrone, è troppo tardi. Non me la scollo più, quell'immagine: un torrone appiccicoso che si disfa, la solitudine, l'angoscia. La mia amica Ingrid mi dice che questo ricordo è fondante. Ha fondato qualcosa in me, e devo pensarci. Chissà, magari è responsabile di quel che sto facendo, di come sono diventata. Ingrid a volte mi chiama al telefono apposta perché io non me lo dimentichi: «Donata, pensa al torrone... Non lasciarla sola, quella bambina...». Quella bambina sarei io. Ingrid sostiene che il bambino che siamo stati è ancora con noi. Mi piace. È un pensiero che azzera il tempo, lo livella come una pialla. Ancor più mi piace l'idea di essere accompagnata dalla bambina che ero.

È fatto di poche cose, il passato. Eppure quelle poche cose assumono per noi una consistenza, indelebile e molto solida. Diventano pilastri. È su di loro che poi edifichiamo l'intera costruzione. Se ne stavano lì isolati in mezzo al deserto, quattro pilastri spersi, e potevano restare così anche tutta la vita, con noi che ci giravamo intorno come nulla fosse. E invece a un certo punto, non so cosa ci prende, ci viene da riempire gli spazi vuoti in mezzo ai pilastri, ed eccoci a posare mattoni, fare colate di cemento, fino a che appare tutto l'edificio. Perché poi, è di una costruzione che si tratta. Il passato non esiste, si costruisce. Si costruisce a ritroso. E la cosa incredibile è che in realtà quell'edificio stava già lì fin dall'inizio, era sotto i nostri occhi, ma per qualche strano meccanismo distorsivo della vista non l'abbiamo mai veduto. Quindi non è nemmeno una costruzione: è una specie di apparizione. Non so da cosa dipenda. E non credo ci sia un'età precisa, o una ragione. A un certo punto ci viene addosso una visione fulminea e restiamo lì, stupefatti della nostra vita: vediamo come sono fatti i muri, dove sono le porte, di che colore le finestre, quanti piani, quante stanze, che forma ha il tetto... E allora ce ne stiamo lì a guardare, increduli e ammirati, e diciamo: «Ah, dunque era questo...».

Oppure non esiste nessun edificio. Da un po' ho il dubbio che ce lo inventiamo noi. Quando abbiamo un bel po' di anni alle spalle e la paura che non esista un senso e non rimanga niente, allora ci mettiamo a inventarci l'edificio. È un dubbio doloroso, che non vorrei avere. Ma mi è venuto. Noi abbiamo tra le mani una semplice scatola del meccano. Pezzi, solo pezzi di metallo e viti e bulloni, con cui possiamo costruire infinite cose, tutte diverse. Il bello del meccano è che hai quei dati pezzi nella scatola, non altri, e a seconda di come li metti puoi far venir fuori un elicottero o un trattore, una ruspa, un treno, un carrarmato o una gru. Quel che conta sono gli snodi, quando decidi di farne uno o un altro, i pezzi che scegli di usare, i giunti, i raccordi che fai o non fai, dove metti un bullone, dove avviti. È una scatola del meccano che ci ritroviamo in mano alla fine, tanti pezzi sparsi da avvitare insieme. Ed è lì che capisci che con i pezzi della tua vita – che peraltro è già passata, è già costruita (è questo il bello!) – ci puoi costruire quel che vuoi, dipende da dove li metti, da come li disponi. Lo decidi tu se la tua vita è un trattore o un elicottero, lo decidi quando è già stata, quando bene o male lo vedi dove sei andato, cos'hai combinato di buono e di cattivo. E a quel punto, quando sei tu che decidi come attaccare i pezzi, non è più nemmeno la tua vita.

Siamo noi che decidiamo l'importanza o meno di certi episodi, anche irrilevanti. Li ergiamo a pilastri, diamo loro un valore simbolico assoluto. È una costruzione arbitraria? Può darsi. Eppure c'era qualcosa di davvero rilevante, in quegli episodi, avevano di per sé una densità di significato che ce li ha resi luminosi. Se no perché starebbero così saldamente piantati nella memoria, e perché avrebbero vinto su tutti gli altri, rimanendo unici e così nitidi?

Popoff è uno di questi pilastri. O un pezzo del meccano, fa lo stesso. È un episodio irrilevante, mi sfugge persino il motivo per cui mi sia rimasto nella memoria. Ma è diventato indimenticabile. E adesso che racconto – che costruisco – mi sembra enormemente importante.

Se non ci mettessimo a raccontare, nulla ci sembrerebbe importante. Kundera, in un libro che proprio oggi ho aperto a caso, scrive: «Quanto si verifica nella nostra vita – chi può negarlo? – ci colma di meraviglia! Ci incanta! Diventa indimenticabile!».

Veramente il testo esatto dice "Quando" e non "Quanto", e rimanda a un soggetto che sta nella frase precedente. Ho letto male. Ma così ho salvato due parole, "meraviglia" e "indimenticabile"; e il loro legame singolare mi aiuta a capire quel che sto facendo. Gli errori non sono lì proprio a indicarci un senso che altrimenti non avremmo mai trovato?

Il bambino sul palco

Marzo iniziava. È uno dei miei mesi preferiti: porta il vento, le foglie neonate verzoline, la luce che alla sera aumenta. E le violette che mia madre raccoglieva.

C'era ancora la neve quell'anno per le strade, si era ghiacciata e non riusciva a sciogliersi perché la temperatura non saliva sopra lo zero; i lastroni erano ricoperti da una patina nerastra di smog e terra, quasi invisibili, si confondevano col grigio del selciato. Infidi. Bisognava camminare con circospezione, soprattutto ai margini dei marciapiedi, sotto i gradini, dove il ghiaccio s'insediava e permaneva per più tempo, diventando crostoso e sdrucciolevole.

Avevo dieci anni e mezzo, quasi undici. E con ciò si chiude il cerchio, che ho iniziato con la storia dei miei genitori undicenni. Ero in un certo senso loro coetanea quando, nel 1967, anche a me capitò qualcosa che mi segnò la vita.

Bitti non c'era più da diciotto mesi. Ci scrivevamo lunghe lettere, una dopo l'altra. Eravamo diligenti e precise; appena una riceveva la lettera dell'altra subito rispondeva, e l'altra faceva lo stesso; era un filo di posta ininterrotto che, almeno nell'aria, sembrava ancora legarci. Non ci dicevamo niente, in quelle lettere; come stai, io bene e tu, a Reggio Emilia come ti trovi, ieri sono andata a fare una gita in campagna, salutami tanto i nonni, mi piacerebbe che venissi a trovarmi, e con l'aritmetica come va. Non eravamo capaci di scrivere lettere. Non è facile. Prima di saper scrivere lettere, bisogna imparare a prelevare le cose che stanno ancorate sul fondo – cocci di anfore cretesi o rare conchiglie iridescenti – e portarle in superficie perché tutti possano vederle. Bitti e io non scendevamo ancora negli abissi. Ci vuole tempo, bisogna che la vita sia passata almeno un po', e abbia fatto anche un po' di male, per diventare i sommozzatori dei nostri sentimenti. Noi eravamo ancora ferme sulla barca, sapevamo dire solo sono andata qui sono andata lì, ho fatto questo ho fatto quello. Dicevamo le cose concrete, e le condivamo con una spruzzatina di formule convenzionali: io sto bene come spero di te, tanti saluti cari anche alla tua famiglia, mi auguro di rivederti presto.

Quello non era scrivere una lettera, era mettere delle frasi in fila. Ma non importava, il bello era mandare lettere per ricevere le lettere di risposta; ancor di più aspettarle, prenderci il tempo muto di quanto ci mette una lettera ad arrivare e l'altra a partire, e in quel tempo chiederci se abbiamo detto tutto, se quel che ci verrà risposto è quel che desideriamo leggere; e poi vederle di colpo nella buca, e tra la posta infilata in verticale riconoscere la busta. Le buste di Bitti erano azzurrine con un fiorellino viola e le foglioline verdi in alto, dalla parte opposta del francobollo. Conservavo anche i francobolli, delle sue lettere; poggiavo la busta sopra il bollore del pentolino così che la colla si staccasse e mi prendevo il francobollo, ma non lo tenevo insieme agli altri, lo mettevo in un quaderno speciale che chiamavo "album dei francobolli di Bitti".

Per il mio compleanno Bitti mi spediva sempre un libro, oltre al biglietto di auguri. L'ultimo era *Le cosmicomiche* di Calvino, un libro strano, che trovavo difficile e non riuscivo a leggere, ma che volevo leggere perché era un suo regalo. L'avevo ricevuto a ottobre, era marzo ed ero ancora più o meno a pagina 50.

Stavo appunto cercando di leggere *Le cosmicomiche* quando mia madre accese la tivù. Era venerdì, iniziava lo *Zecchino d'oro*. Di anno in anno lo aspettavo. C'erano i bambini che cantavano, Mago Zurlì che li presentava, e Richetto, un attore adulto che faceva la parte di un bambino delle elementari, parlava con la voce infantile e portava un largo grembiule a righe, un fiocco enorme e un berrettino alla marinara.

Smisi di leggere *Le cosmicomiche*, tanto non ci cavavo niente, e guardai la tivù. A un certo punto toccò a un bambino vestito da russo che cantava *Popoff*. M'incantai a guardarlo, come si muoveva, come cantava; i suoi capelli erano biondi. Bianchi, alla tivù in bianco e nero. Aveva lo sguardo serio, da uomo, cantava dei cosacchi dello zar e sembrava lui stesso un cosacco. *Nella steppa sconfinata, a quaranta sotto zero, se ne infischiano del gelo i cosacchi dello zar. Col colbacco e gli stivali, camminando tutti in fila, con la neve a mezza gamba vanno verso il fiume Don.* Popoff è uno di loro, ma non riesce ad andare avanti perché grasso e goffo, gli affonda lo stivale nella neve, rimane sempre indietro e gli altri ridono di lui. Però a un certo punto sono tutti stanchi, hanno i baffi congelati, ancora non si vede il fiume Don e si fermano in mezzo al gelo a quaranta sotto zero. Popoff invece va avanti, e alla fine è l'unico che raggiungerà il fiume.

Ma Popoff
non si arrende e dopo un po'
scivolando sulla pancia
fila verso il fiume Don.

Ma Popoff
così tondo che farà,
rotolando nella neve
fino al fiume arriverà.

Non so se seguissi le parole e capissi fino in fondo la storia. Mi pare che della canzone non m'importasse niente. Io guardavo lui, il bambino biondo, la sua casacca girocollo abbottonata di lato come la portano i russi, i pantaloni che finivano a sbuffo dentro gli stivali, lucidi, neri. Imbronciato e imperioso. Aveva una fierezza che non avevo mai visto. Mi pareva un essere superiore, e lontano. Sì, lontano. Aveva una distanza. Non c'entrava niente con la storia che cantava, lui non era grasso e goffo, non faceva ridere nessuno intorno, anzi, ispirava solo ammirazione e rispetto. Non era Popoff, era colui che cantava Popoff. L'esecutore, non l'eroe protagonista. Noi ammiravamo lui, la sua bravura, la sua bellezza, non lo sfortunato cosacco obeso. Eppure, forse perché era vestito a quel modo, riusciva a essere anche il cosacco di cui parlava la canzone. Era un tutt'uno, indistinto, indistricabile, e molto misterioso: Popoff e il suo cantante, il cosacco e il bambino biondo; ma con una differenza decisiva, che Popoff non sarebbe esistito senza il suo cantante. Non lo capii di certo in questi termini, non arrivai a tanta chiarezza. Solo ora mi è molto evidente, e alla fine non è nient'altro che quel che scrisse Foscolo a proposito di Omero e Ulisse: mai ci sarebbe stato Ulisse se Omero non lo avesse cantato; ovvero sì, sarebbe esistito, ma la sua esistenza sarebbe passata invano, caduta nel nulla, completamente ignorata dall'umanità.

Vinse lui lo *Zecchino d'oro*, quell'anno. Così lo rividi anche la domenica, nella puntata finale. E in tutto sentii tre volte la canzone, perché gliela fecero ripetere anche dopo la premiazione. Tanto che alla fine la sapevo a memoria.

Non pensai a nulla di preciso e non ricordo che emozioni provassi. A un certo punto mi ritrovai per strada. Era pomeriggio, faceva ancora chiaro; forse eravamo usciti, i miei genitori e io, per una passeggiata. Oppure come al solito mio padre non c'era e io ero sola con mia madre e con qualche sua amica o vicina di casa. Passeggiavamo in via Panicatti, percorrevamo quella triste via della nostra periferia, semideserta, con i marciapiedi sconnessi, un po' macchiati d'olio, pipì di cane lungo i muri, cartacce. Passavano poche auto. C'era la solita noia in giro, e il grigiore della domenica. Ma c'era anche qualcosa di nuovo e strano. Io non ero io. Ricordo che camminavo dietro gli adulti, mia madre e gli altri, chiunque fossero. Stavo per conto mio, mi sentivo completamente sganciata. Ero sola nel mondo, ma non mi sentivo triste, ero dentro una specie di esaltazione. La strada non era più una strada. Torino non era Torino. Ero in un altro luogo, su un palco, ero grande, ero bionda ed ero un uomo. O un ragazzo, o un bambino dai pantaloni all'inglese, o un cosacco con la blusa girocollo e gli stivali. Era tutto molto confuso. Stavo in piedi su un palco, i riflettori addosso. Facevo l'inchino. Ma non l'inchino di Fabrizia che offre i fiori alla maestra: l'inchino degli attori dopo lo spettacolo, quando si prendono gli applausi. C'era uno scroscio di applausi, che non finivano. Io mi sentivo le luci addosso, il microfono in mano, e ricevevo quello scroscio. Non sapevo cosa avessi fatto per meritarmi tanti applausi, ma sapevo che erano per me. Non capivo se avessi cantato *Popoff*, recitato in una commedia, o altro; se ero un attore, o un astronauta, uno scienziato o cosa. Non importava. Ero felice perché mi sembrava di essere finalmente quel che ero, mi sentivo al posto giusto, a mio agio, e qualsiasi cosa avessi fatto per cui ora mi applaudivano doveva essere una cosa molto giusta. Era la giustezza della mia vita, a cui tutti s'inchinavano rendendole omaggio. Camminavo. Andavamo a passeggio in quella tristezza domenicale, ma non importava più, né che fosse domenica né che fossimo nello squallore di quelle vie.

Tornammo a casa verso l'ora di cena, quella domenica sera; era già buio, ma di quel buio che conserva ancora un po' di luce e che c'è solo nelle sere d'inizio primavera. Mio padre si sedette al tavolo a pulire l'insalata, mia madre si mise a fare una minestra. Mangiammo prima l'insalata, come sempre: i miei dicevano che apriva lo stomaco; poi la minestra e un pezzo di formaggio col pane. Il telegiornale andava, con la sua voce monocorde. Forse c'era la Orsomando. Sparecchiai, lavai i piatti nel cucinino gelido e li misi capovolti nel lavello, non avevo voglia di asciugarli. Quando tornai in tinello mio padre posava l'apparecchio acustico sulla mensola, e alle nove in punto ci salutò e andò a dormire. Mia madre si mise a cucire. Non portava ancora gli occhiali, avvicinava gli occhi alla stoffa e faceva andare l'ago dentro e fuori, dentro e fuori, spingendolo col ditale dorato. Ogni tanto si pungeva perché era tardi, era stanca, e l'ago le scivolava di lato, su un dito. Ogni volta che si pungeva, succhiava il sangue con le labbra e diceva: «Ahi...». Ogni volta mi faceva pena. Come sempre. Tutto sembrava come sempre. Ma non lo era. Non esisteva più niente che importasse, da quella sera, né di quel che faceva mio padre, né di quel che faceva mia madre. Io avevo un segreto dentro di me. Qualunque cosa fosse, esistevo, mi sentivo esistere, e sentivo che ce l'avrei fatta.

Ce l'avrei fatta a fare cosa mi era completamente oscuro. È di questa oscurità che vorrei dire, di quando vediamo attraverso una nebbia che *diventeremo*. Non *che cosa* diventeremo, ma solo che diventeremo. Più che altro un desiderio: noi desideriamo diventare. Senza volere nulla di preciso, senza avere per nulla chiaro *che cosa* diventare. Una imprecisione che è possibile solo nell'infanzia, quando tutto è nebuloso e fatato. Poi si delineano le cose, i profili, gli orizzonti; acquisiamo le parole, riflettiamo, studiamo; diventiamo consapevoli e colti, e quindi arriviamo a intuire abbastanza chiaramente *che cosa* vogliamo diventare. E la magia è rotta.

Ma allora no, era un desiderio nudo. Assoluto e perfetto. Dopo cena mi chiusi in bagno a cantare. Piano, nessuno mi sentiva. Facevo finta, mettendo la mano a pugno davanti alla bocca fingevo di cantare al microfono. Cantavo camminando al ritmo di Popoff, avanti e indietro nel bagno. Ero un cosacco nella neve a quaranta sotto zero. Ero l'attore che finge di esserlo. Ero il cantante che racconta di lui. Non so cos'ero. Non pensavo che da grande avrei fatto la cantante o l'attore, o il cosacco. Non pensavo né di essere piccola né che sarei diventata grande. E non avevo il minimo talento per cantare o recitare o camminare nella neve. Mi era chiaro che non avevo talento per nessuna cosa. Ma non importava. Per la prima volta c'era una persona davanti a me che era capace di fare qualcosa, e non importava se quella cosa era cantare o altro: qualunque cosa fosse la faceva bene, era così e basta. Quella persona davanti a me ero io nel futuro. Anzi, non c'era futuro, era come se tutti i tempi fossero contenuti in quell'attimo. Ero sdoppiata, da una parte la bambina che ero e dall'altra la persona che sarei diventata, e stavano camminando e cantando entrambe. Guardavo quell'altra accanto a me: non sapevo cosa avrebbe fatto nella vita, non capivo nemmeno se era maschio o femmina, ma mi piaceva. Ero io. Volevo essere io. Mi accorsi che c'era un io, da qualche parte.

Fu quel giorno che cominciai a staccarmi. Non lo percepii così bene, ovviamente, ma adesso posso dire che fu in quel momento che cominciai a staccarmi da mia madre, dal compito che m'ero prefissata, di salvarla, di risarcirla di tutto il male. Non che volessi sottrarmi, semplicemente quel compito arretrava di qualche passo, sfumava, non era più così prepotente e nitido. Volevo sempre bene a mia madre, anzi, le volevo un bene gigantesco che di più non si poteva. Ma era arrivato qualcuno che mi portava via e, anche se non volevo, anche se non sapevo dove mi avrebbe portata e mi faceva un po' paura, mi lasciavo prendere.

Cominciai a perdere la memoria del cielo. Impossibile da definire con esattezza, ma credo che questo avvenne. Ormai lo chiamavo cielo, perché avevo imparato a guardare il cielo, e a sentirlo sopra di me. Il mondo della luna era un'immagine infantile, non mi apparteneva più; chiaro che la luna non c'entrava niente, troppo lontana, troppo piccola: io venivo da un posto ben più largo, da quello spazio che, non sapendolo misurare e nemmeno immaginare, abbiamo risolto di chiamare infinito. Ma non ricordavo più bene che cosa avevo visto quand'ero nel mondo dell'infinito, né perché ero scesa, e se l'avevo davvero deciso. Non ero nemmeno più tanto certa di esserci stata, lassù in alto, a guardare il mondo, a notare minimi dettagli e a scegliere una madre per via di un bottone. Cominciavo a ritenermi nata il giorno in cui mia madre mi aveva partorita, come tutti. E basta. Il cielo mi stava a poco a poco abbandonando.

Ma era lui, o ero io che mi allontanavo? Mi sentivo sola e tradita, proprio nel momento in cui iniziavo a tradire. Come quando il paesaggio ci scappa dai finestrini del treno e invece siamo noi che corriamo via sui binari. Non si sa mai bene chi parte e chi resta.

Comunque, sentivo qualcosa di naturale in quel che mi capitava, una specie di legge che c'era sempre stata e non si vedeva perché mai avrebbe dovuto interrompersi proprio con me. La giustezza delle cose, vorrei dire, il misterioso e infallibile corso degli eventi. Con una punta di amarezza, però: non so se avrei rinunciato per sempre a quella favola del nascere prima di nascere. Anzi, di essere nati sempre, e quindi mai. Mai in un momento preciso, voglio dire. Secondo me stava avvenendo solo un temporaneo distacco, era questo che volevo credere; il cielo mi avrebbe sempre guardata da lontano e un giorno sarebbe tornato a prendermi, mi stava solo dicendo: «Bene, ora sei sulla Terra. Ti tocca vivere. Vediamo un po' come te la cavi...».

Tutto lì. Secondo me, era così che stava andando.

Sulla spiaggia di Pescara

Il mistero del carillon

Quando mia madre è morta e ho dovuto svuotare la casa, in un cassetto del comò, tra la biancheria, ho trovato un carillon. Non l'avevo mai visto. È un carillon di plastica marrone, da quattro soldi, una scatola che si apre e ne esce una ballerina microscopica tutta bianca, corpo e tutù. Carico la chiavetta e lei si mette a ballare su uno specchio, vortica fino ai bordi, torna al centro e via così finché la musica si spegne.

Cos'è? Non faceva parte degli oggetti di mia madre, non gliel'avevo dato io e non mi pare che qualcuno glielo avesse regalato (e poi chi, e perché non me l'aveva detto?), né che se lo fosse comprato da sola: lei un bel giorno davanti a una vetrina che lo rimira, poi entra e se lo compra... Ma quando mai? Per farne cosa, caricarlo ogni tanto e guardare quella figuretta che gira due minuti su uno specchio? E cosa sarebbe poi lo specchio, un lago?

Non ne sappiamo niente, degli oggetti che ereditiamo. A un certo punto, oppressi dalla morte che ha appena visitato casa nostra e ci ha strappato la persona più amata al mondo, ci tocca aprire stupidi armadi, cassetti, scatole, e ci viene addosso una valanga di vestiti, piatti, carte, libri, lettere, soprammobili, peluche. Oggetti che ci troviamo di colpo tra le mani, e sono spenti, inerti. Muti. Parole che non parlano più, gli oggetti ereditati.

I nostri genitori li conosciamo poco, questo voglio dire. Per quanto viviamo insieme un bel pezzo di tempo, vediamo una piccolissima parte di loro, filtrata oltretutto dal nostro sguardo mai imparziale, mai neutro. Conservano fino alla fine una loro vita segreta, che mai noi figli verremo a conoscere. Comprano carillon con ballerine, per esempio.

Non so se la madre che racconto è la mia vera madre, diciamo così. Non so chi era, che cosa si nascondeva dietro, quanti altri misteriosi carillon troverò. Ancor meno ne so di mio padre, visto che lui non raccontava niente di sé, e io me n'ero fatta, appena nata, per partito preso, l'idea che fosse il nemico.

Posso dire però che, col tempo, è avvenuta una specie di inversione. Non proprio l'angelo che diventa diavolo, ma qualcosa di simile. L'idea che avevo dei miei genitori è andata mutando, e quasi invertendosi. Non che lo volessi: è stato un processo del tutto indipendente dalla mia volontà, lento e completamente interno, una mutazione che avveniva solo dentro di me, nei sentimenti recuperati attraverso la memoria. I miei se n'erano andati, ma era come se dagli abissi qualche sommozzatore continuasse a portare alla luce reperti di un vaso, e io solo allora cominciassi a vederlo intero, scoprendo oltretutto che non era per niente il vaso che mi ero immaginata. Intendo dire che ora non so più chi era la vittima e chi il carnefice. Non so nemmeno se c'era, una vittima. Sicuramente nessuno era il carnefice. Tutto mi pare più soffuso, indistinto. Meno semplice.

Ne parlo spesso con Ingrid. Non è esattamente una seduta di psicanalisi quando parlo con lei, ma mi fa bene. Forse me ne fa di più, di bene, perché – pur essendo lei davvero una psicanalista – è solo una telefonata tra amiche, e quindi non mi dà quel senso di dovere e malattia insieme, voglio dire la sottile sensazione di *dover essere malata* per poter parlare con lo psicanalista, per essere almeno un po' un caso interessante. Ingrid mi ascolta a lungo e mi tranquillizza, mi dice che può succedere, e di non starci troppo male. A me sembra quasi di uccidere mia madre a tradimento, ma lei dice che va bene, anzi, è salutare.

Ingrid ha origini nordiche, è molto alta ed elegante come in genere sono gli svedesi. Ma è bruna, non bionda. Ha quasi settant'anni ed è ancora molto bella. Per me che la conosco da pochi anni, è l'immagine di una sua bellezza lontana che io non ho mai visto. Ed è una strana impressione, come se ogni volta che la vedo mi porgesse una foto antica di sé. Bizzarro, no? Si può essere la foto di se stessi da giovani, e nello stesso tempo essere vecchi? Comunque, anche la sua bellezza mi fa del bene. E questo non lo so spiegare, è così e basta.

Mio padre è morto per primo, mia madre a poca distanza. Sono morti entrambi troppo presto, non ero pronta. Forse si dice sempre così, e tutti i figli lo dicono, a qualunque età muoiano i genitori. Ciononostante, per me sono morti davvero troppo presto. Sono circondata da gente che invecchia con i genitori accanto, quindi so che non è affatto la norma perdere i genitori da giovani. Vuol dire che tutta la vita adulta si svolgerà senza di loro. È abnorme. Qualcosa che continua senza il suo inizio, non so se riesco a dare l'idea: una corda che si svolge ma non è più attaccata a niente, eppure sì, continua a svolgersi. Però si vede che gliene manca un pezzo, e uno si chiede: ma da dove inizia quella corda, come fa a svolgersi se non è più tenuta da nessuna parte? Oppure quell'immagine mostruosa della lucertola che continua a serpeggiare nell'erba anche se non ha più la coda. Monca.

Ho vissuto la mia vita adulta monca, senza che i miei genitori vedessero come diventavo, cosa facevo, senza che partecipassero a quel che mi accadeva, di bello e di brutto. Non ho avuto il loro sguardo su di me. Ed è stato come se vivessi dentro una luce che un po' si abbassava troppo e un po' si alzava troppo, in ogni caso non era mai normale, mai come avrebbe dovuto essere. Voglio dire che le cose meravigliose che mi sono capitate mi hanno dato meno gioia di quanto avrebbero dovuto; anzi, a volte persino una grande tristezza. E le cose drammatiche invece mi hanno fatto ancora più male, un male inconsolabile, assoluto.

Ma c'è dell'altro. È il non aver avuto il tempo di conoscerli. Voglio dire che non mi è stato dato il tempo necessario a elaborare quella conoscenza, per forza di cose parziale e inesatta, che avevo di loro. Così, si sono tutti e due cristallizzati, mio padre e mia madre. È successo questo: cristallizzati. Nel senso che sono rimasti com'erano, come pensavo che fossero quand'ero troppo giovane per capirli. Statue di cristallo, mai più modificabili. Non ne vedrò mai l'essenza, ecco. Non dico che ci sarei arrivata, all'essenza; ma chissà, forse sì. Anche se, mi chiedo, possono mai i figli cogliere la sostanza essenziale dei genitori? Non credo, sono troppo occupati a essere figli. Nel mio caso, ero occupata a rendere felice mia madre. Che poi, è solo una delle possibili varianti del naturale egoismo dell'essere figli.

Cristalli incompleti, per giunta. Credevo di sapere tutto dei miei genitori, invece non sapevo quasi niente. Mancavano dei pezzi, nei loro racconti. Se non fossero morti così presto, avrei chiesto loro di completare il quadro. Invece mi hanno lasciato molti buchi. Dico dei buchi narrativi, incolmabili purtroppo.

Mia madre aveva quel bisogno di tirar fuori tutto il male, nemmeno se ne accorgeva, lo faceva come se estraesse caramelle da un sacchetto. Quindi, col fatto che raccontava continuamente di sé, mi pareva che non ci fosse nessun buco, che fosse tutto detto, tutto chiaro. Ho pensato che non ci fosse altro, e non sono mai andata a cercare niente, mai a chiedere a zii, cugini, a persone che la conoscevano. La sua versione dei fatti per me era l'unica, era la verità. Non l'ho mai messa in dubbio. Quando è morta, ho tagliato i ponti con tutti i parenti. Non ho voluto vederli mai più. Non potevo. Avevo un muro davanti, il muro che mi aveva eretto lei, con i racconti terribili della sua infanzia. Non sono più riuscita ad abbattere o almeno a scalfire, quel muro; non mi è neanche venuto in mente, di farlo: sarebbe stato tradirla. Così, anche volendo, non avrei saputo dove andare, a chi chiedere qualcosa di mia madre. Quel che so di lei è per sempre soltanto quel che lei mi ha raccontato. E i buchi che mi ha lasciato sono per sempre buchi.

Con mio padre avrebbe potuto andare in modo diverso. Lui mi aveva lasciato voragini, perché raccontava ben poco di sé.

Aveva una ritrosia, una timidezza. O una rassegnazione? Forse pensava che non fossi interessata, che mi avrebbe annoiata, che non gli volevo così bene da voler sapere qualcosa di lui. Era convinto che gli volessi poco bene, che ne volessi molto di più a mia madre. Aveva ragione, era così. O non aveva voglia di raccontare e basta. Per esempio della guerra, chi ha fatto la guerra non ha piacere di andare a pescare ricordi. Parlava, ma solo del presente, di quanto era contento della vita che si era costruito, dei progetti che aveva in mente. La vita precedente non contava, s'era persa in fondo a un pozzo. Lui da quel pozzo non aveva voglia di tirar su il secchio. È stato un uomo proiettato in avanti, uno che ha lasciato presto il suo paese ed era molto fiero di averlo fatto. Il passato gli serviva solo per fare il paragone, vedere la distanza che aveva messo, misurare la soddisfazione. Era un uomo soddisfatto, mio padre, forse toccava persino la felicità. Anche se quel passato gli mordeva, non era riuscito a liquidarlo: c'era la terra, quel suo desiderio di possederne ancora un pezzo, per poterci tornare. Ma a parte questo sentimento a ritroso, questa corda che lo tirava, potrei dire che è stato l'uomo più felice che mi sia capitato di vedere nella vita.

Io a mia volta non gli ho mai chiesto niente di quando era bambino, o ragazzo. Lui non raccontava e io non chiedevo. Gli parlavo poco, stavo attenta a rivolgergli la parola il meno possibile, figurarsi se lo interrogavo sulla sua vita. Era sordo. Parlare con un padre sordo non era facile. Credo che sia stato determinante, anche se non saprei che cosa esattamente abbia determinato. Di sicuro, dovendo urlare per farmi sentire, gli parlavo lo stretto indispensabile. Brevi frasi di servizio, sì, no, forse, domani. Orari, indirizzi, notizie secche, tecniche. Mai discorsi. Meno che mai sentimenti. Come si fa a urlare un sentimento, a parlare a volume altissimo per un quarto d'ora di emozioni, opinioni sulla vita, pensieri intimi? Allora non seppi trovare il modo, e forse non ci provai neppure.

Non ho mai nemmeno riflettuto su cosa significasse veramente quando si toglieva l'apparecchio, il mondo che in quell'attimo per lui si spegneva; riuscivo solo a farmi un'idea molto pallida di quell'improvviso e così totale silenzio. Lo guardavo posare gli occhiali sulla mensola, la sera, con le asticelle girate in su che sembrava un insetto morto stecchito, e buonanotte, quel che avevamo da dirgli io e mia madre, o gliel'avevamo detto prima o non glielo dicevamo più fino al mattino dopo.

E poi c'era quella storia che lui era il nemico. E al nemico non si dà confidenza. Era per questo, non perché era sordo: gli parlavo così poco perché avevo stabilito di fargli guerra.

Insomma, i buchi che mi aveva lasciato mio padre erano evidenti, sapevo benissimo che c'erano. Ma con i suoi parenti avevo conservato buoni rapporti, potevo farmi aiutare a riempire le caselle vuote. Era semplice, bastava solo andare a chiedere. A quel punto, però, a chi chiedevo? Erano morti tutti, i vecchi.

Restava sua sorella, Pacetta. Sono andata da lei una decina di anni fa, in pieno inverno. Ero vecchia anch'io, avevo più di cinquant'anni; sono capitata lì all'improvviso, con la precisa missione di chiederle tutto quel che si ricordava di mio padre. Pretendevo, volevo sapere tutto. È stato un fallimento. Pacetta era molto anziana. Non aveva perso le capacità mentali, era sempre vivace e sveglia, e capiva ogni cosa. Ma non si ricordava quasi più niente, e quel poco che le rimaneva nella memoria lo confondeva, sbagliava i tempi, la concatenazione dei fatti, dimenticava i nomi, i luoghi, le persone.

Me ne sono tornata a casa con un senso di privazione senza scampo. Come se un'isola fosse stata lì davanti a me da sempre, e io non l'avessi mai voluta raggiungere, e quando finalmente m'ero decisa me l'avessero sottratta. Non c'era più. Sprofondata negli abissi.

•

Le domande che non ti ho fatto

Così, per tanti anni mio padre è stato quelle poche cose: l'apparecchio acustico, la valigia piena di salvistre, «La Stampa» nella tasca della giacca, la tarantella, la Zeiss Ikon a tracolla, la canottiera, l'armonica a bocca... I brindisi col mezzo bicchiere di vino. E quella domanda che ripeteva quasi ogni giorno a mia madre e che non era una domanda, era la forma verbale del suo orgoglio: «Ma ci pensi da dove vengo?».

Da dove vieni? Chi sei?

Mi sono rimaste le domande che non ti ho fatto. Una valanga di domande che ho accumulato negli anni e che adesso mi piacerebbe da morire rivolgerti. Se davvero facevi nove chilometri a piedi per andare a scuola. Se non eri stanco, non avevi freddo a dormire nel sottotetto. Quanta terra hai zappato, quante pecore hai portato al pascolo. Quanti anni avevi quando te ne sei andato da Pizzocolle, come l'hai deciso. Se non ti dispiaceva andartene. Dove hai iniziato il servizio militare. Perché sei rimasto in guerra sette anni. Perché in Albania. Quando hai avuto paura. Quante fidanzate hai avuto, chi ti è rimasta nel cuore. Se è vero che hai abitato anche a Firenze e a Roma, cosa ci facevi in quelle città, come vivevi, che lavori hai fatto, se avevi degli amici. E perché poi te ne sei andato. Come sei diventato poliziotto, quando l'hai deciso. Perché Torino. Quale treno ti ha portato, quale sogno. Se davvero non credevi in Dio.

Mi dispiace. Mai che ti abbia fatto una sola di queste domande, che ti abbia chiesto un chiarimento, una spiegazione. Mi sono privata della tua storia. Ho lasciato che il tempo passasse e non mi sono accorta che si faceva tardi. Mi hai presa alla sprovvista morendo troppo giovane, per tutte quelle sigarette che hai fumato. E quando avrei voluto chiederti e sapere, non c'eri più.

Per anni sono andata avanti così. Ho messo mio padre dietro le spalle. Era come se lo avessi congelato. La vita adulta mi aveva presa e mi portava con sé. È stato solo poco tempo fa che s'è insinuato un desiderio, a poco a poco, sottile, quasi inavvertito. Fino a diventare un bisogno.

È che a un certo punto ci serve conoscere, di un padre, anchc la vita di quando non era ancora nostro padre. Non so bene a cosa ci serva. Forse ci arriva l'idea che il tempo sia molto più lungo della vita che ci tocca, comprenda anche la vita di chi ci ha generato, il *suo* tempo prima di generarci. È per questo che a un certo punto andiamo a scavare.

Brandelli

Tre anni fa sono tornata in Abruzzo, per scavare. Avevo un impegno di lavoro a Pescara, che ho preso a pretesto: volevo incontrare mia cugina Rossella. Mio padre era morto da più di trent'anni. I genitori di Rossella invece, prima zio Lentino e poi zia Pacetta, erano morti da poco. Eravamo due orfane attempate, che si ritrovano.

Siamo andate a passeggiare sulla spiaggia. Era un pomeriggio di inizio autunno. Le ho chiesto se lei sapeva qualcosa di mio padre, di quand'era bambino e poi ragazzo, se qualcuno gliene aveva mai parlato. Mi ha detto di sì, che sua madre in casa parlava spesso di Vincenzo, il fratello più amato; ne parlava mentre cucinava il pollo, il coniglio, arrostiva le pannocchie sulla brace. Oppure si faceva leggere le lettere, lui gliene mandava tante, lunghissime, con la sua bella grafia, precisa, piccolina e sghemba, sempre poggiata un po' verso destra. E toccava a lei leggergliele, perché sua madre non sapeva leggere né scrivere, ascoltava e poi di getto le dettava la risposta.

L'ho pregata di raccontarmi qualcosa. Le ho chiesto di ricordare, di regalarmi la sua memoria. Ho fatto questo, io che ho vissuto con mio padre tutta la vita. Ho chiesto a mia cugina che mi parlasse di lui, a lei che non poteva avere che ricordi obliqui, non suoi.

Ci siamo sedute su quella spiaggia, oltre le case, i corsi, le auto, in riva al mare, proprio sull'umido che lascia l'onda quando si ritrae. Era novembre, ma c'era ancora un'aria tiepida e gentile, un'impronta sfocata dell'estate. E lì siamo state qualche ora, un po' sedute e un po' a passeggiare, costeggiando un mare grigioverde e opaco. Lì il mare ha sempre quel colore indefinito, e declina in onde piccole che si rincorrono e planano in un velo d'acqua, lasciando nell'aria un alone di goccioline fitte che annebbia l'orizzonte.

Ho chiesto a Rossella se le dispiaceva che prendessi appunti. Ha detto che no, non le dispiaceva affatto. Ho tirato fuori il solito quaderno, che tengo sempre in borsa insieme a una penna, per essere preparata se mi viene qualche pensiero. Ho preso nota. In fretta, alla rinfusa, carpendo quel che potevo. E non ho cercato di mettere ordine, collegare i fili e riempire i buchi nel muro. Non ci ho neanche provato, a costruire l'edificio.

Ho lasciato che fossero brandelli.

Il primo brandello sono le pecore perse.

Vincenzo tornava da scuola che era già tardi e doveva ancora aiutare nei campi e tutto il resto come gli altri. Non che lui, visto che studiava, poteva starsene a far niente. Doveva zappare, voltare il fieno, mungere le mucche, dare il becchime ai polli, pulire la stalla. E pascolare le pecore. C'era questo guaio delle pecore. Prima di partire per i pascoli s'infilava il libro di scuola nella camicia. Pascolava e studiava. Ma s'immergeva così tanto dentro lo studio, che non ci pensava più a pascolare, e andava a finire che le pecore le perdeva. Si sparpagliavano per i prati che lui nemmeno se ne accorgeva, finivano così lontano che non si vedevano più. Quando se ne accorgeva si buttava a correre per ripescarle, ma chissà dov'erano sparite. Girava girava ma non c'era verso; da quanto tempo se ne vagavano sperse, potevano anche aver raggiunto la costa bassa, oltre i filari, e allora niente da fare. Qualche volta le perdeva proprio, due o tre pecore. Tornava a casa e lo doveva dire quante pecore aveva perso, e suo padre lo rincorreva col bastone per i campi finché non lo prendeva e lo riempiva di bastonate. Il giorno dopo era uguale, perché non ce la faceva a stare attento, aveva quei suoi libri, i compiti da fare... Non era colpa sua, ma alle pecore non ci badava.

La camisella e il lumicino sono il secondo e terzo brandello.

Mammalena sempre lì a difenderlo. «Save', questo figlio tiene da studia'.» Si alzava all'alba per andare al mercatino di Orsogna, a comprargli la camisella di tela per andare a scuola. E ogni tanto metteva da parte una patata lessa per lui, che la sera prima di dormire gli portava, ancora calda.

Non lo metteva a dormire con i fratelli, tutti insieme nella stessa stanza, perché quel figlio la notte doveva studiare, visto che il giorno lavorava nei campi, e non poteva avere intorno i fratelli e dormire con loro nel letto grande. Gli sistemò un posto sotto il tetto, in una specie di stanzino aperto dove si arrivava per una scala a pioli con i gradini sghembi. Dalle tegole passava il freddo e anche pioggia e neve, ma almeno stava solo e in pace a leggersi i suoi libri. Gli portava un lumicino a petrolio, e Vincenzo stava a leggere finché la fiammella non si spegneva. Una volta aveva rischiato che si incendiasse il sacco di foglie secche su cui dormiva, tanto il sonno lo aveva preso.

I nove chilometri a piedi sono il quarto brandello.

Per fare l'avviamento Vincenzo andò a Guardiagrele. Dopo che maestra Giuseppina era venuta a parlare con i suoi genitori, era lì che doveva andare se voleva continuare a studiare, a Guardiagrele. Non c'era un altro posto. Partiva al mattino alle quattro e si faceva nove chilometri a piedi di salite e discese. Sì, proprio nove, in mezzo alle terre, tagliando i prati e le frazioni. Anche d'inverno con la neve alta.

Mammalena si alzava prima di lui, in piena notte, per sbattergli l'uovo con lo zucchero e una goccia di marsala, prima che s'incamminasse in quella neve ancora ghiacciata, che al buio riluceva. E gli faceva prendere le scarpe che aveva comprato per lui al mercato, vendendo polli e conigli senza che papà Saverio lo sapesse, perché le scarpe le comprava solo a Vincenzo suo, al figlio che andava a studiare, non agli altri. Solo Vincenzo ne aveva bisogno, doveva cambiarsele una volta arrivato a scuola, non poteva entrare in classe con le scarpacce intrise di fango e stare tutto il giorno con i piedi marci, povero figlio. Il marsala glielo comprava al mercato se le restavano i soldi. E gli dava anche una pagnotta in più, di nascosto. Perché non facesse tutta quella strada con la fame.

Qui mi prendo una pausa. Sto pensando a mia madre, mentre guardo un gabbiano che zoppica. È strano, mi sto occupando di ricostruire mio padre e mi viene da pensare di più a lei, a come fu la sua vita, a quanto io l'abbia veramente capita.

«E mia madre?» chiedo a Rossella. Anche di mia madre chiedo a lei, che non può saperne niente, e invece mi risponde. Si prende un attimo, lancia una pietruzza avanti, verso il mare piatto, e poi risponde.

«E tua madre... Tua madre era la signora di Torino. Bella, bionda. Io la amavo molto, mi portava il vento di una vita che non era la mia. Ma soffriva un po', a Pizzocolle, si vedeva. Però con noi stava bene, anche lei era tanto legata a Pacetta, quando veniva a 'bballe si sedeva nella nostra cucina e parlavano molto. Tua madre diceva tutto alla mia, anche le cose che con Vincenzo non andavano.»

«E cos'è che non andava?»

Rossella tace. Camminiamo dove prima hanno camminato i gabbiani. Pestiamo le orme delle loro zampe, le tre barrette a raggera che disseminano una dietro l'altra sulla sabbia. C'è poca gente, ogni tanto qualcuno che corre in tuta, che porta il cane, qualche bambino con la mamma. La desolazione affettuosa della spiaggia a fine stagione. I grandi casermoni moderni e la sagoma del ponte nuovo ce li siamo lasciati alle spalle, restano persi.

«Cos'è che non andava... niente... Teresa diceva che Vincenzo era pesante. Chiedeva a mia madre: ma perché è venuto al Nord? Perché ha sposato me, se vuole sempre venire quaggiù? Non erano domande, erano pensieri. Mia madre cercava di tirarla su. Eh, che vuole, che vuole 'stu fratello mio...! Che ne saccio, Tere'... Vuole 'na cameretta di casa...»

Una cameretta di casa. Questo avrebbe voluto, mio padre,

che gli lasciassero un posto anche piccolo per tornare. Il pensiero di poterlo fare, tornare ogni volta che voleva al suo paese, alla sua terra. E Pacetta gli diceva: «Ma nun sti bene a Torino? Tieni tanto 'na bella casa, 'na bella moglie, 'na bella figlia, nu bel lavoro... Che vai cercando?».

«Era un'anima inquieta, tuo padre. E anche tua madre, Donata. Sai cosa diceva a mamma certe volte? Che era stanca di vivere così, di abitare in case buie, che voleva un posto luminoso, dove entrasse tanto sole e ci fosse sempre luce. Quanta luce c'è qua, quanta ne avete voi! Diceva così. Diceva che la luce le serviva per lavorare. Ma non era solo per lavorare. Ne aveva bisogno dentro, per l'anima. Ma questo me lo diceva la mia mamma.»

Mi sorprende, questa cosa del buio, che mia madre pativa il buio di casa nostra non me l'aveva mai detto, e io non avevo saputo capirlo. Come avevo fatto a non pensarci? Mi feriva, ora, quella mia assenza sbadata, quella capacità testarda di non intuire mai niente.

Il quinto brandello è il trenino di Melone e le due uova da scambiare col biglietto.

Finito l'avviamento, per continuare a studiare, Vincenzo dovette andare ancora più lontano: a Chieti, perché solo lì c'era l'Istituto Industriale. Andava a piedi fino alla stazione di Melone, cinque chilometri, e prendeva il trenino e poi ancora l'autobus. A Melone, per comprarsi il biglietto, vendeva le due uova che sua madre gli dava apposta ogni mattina. A volte però se le beveva lungo la strada, per la stanchezza, e il biglietto chissà poi come se lo pagava.

Chiedo a Rossella, la incalzo, ma non lo sa: «E che t'aggio a di', Dona'? Cullù se le vendeva, le uova...».

Tra i viaggi, le scarpe, i libri, quella scuola veniva a costare troppo. E Vincenzo tornava a casa troppo tardi, non ce la faceva più a studiare. Arrivava giusto per mangiare, alle cinque e mezza, e poi doveva farsi bastare la notte a fare i compiti, finché gli durava il lume. Anche il petrolio era una spesa.

Non andava bene, ci volevano troppi soldi, bisognava cambiare scuola.

Il sesto brandello è la triste storia della fidanzata che mio padre ha fatto finta di amare.

I suoi gli trovarono una famiglia dove andare a dormire e avere un pasto caldo. Erano lontani parenti, si chiamavano Taccaruli e abitavano a Ortona a mare. Era un paese più vicino, ma c'erano solo due scuole, una era per tornitori e l'altra era l'Amministrativo. Vincenzo scelse l'Amministrativo, e l'Istituto Industriale pazienza, non l'avrebbe più frequentato.

I Taccaruli erano pescatori, come tutti gli ortonesi. Per cena gli facevano lu stoc con li peparule, lo stoccafisso con i peperoni. O la salmastra, cioè la pescia di baccalà. E anche i taccunille e fasciuli, le cotiche e fasciuli... Lo riempivano di vizi. E avevano una figlia, Cettina, che s'innamorò di lui.

Vincenzo ci uscì tre anni, con questa Cettina. Ma non era innamorato, era giusto per il tempo di fare il triennio. Gli serviva stare in quella famiglia, non se ne poteva andare, quindi si fidanzò con Cettina. A sedici diciassette anni, l'età che aveva quando faceva l'Amministrativo a Ortona, si era già grandi. Suo fratello Domenico a quindici anni s'era sposato con zia Assunta Castellaritta, e a sedici aveva già il primo figlio.

I Taccaruli gli trovarono un lavoro al porto di Ortona, sulla Micòperi, una struttura in ferro mobile che stava in mezzo al mare e da lì si andava a recuperare le navi in avaria in tutto il Mediterraneo. Volevano che Vincenzo smettesse di studiare, avesse un buon lavoro e sposasse la loro figlia.

Vincenzo andò a lavorare alla Micòperi, ma non amava Cettina e non voleva rimanere lì, aveva in mente altro. Sapeva che doveva andarsene dalla sua terra, se lo sentiva dentro che il suo era un destino diverso. Voleva di più. Non sapeva ancora dove e quando, ma aveva una specie di stella che lo guidava. Una di quelle stelle che gli illuminavano la notte. Lì a Ortona non c'erano stelle, si sentiva intrappolato.

Scappò una notte. Non disse niente a nessuno e non salutò

nemmeno Cettina. Prese le sue quattro cose, le mise in un borsone e se ne andò. I Taccaruli al mattino fecero un baccano indiavolato. Cettina piangeva in un angolo stropicciandosi le trecce con le mani, le spalle che sussultavano ai singhiozzi. I suoi che si gridavano l'un l'altro quanto avevano sbagliato con quel ragazzo, a trattarlo così bene manco fosse un principino, che lui lo aveva capito subito, che lei gliel'aveva detto, che quella povera figlia adesso chi se la pigliava.

Andarono a Pizzocolle a fare una scenata. Capitarono un giorno all'ora di pranzo a casa di Saverio e Maddalena. Avevano aspettato una settimana di avere notizie, che Vincenzo ricomparisse. Ma siccome niente, ora venivano a chiedere una spiegazione e a farsi le loro ragioni, che non si poteva lasciare una ragazza accussì, che razza di figlio avevano cresciuto. Che era, nu diavolo?

Maddalena e Saverio caddero dalle nuvole. Non sapevano niente di cosa combinasse il loro figlio a Ortona. L'avevano fatto studiare e gli avevano trovato una famiglia, non s'impicciavano dei suoi affari con le ragazze, era un uomo, che facesse come voleva. Mammalena era indiavolata a difenderlo e papà Saverio non aprì bocca, se ne stava in piedi ritto come un tronco a prendersi gli insulti: «Che te veniss' a cacarella! Chi sci 'ccis! 'Stu cafune!».

Poco più in là, sull'aia, Pacetta stava spelando un coniglio appeso al muro e sentiva tutto, ma faceva finta di niente. I Taccaruli infuriati quando la videro vennero verso di lei urlandole se era lei la sorella, e che se era sua sorella allora doveva sapere dove se n'era andato chillu diavolo di frate, e dicesse ogni cosa, che issi da là non si muovevano, cascass' o munno.

Pacetta, continuando a pulire il povero coniglio, li lasciava parlare, sbraitare, tirar giù madonne. Poi si nettò le mani col grembiule, i peli che le svolacchiavano intorno. Si avvicinò camminando lesta come faceva lei, che sembrava una cavalla che trotta alle corse, e col suo sorriso li fece sedere sulla panca sotto la tettoia. Con calma, con la voce bassa di chi ha da dire una cosa seria, spiegò che suo fratello Vincenzo era malato, e se n'era andato a Roma per farsi curare. Non gliel'aveva voluto dire, a loro, per non preoccuparli. Che adesso stava meglio e poi tornava, che se ne andassero tranquilli, che Cettina prima o poi se la sposava, certo che se la sposava.

I Taccaruli s'imbestialirono ancora di più a sapere della malattia, e sbraitavano che o non era vero niente o lei gli doveva dicere qual era quella benedetta malattia, come se l'era presa, come si curava, e per quanto tempo ce n'aveva, che non trovasse ancora scuse, 'stu fetente. Se ne andarono solo dopo qualche ora promettendo che non finiva lì. E infatti da quel momento tra i Taccaruli e i Mancasciulla ci fu la guerra, che durò per mesi, fino a che la verità la vennero a scoprire eccome, e poi tutto si quietò, come si quietano tutte le guerre prima o poi, che alla fine uno pensa persino non ci siano mai davvero state.

Vincenzo era vero che era andato a Roma, ma per fare un'altra vita. Non aveva nessuna malattia, quella se l'era inventata Pacetta per prendergli le parti e metterlo al riparo dall'inferno dei Taccaruli. Era entrato nell'arma dei carabinieri, ecco come stavano le cose. Se ne andava in giro spavaldo con la sua riga rossa sui pantaloni, e s'era già fatto un'altra ragazza. Pacetta lo sapeva, perché con quel fratello si dicevano tutto. Lui era tornato apposta una domenica, di nascosto, per vedere solo lei e raccontarle ogni cosa. Era estate, s'erano messi nel fienile abbandonato, nel campo più lontano, seduti sulle stoppie bianche e secche che gli foravano la pelle. Pacetta lo rimproverava, che non doveva fare così con le ragazze, che aveva questo brutto vizio di usarle e poi buttarle, che quella poveretta adesso che doveva fare? Non si poteva, quello era calpestare i sentimenti, e anche verso i suoi di lei non era giusto, che lo avevano accudito e riverito, lui doveva portare più rispetto, era meglio che si pentiva. Vincenzo fumava e la stava a sentire, ma si vedeva che era contento della sua vita, aveva gli occhi che ridevano, e il resto non gli importava. Pacetta faceva la voce secca e lo sguardo puntuto, ma poi lui diceva qualcosa che la faceva ridere, le sussurrava: «E dài, Pace', non fa' accussì...». La prendeva per la vita e lì, dietro quel fienile dismesso che nessuno li vedeva, la faceva ballare, ballare, e nessuno al mondo ballava come lui, con quei passi misurati esatti che sembrava di muoversi nell'aria. Alla fine Pacetta lo perdonava sempre, e anche quella volta, che era la più grave, lo perdonò.

«Perché con tuo padre era così, aveva un'allegria che era capace di polverizzare anche le cose più pesanti, e serie; le faceva in tanti pezzettini fino a che se ne volavano. Era un'allegria contagiosa. Non gli potevi star vicino che subito te l'attaccava.»

Rossella si ferma. Mi chiede se sto ascoltando, dal momento che mi vede assorta a guardare lontano. Certo che sto ascoltando. E sto anche guardando lontano perché mi sforzo di andare ad afferrare, in un angolo mentale che cerco non so dove, l'immagine del padre nuovo che Rossella mi consegna. Nuovo? In realtà mi chiedo a cosa mi servono queste storie, che cosa cambiano. Sono pezzi, servono a costruire l'edificio. Ma aggiungono davvero qualcosa? Non so. Da una parte c'è l'uomo che è stato mio padre, e dall'altra questo Vincenzo di cui mi parla Rossella, il giovane che studiava a Ortona e si faceva fidanzate che non amava. Per il momento mi sembra che rimangano staccati, il ragazzo e il padre. E forse i pezzi non staranno mai insieme, è una follia anche solo pensarlo.

Ma mi piace, questo padre che si beve le due uova invece di venderle per il biglietto del treno. Mi piace quel bambino che perde le pecore, che s'infila il libro dentro la camicia e invece di pascolare studia. Mi fa sentire molto figlia sua: anch'io perdo pecore. Ho sempre perso pecore, qualunque cosa facessi. Ecco da dove mi viene questa attitudine alla distrazione che poi, in realtà, è esattamente il contrario: eccesso di concentrazione. I due contrari si toccano. Comunque è un eccesso, che produce dimenticanza. Infatti mi dimentico di rispondere alle mail, di bagnare le piante, di richiamare le persone. Tutte pecore perse. Nessuno mi bastona, d'accordo; ma le piante muoiono e gli amici alla fine si allontanano. Dicono che sono distante, inaffidabile. In realtà sono figlia di un pastore che voleva studiare, ecco com'è.

Chiedo a Rossella se sa qualcos'altro, se ha altre storie da raccontarmi. È la depositaria di un mio passato ignoto, che non sapevo di avere, la guardo come si guarderebbe un mago che estrae conigli dal cilindro.

«Avrei una storia che riguarda i miei genitori, ma c'è dentro in pieno anche tuo padre, sì, vedrai...» mi dice.

E comincia. Ultimo brandello.

Pacetta a quattordici anni cominciò a uscire con Lentino Lastravigna, un giovane biondo e gentile, che le prendeva la mano e la portava a spasso nei suoi frutteti. Parlava poco, e con una voce così sottile che era come non parlasse. Ma tutti lo rispettavano perché aveva gli occhi buoni, che parlavano al posto delle parole.

I Lastravigna erano una famiglia numerosa, fratelli, cugini, cognati, e ognuno s'era fatto la casa lì e aveva messo su famiglia, così che era diventato una specie di paese a sé: gli "stammelli" che abitano a Stammello. Tutti quanti stavano bene: possedevano terre, davano lavoro in giro, e a Natale ammazzavano più di un maiale. Avevano anche il toro che portavano ad accoppiare, e la trebbiatrice, un grosso macchinone rosso che sbuffava e sputava per tre giorni. La mettevano sul prato a metà agosto e le altre famiglie venivano lì a trebbiare, ognuna portando il proprio grano, e se ne tornavano poi con sacchi di chicchi nudi, ripuliti dalla pula. Alla fine c'era la festa della trebbia che durava un giorno e una notte, chi portava il pollo al sugo, chi le tagliatelle, il vino, i salami; si mangiava e si beveva, e quando calava il sole si ballava. Erano tutti contenti di andare alla trebbia degli stammelli, perché la notte si ballava e il giorno si poteva guardare il panorama, che altrove non c'era così bello.

Zi' Menicuccio, il padre di Lentino, era il capofamiglia. Il signorotto. A casa teneva pure il grammofono, era l'unico. E fu il primo a farsi la televisione. Venivano tutti a vederla, anche quelli a 'mmonte, le sere che c'era la puntata. *Via col vento*. O *Anna Karenina*. Erano tante puntate. Venivano soprattutto le donne, che poi facevano a gatta-cecata per divertirsi, una si bendava e doveva cercare di acchiappare una delle altre dicendo chi era. Ma non era facile, tutte scappavano per i prati e si sentivano solo le risa lontane. Gli uomini invece si mettevano in sala e giocavano a carte. Menicuccio aveva la sala con i mobili laccati, gli specchi e i lampadari di cristallo. Poi se ne tornavano tutti a casa, uomini e donne, gli uomini circondando con un braccio a vita le spose, le fidanzate, pieni di vino cantavano e ridevano. Fino a che le loro voci si perdevano nel buio.

Zi' Menicuccio aveva tre figli maschi e due femmine. Di tutti i figli Lentino sembrava il più pigro, quello che lavorava meno. Preferiva prendersi l'ombra nel cortile più che stare sotto il sole a faticare, diceva che la schiena gli si sfiancava. Invece steso sull'erba a guardar lontano gli tornava il buon sangue. Nessuno gli credeva, giovane com'era; ma glielo lasciavano dire, della schiena, perché era fatto così e di male non ne faceva. Lo chiamavano 'u filosofo. Zi' Menicuccio lo mandava nei frutteti a controllare la maturazione. E Lentino amava i frutti, li ispezionava uno per uno. Seminare, arare tirando l'aratro dietro ai buoi, falciare il grano no, lo affaticava. Carezzare i frutti invece sì, andava bene. Aveva un'indolenza, ecco. Anche con Pacetta. Gli piaceva, uscivano insieme, ma lui tardava a dichiararsi. Erano passati due anni e ancora non aveva parlato a Saverio Mancasciulla per chiedergli la mano di sua figlia.

Intanto c'era un altro che s'era messo ad andar dietro a Pacetta, il montagnaro. Era un ragazzo di Frascigno che faceva il boscaiolo e ogni tanto lo chiamavano perché sapeva potare le piante vecchie e curare quelle malate. Ci aveva occhio, per i mali delle piante. Arrivava dai suoi monti con la sega e tagliava dove bisognava tagliare, preciso e veloce, non perdeva neanche un minuto. Quando aveva finito, si prendeva i soldi, non salutava nessuno, e la legna invece di spaccarla a tocchi per la stufa la lasciava sul terreno a marcire, perché diceva che non toccava a lui, che per tagliare la legna chiamassero un taglialegna.

Un giorno che andò dai Mancasciulla per un filare di albicocchi che s'era preso la malattia, vide Pacetta. Stava stendendo i panni e cantava. Aveva il sole nei capelli e il vento le sbandierava la gonnella. Il montagnaro le si avvicinò e le disse che un giorno o l'altro la voleva baciare. Aveva modi spicci, era per dirle che le piaceva e con lei voleva fare sul serio. Pacetta scoppiò a ridere, lui no. E cominciò a tornare parecchie volte trovando la scusa di una pianta da curare.

Dopo un po' s'era stufato di stare al suo posto e aspettare, scalpitava. Pacetta lo teneva a bada, e raccontava a Vincenzo di questo tale; un po' era infastidita, un po' s'inorgogliva d'averne due, di spasimanti. Vincenzo sapeva chi era il montagnaro, l'aveva visto una volta e non gli piaceva che stesse dietro a sua sorella. Allora un giorno andò giù a Stammello a parlare a Lentino.

«Lenti', ma tu la vuo' o no mia sorella?»

Gli raccontò dell'altro, se voleva farsela soffiare a quel modo da uno sconosciuto che viveva nei boschi e tagliava piante a destra e a manca.

«Lo vuoi vedere? Proprio mo', proprio mentre io ti parlo, cullù sta con mia sorella, sta con Pacetta tua. Lei è al forno vecchio a fare il pane e lui se ne sta là appicciato. Lo vuoi vedere? Ti ci porto, Lenti', ti ci porto!»

Lentino stava a sentire e non diceva niente. Ma le orecchie gli erano diventate rosse e si grattava di continuo la testa, e di lì Vincenzo capì che la voleva eccome, sua sorella. Capì anche che il coraggio non l'avrebbe mai trovato perché era fatto così, era buono come il pane ma aveva l'indolenza. Allora gli fece un piano.

«Mo' ce ne andiamo tutt'e due a lu forno. Tu ti metti dietro e aspetti che cullù saluta e se ne va. Gli fai fare quattro passi non di più, esci da lu cantone e dici: Pace', tu me vuo' o nun me vuo'? Così lu montagnaro sente e se ne va per sempre, si leva dalle palle.»

Lentino ascoltava.

«Ma Pacetta mia, mo' che arriviamo, non starà più là, se ne sarà ita a la casa...» disse.

«E tu non ti preoccupare, che io con una scusa te la faccio riuscire!»

Lentino si scompigliava i capelli in testa, che già erano pochi e irti, sembravano un campo di stoppie bionde. Alla fine tirò fuori il rospo: «E se Pace' vuole cull'altro?».

Questo era il punto, Vincenzo l'aveva capito che Lentino aveva paura, non era affatto sicuro che Pacetta volesse lui.

«Eh Lenti', però...! Si tu nun dici niente, si nun lo tiri fuora che tieni drint'a lu core...Tu ce l'hai a dicere a mia sorella i tuoi sentimenti, sennò che stiamo a fa'?»

Vincenzo lo sapeva bene che Pacetta voleva Lentino 'u filosofo. Del boscaiolo di Frascigno non le importava, se lo teneva appresso per gioco, perché le femmine così sono, che gli piace farsi guardare. In realtà Pacetta non vedeva l'ora che Lentino le parlasse e non sapeva come dargli la smossa. Non le andava di sembrare quella che lo vuole. Chi era lei? Una Mancasciulla, figlia di Saverio Mancasciulla e Maddalena Prinzio. Sì, qualche pezzo di buona terra al sole, l'uliveto, le stalle piene di vacche, ma poca roba. Erano gente povera, lei non portava dote. Lentino invece era uno dei Lastravigna, stava bene. E che si prendeva una come lei, non ci poteva credere.

Lentino non ci andò quel giorno al forno, come gli aveva suggerito Vincenzo. Ma ci pensò, a cosa fare. Ci pensò tante notti buttato sul fieno a guardare la luna. Non ne parlò più con Vincenzo, ma una domenica si presentò dai Mancasciulla col vestito scuro, la camicia bianca e una cravatta smilza che gli andava tutta per storto e gli strizzava il collo.

Era quasi l'ora di pranzo, e Maddalena e Saverio si spaventarono a vedersi davanti quel ragazzo vestito a lutto che se ne stava impalato sulla porta, non salutava e non entrava. Teneva in mano un ramo di melo fiorito, come fosse un mazzo di rose.

«Pacetta vostra ci sta a la casa?»

E certo che Pacetta ci stava. La chiamarono: «Pace'!». Lei

era dietro il granaio all'ombra, che sgranava i fagioli. Ci mise un po' ad arrivare. Mammalena, che aveva già capito tutto, le disse: «Vulimmo senti' nu poco che vuole 'stu quatrare?».

Gli dissero di assettarsi. Ma lui non si assettò. Non sapevano se invitarlo a restare a pranzo o no. Così stavano tutti in piedi e zitti nella cucina afosa, che sapeva di muffa e di formaggio, finché lui parlò, trovò la voce da quel fondo di sacco che teneva sempre chiuso e tirò fuori quel che era venuto a dire, tutto d'un fiato, tre quattro parole non una di più. Le orecchie gli diventarono rosso fuoco e disse che era venuto per fare l'affido, che se Pacetta gliela davano lui se la sposava. Anche subito. E alla fine del discorso, discorso si fa per dire, le diede il ramo fiorito.

Così Pacetta e Lentino erano fidanzati.

Dopo qualche mese venne la guerra. I giovani partirono tutti. E quando finì, tornarono. Non tutti. Passarono quattro anni da quando gli ultimi erano tornati, e di Lentino neanche l'ombra. Pacetta la chiamavano "la vedova bianca". Aspettava. Quando Vincenzo riveniva a la casa, si sfogava con lui. Era convinta che Lentino fosse vivo, ma non sapeva cosa fare, se aspettarlo o sposarsi con un altro. Lo diceva così tanto per dire, ma non lo voleva fare, di sposarsi con uno che non era il suo Lentino.

Allora Vincenzo andò al ministero della Difesa a tirar fuori i nomi dei dispersi: non c'era nessun Lentino Lastravigna. Andò subito a dirlo a Pacetta, un sabato, finito il turno. Andò fino a Pizzocolle a dirglielo di persona, che si poteva sperare perché il suo fidanzato non era tra i morti, e lei gli disse che lo sapeva, l'aveva sempre saputo dentro al cuore, ma non poteva aspettare tutta la vita uno che non è morto ma non si fa vivo.

Bisognava indagare ancora. Vincenzo andò all'ufficio della Guerra, ci mise sei o sette mesi a scoprire che Lentino era finito prigioniero in Inghilterra. Quella volta non ci andò di persona da Pacetta, prese un foglio e la penna stilografica. Gli piaceva scrivere, gli stava venendo una bella calligrafia. E poi ci voleva, di metterla per scritto, una notizia così importante.

Scrisse a Pacetta di stare tranquilla. «Lentino nostro torna» le scrisse.

Lentino e Pacetta si sposarono sei mesi dopo. Avevano lei ventiquattro anni, lui ventotto. Ebbero due figlie: Santina e, dopo nove anni, Rossella. La Rossella di *Via col vento*, la cugina che mi ha raccontato tutto questo di mio padre... E che alla fine, quella sera sulla spiaggia di Pescara, mi ha guardato seria e mi ha detto: «Hai capito adesso chi era tuo padre? Hai capito che se non c'era lui, i miei non si sposavano e io non ci venivo nemmeno, al mondo?».

Conchiglie

Ci sediamo un po', Rossella e io. Siamo stanche. Sta venendo buio. Tocco la sabbia con una mano, è fredda. Disegno dei cerchi concentrici, che subito cancello con il palmo. Scavo un po' più nel profondo, trovo una terra umida e scura. Ogni tanto una conchiglietta, una di quelle mezze valve che si trovano a bizzeffe sulle spiagge dell'Adriatico. Stanno semiaffossate nella sabbia, se ne vede solo il dorso, o uno spicchio. Mi soffermo sempre a raccoglierle, benché siano comuni e tutte uguali. A ogni spicchio che vedo spuntare mi riempio di fiducia e speranza, penso che mi tocchi una conchiglia rara, bellissima, e mi pregusto la gioia della conquista. Mi chino, la dissotterro e la maggior parte delle volte scopro che è rotta, è solo un pezzo quel che emergeva. Come fa, la sabbia, a mimetizzare così bene la rottura?

A volte invece trovo la conchiglia intera. Se sono fortunata trovo persino la doppia valva, che si apre e si richiude come uno scrigno in miniatura. Ha solo perduto l'animaletto. Le conchiglie sono quel che resta di una vita che chissà dove s'è persa. Case vuote, inutili difese. Sono il segno di una morte. Eppure le amiamo così tanto. Ci passiamo le ore a cercarle, a raccoglierle, che sia estate o inverno, sotto il sole bruciante o quando batte il vento. Non pensiamo mai all'animaletto che ci abitava dentro. Ce le mettiamo in tasca, finiamo la giornata con le tasche gonfie di conchiglie. Poi a casa le conserviamo in barattoli di vetro, vasi, scatoline. Come fossero tesori.

Sto facendo la stessa cosa, qui, a parlare con Rossella: dissotterro conchiglie. Sperando di trovarne qualcuna intera.

Indice

Dal mondo della luna 9

UNDICI ANNI

1. Inizio disastroso 31
2. Le prove 42
3. La nonna nera 66
4. Pizzocolle 80
5. I soldi 101
6. L'anno del sussidiario 124
7. Traslochi 136
8. I diseredati 154
9. Cavalli alati 169
10. La colonia Fiat 178
11. Bitti 197
12. Grigio domenicale 213
13. Popoff 232

Sulla spiaggia di Pescara 243

Finito di stampare nel mese di gennaio 2023
presso Grafica Veneta – via Malcanton, 2 – Trebaseleghe (PD)

Printed in Italy